GRIS

De verbanning

Bezoek onze internetsite www.awbruna.nl
voor informatie over al onze boeken en softwareproducten.

John Grisham

De verbanning

A.W. Bruna Uitgevers B.V., Utrecht

Oorspronkelijke titel
Playing for Pizza
© 2007 by Belfry Holdings, Inc.
Vertaling
Hugo Kuipers
Omslagontwerp
Studio Eric Wondergem
© 2007 A.W. Bruna Uitgevers B.V., Utrecht

ISBN 978 90 229 9394 1
NUR 302

Tweede druk, oktober 2007

Dit boek is opgedragen aan Stephen Rubin, al zo lang mijn uitgever en lief-
hebber van alles wat Italiaans is – opera, eten, wijn, mode, taal en cultuur.
Behalve football, misschien.

22 10. 2007

1

Het was een ziekenhuisbed, dat leek hem zeker, al was zekerheid iets wat kwam en ging. Het was smal en hard en aan de zijkanten zaten glanzende metalen stangen als schildwachten om hem het ontsnappen te beletten. De lakens waren effen en erg wit. Institutioneel linnengoed. Het was donker in de kamer, maar het zonlicht deed zijn best om door de luxaflex heen te kruipen.

Hij deed zijn ogen weer dicht. Zelfs dat deed pijn. Toen deed hij ze weer open, en in een geluidloze minuut zag hij kans de oogleden bij elkaar vandaan te houden en zich op zijn nevelige witte wereldje te concentreren. Hij lag op zijn rug, neergedrukt door stevig ingestopte lakens. Links van hem leidde een slangetje naar zijn hand; de andere kant zat achter hem. Er was een stem in de verte, op de gang. Toen beging hij de fout dat hij een beweging maakte, een heel kleine beweging met zijn hoofd, en dat werkte niet. Er vlogen schichten van pijn door zijn schedel en hals en hij kreunde hardop.

'Rick. Ben je wakker?'

Het was een bekende stem, algauw gevolgd door een gezicht. Arnie ademde op hem.

'Arnie?' zei hij met een zwakke, schorre stem. Hij slikte.

'Ik ben het, Rick. Goddank, je bent wakker.'

Arnie, zijn agent, altijd bij de hand als je hem nodig had.

'Waar ben ik, Arnie?'

'In het ziekenhuis, Rick.'

'Dat zie ik. Maar waarom?'

'Wanneer ben je wakker geworden?' Arnie vond een schakelaar en er ging licht aan naast het bed.

'Weet ik niet. Paar minuten geleden.'

'Hoe voel je je?'

'Alsof iemand mijn schedel heeft ingeslagen.'

'Bijna goed. Maar geloof me, je komt er bovenop.'

Geloof me, geloof me. Hoe vaak had hij Arnie om geloof horen vragen? In werkelijkheid had hij Arnie nooit helemaal geloofd en had hij ook geen goede reden om daar nu mee te beginnen. Wat wist Arnie van traumatisch hoofdletsel of wat voor gevaarlijke wond iemand hem ook maar had toegebracht?

Rick deed zijn ogen weer dicht en haalde diep adem. 'Wat is er gebeurd?' vroeg hij zacht.

Arnie aarzelde en streek over zijn kale hoofd. Hij keek op zijn horloge: vier uur, dus zijn cliënt was bijna vierentwintig uur buiten westen geweest. Niet lang genoeg, dacht hij bedroefd.

'Wat is het laatste wat je je herinnert?' vroeg Arnie, terwijl hij zijn ellebogen zorgvuldig op de horizontale stang van het bed plantte en zich naar voren boog.

Na een korte stilte kon Rick antwoorden: 'Ik herinner me dat Bannister op me af kwam.'

Arnie smakte met zijn lippen en zei: 'Nee, Rick. Dat was je tweede hersenschudding, twee jaar geleden in Dallas, toen je bij de Cowboys zat.' Rick kreunde bij de herinnering, en voor Arnie was het ook niet leuk, want zijn cliënt had gehurkt op de zijlijn gezeten en naar een cheerleader gekeken toen het spel zijn kant op kwam en hij zonder helm verpletterd werd door een ton aan aanstormende mannen. Dallas had hem veertien dagen later ontslagen en een andere third-string quarterback aangenomen.

'Vorig jaar was je in Seattle, Rick, en nu ben je in Cleveland, bij de Browns, weet je nog wel?'

Rick wist het weer en kreunde een beetje harder. 'Wat voor dag is het vandaag?' vroeg hij. Hij had zijn ogen nu open.

'Maandag. De wedstrijd was gisteren. Kun je je daar iets van herinneren?' Als je geluk hebt niet, wilde Arnie zeggen. 'Ik ga een zuster halen. Ze hebben gewacht tot je wakker werd.'

'Nog niet, Arnie. Vertel op. Wat is er gebeurd?'

'Je gooide een pass en toen werd je in de sandwich genomen. Purcell kwam met een blitz van opzij en daar ging je. Je hebt hem niet eens gezien.'

'Waarom zat ik in de wedstrijd?'

Dat was een uitstekende vraag, die in alle radioprogramma's over sport in Cleveland en het noorden van het middenwesten was gesteld. Waarom zat híj in de wedstrijd? Waarom zat híj in het team? Waar kwam híj nou weer vandaan?

'Daar hebben we het nog wel over,' zei Arnie, en Rick was te zwak om te protesteren. Met grote tegenzin kwamen zijn geklutste hersenen enigszins in beweging. Ze schudden zich los uit het coma en probeerden te ontwaken. De Browns. Het stadion van de Browns op een erg koude zondagmiddag, met een recordpubliek. De play-offs, nee, meer dan dat, de kampioenswedstrijd van de AFL.

De grond was bevroren, hard als beton en net zo koud.

Er was een zuster in de kamer en Arnie zei: 'Ik denk dat hij is bijgekomen.'

'Dat is geweldig,' zei ze zonder veel enthousiasme. 'Ik haal een arts.' Met nog minder enthousiasme.

Rick keek haar na zonder zijn hoofd te bewegen. Arnie liet zijn knokkels kraken. Hij wilde zo gauw mogelijk weg. 'Hé, Rick, ik moet gaan.'

'Tuurlijk, Arnie. Bedankt.'

'Geen dank. Zeg, ik kan dit niet op een makkelijke manier zeggen, dus ik draai er maar niet omheen. De Browns hebben vanmorgen gebeld – Wacker – en, tja, ze laten je gaan.' Het was inmiddels bijna een jaarlijks ritueel, het ontslag aan het eind van het seizoen.

'Ik vind het erg,' zei Arnie, maar alleen omdat hij het moest zeggen.

'Bel de andere teams,' zei Rick, ook bepaald niet voor het eerst.

'Dat hoef ik niet te doen. Ze bellen mij al.'

'Dat is goed.'

'Nou, nee. Ze bellen om me te waarschuwen dat ik hen niet moet bellen. Dit kon weleens het einde van de rit zijn, jongen.'

Het leed geen enkele twijfel dat dit het einde van de rit was, maar Arnie vond het te cru om dat te zeggen. Misschien morgen. Acht teams in zes jaar. Alleen de Toronto Argonauts hadden het aangedurfd hem een contract voor een tweede seizoen te geven. Elk team had een reserve voor hun reserve-quarterback nodig, en Rick was daarvoor geknipt. De problemen begonnen pas als ze hem het veld in stuurden.

'Ik moet ervandoor,' zei Arnie, die weer een blik op zijn horloge wierp. 'En hoor eens, doe jezelf een lol en laat de televisie uit. Het is gruwelijk, vooral ESPN.' Hij gaf een tikje op zijn eigen knie en maakte dat hij de kamer uit kwam. Voor de deur zaten twee dikke bewakers op klapstoelen. Ze deden hun best om wakker te blijven.

Arnie ging naar de afdelingspost en praatte met de arts, die uiteindelijk door de gang liep en langs de bewakers Ricks kamer binnen ging. Veel hartelijkheid kon er niet af: hij onderzocht de patiënt zonder veel te zeggen. Er zou nog neurologisch onderzoek worden gedaan. Het was een huis-, tuin- en keukenhersen-schudding, was het niet de derde?

'Ik geloof van wel,' zei Rick.

'Ooit over een andere baan gedacht?' vroeg de dokter.

'Nee.'

Zou je toch moeten doen, dacht de dokter, en niet alleen vanwege je hersenschudding. In elf minuten drie ballen gooien die worden onderschept: een duidelijk teken dat football niet je roeping is. Twee zusters kwamen zachtjes de kamer in en hielpen met de onderzoeken en de papieren. Geen van beiden zei een woord tegen de patiënt, hoewel hij een ongehuwde profsporter was, met een opvallend knap uiterlijk en een hard lichaam. Op dat moment, toen hij hen nodig had, liet hij hen koud.

Zodra Rick weer alleen was, ging hij heel voorzichtig op zoek naar de afstandsbediening. In de hoek van de kamer hing een grote televisie. Hij was van plan meteen naar ESPN te kijken, dan had hij dat gehad. Elke beweging deed pijn, niet alleen van zijn hoofd en hals. Onder in zijn rug voelde hij een pijn alsof hij daar met een mes was gestoken. Zijn linkerelleboog, van de arm waar hij niet mee wierp, pulseerde van pijn.

In de sandwich genomen? Hij had het gevoel alsof er een betonwagen over hem heen was gereden.

De zuster kwam terug. Ze had een dienblad met pillen. 'Waar is de afstandsbediening?' vroeg Rick.

'Eh, de televisie is defect.'

'Arnie heeft de stekker eruit getrokken, hè?'

'Welke stekker?'

'Van de televisie.'

'Wie is Arnie?' vroeg ze. Ze was met een nogal grote injectienaald in de weer.

'Wat is dat?' vroeg Rick, die Arnie even vergat.

9

'Vicodin. Daardoor ga je lekker slapen.'

'Ik heb geen zin meer om te slapen.'

'Moet van de dokter. Je moet rusten, veel rusten.' Ze spoot de vicodin in zijn infuuszak en keek even naar de heldere vloeistof.

'Ben je een Browns-supporter?' vroeg Rick.

'Mijn man wel.'

'Was hij gisteren bij de wedstrijd?'

'Ja.'

'Hoe erg was het?'

'Dat wil je niet weten.'

Toen hij wakker werd, was Arnie er weer. Hij zat in een stoel naast het bed en las *The Cleveland Post*. Rick kon net een kop onder aan de voorpagina zien: 'Supporters bestormen ziekenhuis.'

'Wat!' zei Rick zo hard mogelijk.

Arnie bracht de krant met een ruk omlaag en sprong overeind. 'Hoe voel je je, jongen?'

'Geweldig, Arnie. Wat voor dag is het vandaag?'

'Dinsdag, dinsdagmorgen vroeg. Hoe gaat het?'

'Geef me die krant.'

'Wat wil je weten?'

'Wat is er aan de hand, Arnie?'

'Wat wil je weten?'

'Alles.'

'Heb je de televisiebeelden gezien?'

'Nee. Jij hebt de stekker eruit getrokken. Vertel het nou maar, Arnie.'

Arnie liet zijn knokkels weer kraken, liep toen langzaam naar het raam en zette de luxaflex een klein eindje open. Hij gluurde erdoor alsof er buiten iets dreigde. 'Gisteren is een stel hooligans naar het ziekenhuis gegaan om stennis te maken. De politie heeft goed ingegrepen. Ze hebben er een stuk of tien gearresteerd. Een stelletje vechtersbazen. Browns-supporters.'

'Hoeveel?'

'Volgens de krant een stuk of twintig. Dronken kerels.'

'En waarom kwamen ze hierheen, Arnie? We zijn hier onder ons: agent en speler. De deur is dicht. Vertel het me maar.'

'Ze kwamen erachter dat je hier lag. Momenteel zijn er veel mensen die je op je donder willen geven. Je bent wel honderd keer met de dood bedreigd. De mensen maken zich kwaad. Zelfs ik ben bedreigd.' Arnie leunde tegen de muur, een beetje zelfvoldaan omdat zijn leven het nu ook waard was om bedreigd te worden. 'Kun je het je nog steeds niet herinneren?' vroeg hij.

'Nee.'

'De Browns staan met 17-0 voor op de Broncos. Nog elf minuten te gaan. En de Broncos mogen blij zijn met die stand, want ze worden ingemaakt. Na drie quarters hebben de Broncos met hun offense in totaal eenentachtig yard veroverd. Ze hebben niet meer dan drie, let wel, drie first downs gescoord. Komt er al iets bij je boven?'

'Nee.'

'Ben Marroon is quarterback, want Nagle heeft in het eerste quarter zijn achillespees verrekt.'

'Dat weet ik nog.'

'Elf minuten voor het eind krijgt Marroon er keihard van langs in een late hit. Ze voeren hem af. Niemand maakt zich zorgen, want de defense van de Browns zou generaal Patton en zijn tanks kunnen tegenhouden. Jij gaat het veld in, derde poging, nog twaalf yard te gaan, en je gooit een mooie strakke pass naar Sweeney, die natuurlijk voor de Broncos speelt, en veertig yard later is hij in de end zone. Kun je je daar iets van herinneren?'

Rick deed langzaam zijn ogen dicht en zei: 'Nee.'

'Doe ook maar niet je best. Beide teams krijgen een aftrap, en de Broncos laten een bal vallen. Zes minuten voor het eind, derde poging, nog acht yard, gooi jij een pass naar Bryce, maar de bal is te hoog en wordt opgevangen door iemand in een wit shirt, hoe hij heet weet ik niet meer, maar rennen kon hij, het hele eind. 17-14. In het stadion loopt de spanning op, meer dan tachtigduizend man. Een paar minuten eerder waren ze nog aan het juichen. Als we wonnen, mochten we voor het eerst aan de Super Bowl meedoen, je kent dat wel. De Broncos trappen af, de Browns lopen drie keer met de bal omdat Cooley geen pass play wil, en dus trappen de Browns drie keer af. Tenminste, dat proberen ze. Bij een snap laat iemand de bal vallen, de Broncos krijgen de bal op de vierendertig-yard-lijn van de Browns, en dat is helemaal geen punt, want in drie plays verovert de Browns-verdediging, die zich op dat moment heel kwaad maakte, vijftien yard terug, buiten field goal range. De Broncos trappen af, jij neemt het over op je eigen zes, en de volgende vier minuten zie je kans de bal midden in de defenselijn te krijgen. De drive blijft in het midfield steken, derde poging, nog tien yard, en nog veertig seconden te gaan. De Browns durven geen pass te maken en helemaal niet af te trappen. Ik weet niet wat Cooley zegt, maar jij geeft weer een pass, vuurt een keiharde bal af op de rechterzijlijn, voor Bryce die vrij staat. Precies raak.'

Rick wilde gaan zitten. Hij dacht even niet meer aan zijn verwondingen. 'Ik herinner het me nog steeds niet.'

'Precies raak, maar veel te hard. De bal raakt Bryce op zijn borst, stuitert weg en Goodson grijpt hem en galoppeert ermee naar het beloofde land. De Browns verliezen met 21-17. Jij ligt op de grond, bijna in tweeën gezaagd. Ze leggen je op een brancard en als ze je het veld af dragen, komt er boegeroep van de helft van het publiek en gejuich van de rest. Wat een lawaai, nooit zoiets gehoord. Een paar dronken kerels springen over het hek en stormen op de brancard af. Ze zouden je hebben vermoord, maar de bewakers grijpen in. Het wordt knokken, en dat is nu natuurlijk ook in alle talkshows te zien.'

Rick was teruggezakt, laag in het bed, lager dan ooit, zijn ogen dicht, zijn ademhaling moeizaam. De hoofdpijn is terug, samen met de scherpe pijn in zijn hals en rug. Waar bleven de medicijnen?

'Sorry, jongen,' zei Arnie. Omdat de kamer er in het donker beter uitzag, deed Arnie de luxaflex dicht. Hij ging weer met zijn krant in de stoel zitten. Zijn cliënt lag er voor dood bij.

De artsen wilden hem ontslaan, maar Arnie had erop aangedrongen hem een paar extra dagen rust en bescherming te geven. De Browns betaalden voor de bewakers en waren daar niet blij mee. De club betaalde ook de ziekenhuisrekening en het zou niet lang duren voor ze gingen zeuren.

En Arnie was het ook zat. Ricks carrière, als je het zo kon noemen, was voorbij. Arnie kreeg vijf procent en vijf procent van Ricks salaris was niet genoeg om de onkosten te dekken. 'Ben je wakker, Rick?'

'Ja,' zei hij met zijn ogen nog dicht.

'Luister naar me.'

'Ik luister.'

'Weet je wat het moeilijkste van mijn baan is? Tegen een speler zeggen dat het tijd is om te stoppen. Je hebt je hele leven gespeeld, het is alles voor je, alles waar je van droomt. Niemand is er ooit aan toe om te stoppen. Maar, Rick, ouwe jongen, het is tijd om af te nokken. Je kunt geen kant meer op.'

'Ik ben achtentwintig, Arnie,' zei Rick met zijn ogen open.

Heel trieste ogen. 'Wat moet ik gaan doen?'

'Veel jongens gaan coachen. Of in onroerend goed. Je was intelligent, je hebt een diploma gehaald.'

'Ja, in lichamelijke oefening, Arnie. Dat betekent dat ik gymles kan geven aan zesdeklassers, voor veertigduizend dollar per jaar. Daar ben ik nog niet aan toe.'

Arnie stond op en liep om het voeteneind van het bed heen, alsof hij diep in gedachten verzonken was. 'Als je nou eens naar huis ging, wat rust nam en er diep over nadacht?'

'Naar huis? Waar is dat? Ik heb in zoveel plaatsen gewoond.'

'Je komt uit Iowa, Rick. Daar zijn ze nog gek op je.' En in Denver zijn ze nog veel gekker op je, dacht Arnie, maar dat hield hij voor zich.

Het idee dat ze hem in de straten van Davenport, Iowa, zouden zien, maakte Rick doodsbang. Hij kreunde zacht. De stad zou zich wel diep voor hem schamen. Au. Hij dacht aan zijn arme ouders en deed zijn ogen dicht.

Arnie keek op zijn horloge, en om de een of andere reden drong nu eindelijk tot hem door dat er geen kaartjes en bloemen in de kamer waren. De zusters zeiden dat er geen vrienden waren langsgeweest, geen familie, geen teamgenoten, niemand die ook maar enigszins met de Cleveland Browns in verband stond. 'Ik moet weg, jongen. Ik kom morgen weer.'

Arnie liep weg en gooide de krant nonchalant op Ricks bed. Zodra de deur achter hem dichtging, greep Rick de krant. Algauw had hij daar spijt van. De politie schatte dat een man of vijftig een luidruchtige demonstratie had gehouden voor het ziekenhuis. Het was nog veel erger geworden toen er een cameraploeg op het toneel was verschenen. Er werd een raam ingegooid en een stel dronken supporters stormde de receptie van de spoedgevallenafdeling in, zogenaamd op zoek naar Rick

Dockery. Acht van hen werden gearresteerd. Op een grote foto – voorpagina onder de vouw – zag je de menigte voordat de arrestaties plaatsvonden. Twee primitieve protestborden waren duidelijk te lezen: 'De stekker eruit!' en 'Legaliseer Euthanasie'.

Het werd nog erger. Voor de *Post* werkte de beruchte sportverslaggever Charley Cray, een onbeschofte broodschrijver die zich had gespecialiseerd in beledigende journalistiek. Cray, net handig genoeg om geloofwaardig te zijn, werd in brede kring gelezen omdat hij alles wist te vertellen over de misstappen en zwakheden van profsporters, die miljoenen verdienden en toch niet volmaakt waren. Hij was een expert in alles en liet nooit een kans voorbijgaan om een schot voor de boeg te lossen. Zijn column op dinsdag – voorpagina sportkatern – had de kop: DOCKERY GROOTSTE GEIT ALLER TIJDEN? Een klungelende footballer werd vaak een geit genoemd.

Cray kennende, hoefde niemand aan het antwoord op die vraag te twijfelen.

De column, goed onderbouwd en wreed geschreven, was gebaseerd op Crays opinies over de grootste individuele blunders, fiasco's en afgangen uit de geschiedenis van de sport. Zo was er Bill Buckner die in de World Series van '86 een lage bal tussen zijn benen door liet gaan. En Jackie Smith die de bal liet vallen in de Super Bowl 13 enzovoort.

Maar zoals Cray zijn lezers toeschreeuwde: dat was steeds maar één blunder.

De heer Dockery daarentegen had kans gezien om in maar elf minuten drie – tel ze! – verschrikkelijke passes te geven.

Het was dan ook duidelijk dat Rick Dockery de Grootste Geit uit de geschiedenis van de profsport was. Het vonnis werd niet betwist en Cray daagde eenieder uit hem tegen te spreken.

Rick gooide de krant tegen de muur en vroeg om nog een pil.

In het donker, in zijn eentje met de deur dicht, wachtte Rick tot het middel werkte, hem bewusteloos maakte en, hopelijk, voorgoed wegvoerde.

Hij zakte dieper in het bed weg, trok het laken over zijn hoofd en huilde.

2

Het sneeuwde en Arnie had genoeg van Cleveland. Hij was op het vliegveld en wachtte op een vlucht naar Las Vegas, waar hij woonde, en tegen beter weten in belde hij een lagere adjunct-directeur van de Arizona Cardinals.

Op dat moment had Arnie, Rick Dockery niet meegerekend, zeven spelers in de NFL en vier in Canada. Hij was, al gaf hij het niet graag toe, als agent een middenmoter, en natuurlijk reikten zijn ambities veel verder. Met telefoontjes voor Rick Dockery zou hij zijn geloofwaardigheid niet vergroten. Rick was op dat ellendige moment misschien wel de meest besproken footballer in het land, maar het was niet het soort publiciteit waar Arnie blij mee was. De adjunct-directeur was beleefd maar kort van stof en wilde het gesprek zo gauw mogelijk beëindigen.

Arnie ging naar een bar, dronk iets en slaagde erin een heel eind bij alle televisies vandaan te zitten, want het nieuws in Cleveland werd nog helemaal beheerst door de drie onderschepte ballen die gegooid waren door een quarterback van wie niemand zelfs maar wist dat hij in het team zat. De Browns waren schitterend door het seizoen gekomen met een haperende offense maar een keiharde defense, die het ene na het andere record verbrijzelde, zowel wat yards als wat punten betrof. Ze hadden maar één keer verloren, en bij elke overwinning raakte een stad die nooit een Super Bowl had gehaald meer en meer in de ban van de dierbare ex-verliezers. Plotseling, in één snel seizoen, waren de Browns de beulen geworden.

Hadden ze de afgelopen zondag gewonnen, dan zouden de Minnesota Vikings hun Super Bowl-tegenstander zijn geweest, een team dat ze in november hadden ingemaakt.

De hele stad had al de heerlijke smaak van een kampioenschap geproefd.

In elf verschrikkelijke minuten was dat alles verdwenen.

Arnie nam nog een glas. Aan de volgende tafel genoten twee halfdronken vertegenwoordigers van het fiasco van de Browns. Ze kwamen uit Detroit.

Het grote nieuws van die dag was het ontslag van de algemeen directeur van de Browns geweest, Clyde Wacker, een man die de afgelopen zaterdag nog als het grote genie was bejubeld maar nu de ideale zondebok was. Er moesten koppen rollen, en niet alleen die van Rick Dockery. Zodra werd geconstateerd dat Wacker degene was die Dockery in oktober zijn contract had gegeven, ontsloeg de eigenaar hem. Het was een openbare executie: grote persconferentie, veel ernstige blikken, veel beloften dat orde op zaken zou worden gesteld enzovoort. De Browns kwamen terug!

Arnie had Rick in diens laatste jaar aan de Iowa University leren kennen, aan het eind van een footballseizoen dat veelbelovend begon maar het team in de lagere regionen deed eindigen. Zijn laatste twee seizoenen was Rick quarterback geweest, en hij leek heel geschikt voor een offense in open stijl, met veel drop backs, die je in de wedstrijden van de nationale top zo weinig te zien kreeg. Soms was hij briljant: inzicht in de defense, mooie passes, ongelooflijk harde ballen. Zijn arm was verbazingwekkend sterk, zonder enige twijfel de beste van zijn jaargang. Hij kon lang en hard gooien, met bliksemsnelle worpen. Aan de andere kant was hij te grillig om op hem te bouwen, en toen hij in de laatste transferronde bij Buffalo terechtkwam, had dat voor hem een duidelijk teken moeten zijn dat hij er verstandiger aan deed om een masteropleiding te gaan volgen of effectenmakelaar te worden.

In plaats daarvan ging hij naar Toronto. Hij beleefde daar twee ellendige seizoenen en stuiterde daarna van de ene NFL-club naar de andere. Ondanks zijn geweldige arm was Rick amper goed genoeg om op een spelerslijst te komen. Elk team heeft een third-string quarterback nodig, de reserve van de reserve. Bij try-outs, en dat waren er vele geweest, had hij met zijn arm vaak indruk gemaakt op coaches. Arnie maakte in Kansas City een keer mee dat Rick een bal tachtig meter gooide. Een paar minuten later klokte hij een snelheid van honderdvierenveertig kilometer per uur.

Maar Arnie wist iets waarvan de meeste coaches inmiddels een sterk vermoeden hadden. Voor een footballer was Rick te bang voor contact. Niet het incidentele contact, niet het snelle, onschuldige tackelen van een rennende quarterback. Rick was, met reden, bang voor keiharde tackles en blitzen van linebackers.

In elke wedstrijd zijn er een paar momenten waarop een quarterback een receiver vrij heeft staan, een fractie van een seconde om de bal te gooien, en dan is er ook altijd een kolossale lineman die op hem af komt stormen. De quarterback kan dan kiezen. Hij kan zijn kaken op elkaar klemmen, zichzelf opofferen, zijn team op de eerste plaats stellen, die verrekte bal gooien, een play maken en levend geplet worden, of hij kan de bal onder zijn arm nemen, het op een lopen zetten en hopen dat hij het er levend afbrengt. Arnie had, zolang als hij Rick had zien spelen, nooit, niet één keer, meegemaakt dat Rick het team op de eerste plaats stelde. Zodra Rick dreigde te worden ondergewalst, kromp hij ineen en rende hij koortsachtig naar de zijlijn.

En omdat Rick gauw een hersenschudding opliep, kon Arnie het hem eigenlijk niet kwalijk nemen.

Hij belde een oomzegger van de eigenaar van de Rams, en die nam de telefoon op met een ijzig: 'Ik hoop dat het niet over Dockery gaat.'

'Eh, ja, eigenlijk wel,' kon Arnie nog uitbrengen.

'Het antwoord is nee.'

Sinds zondag had Arnie met ongeveer de helft van de NFL-teams gesproken. De reactie van de Rams was representatief. Rick had er geen idee van dat er definitief een eind aan zijn miezerige carrière was gekomen.

Arnie zag op een monitor aan de muur dat zijn vlucht vertraging had opgelopen. Nog één telefoontje, nam hij zich voor. Nog één poging om werk voor Rick te zoeken, en dan zou hij op zijn andere spelers overgaan.

De cliënten kwamen uit Portland, en hoewel zijn achternaam Webb was en zij zo'n lichte huid had als een Zweedse, beweerden ze allebei Italiaans bloed te bezitten en wilden ze vreselijk graag het oude land zien waar het allemaal was begonnen. Ze kenden ieder zo'n zes woorden Italiaans, en die spraken ze nog slecht uit ook. Sam vermoedde dat ze op het vliegveld een taalgidsje hadden gekocht en boven de Atlantische Oceaan een paar frasen in hun hoofd hadden gestampt. De vorige keer dat ze in Italië waren, was hun chauffeur/gids een Italiaan geweest die 'afschuwelijk' Engels sprak, en dus hadden ze deze keer een Amerikaan geëist, een echte yankee die restaurants kende en kaartjes kon versieren. Nu ze twee dagen met elkaar hadden doorgebracht, was Sam eraan toe om hen naar Portland terug te sturen.

Sam was geen chauffeur en ook geen gids. Hij was wel heel erg Amerikaans, en omdat zijn gewone baan slecht betaalde, beunde hij er wat bij wanneer er landgenoten in de stad waren die iemand nodig hadden om hen bij de hand te nemen.

Hij zat in de auto te wachten terwijl zij uitgebreid dineerden bij Lazzaro, een oude *trattoria* in de binnenstad. Het was koud en het sneeuwde een beetje, en terwijl hij sterke koffie dronk, gingen zijn gedachten zoals altijd naar zijn spelerslijst. Plotseling ging zijn mobieltje. Het was iemand uit de Verenigde Staten. Hij nam op en zei hallo.

'Mag ik Sam Russo?' was de bondige begroeting.

'Spreekt u mee.'

'Coach Russo?'

'Ja, dat ben ik.'

De man zei dat hij Arnie en nog wat was, agent van football-spelers. Hij zei ook dat hij manager was geweest van het Bucknell-team van 1988, een paar jaar nadat Sam daar had gespeeld. Omdat ze allebei op Bucknell hadden gezeten, hadden ze iets om over te praten en na een paar minuten van ken je die en die was het een amicaal gesprek. Sam vond het leuk om met iemand van zijn vroegere school te praten, al was het een volslagen vreemde.

En het gebeurde ook niet vaak dat hij door agenten werd gebeld.

Ten slotte kwam Arnie ter zake.

'Ja, ik heb naar de play-offs gekeken,' zei Sam.

'Nou, ik vertegenwoordig Rick Dockery, en, eh, de Browns hebben hem ontslagen,' zei Arnie.

Dat verbaast me niets, dacht Sam, maar hij bleef luisteren. 'En hij is op zoek. Hij kijkt wat zijn mogelijkheden zijn. Ik hoorde een gerucht dat je een quarterback zoekt.'

Sam liet bijna de telefoon vallen. Een echte NFL-quarterback die in Parma ging spelen? 'Het is geen gerucht,' zei hij. 'Mijn quarterback heeft vorig week ontslag genomen om in de staat New York te gaan coachen. We zouden Dockery graag willen hebben. Is hij in orde? Fysiek, bedoel ik?'

'Ja, een beetje gekneusd, maar hij kan er gauw weer tegenaan.'

'En hij wil in Italië spelen?'

'Misschien wel. We hebben het er nog niet over gehad, weet je, hij ligt nog in het ziekenhuis, maar we gaan alle mogelijkheden na. Eerlijk gezegd zou het goed zijn als hij van omgeving veranderde.'

'Weet je hoe hier wordt gespeeld?' vroeg Sam nerveus. 'Het is goed football, maar het is een heel andere wereld dan de NFL. Ik bedoel, de jongens hier zijn geen professionals in de ware zin van het woord.'

'Welk niveau?'

'Geen idee. Moeilijk te zeggen. Ooit gehoord van een school die Washington and Lee heet, in Virginia? Mooie school, goed football, derde divisie?'

'Ja.'

'Die zijn hier verleden jaar in de voorjaarsvakantie geweest en we hebben een paar oefenpartijtjes tegen ze gespeeld. We waren vrij goed aan ze gewaagd.'

'Derde divisie, hè?' Arnie was al wat minder enthousiast.

Maar ja, Rick moest het kalmer aan doen. Nog zo'n dreun en hij kreeg misschien echt het hersenletsel waar hij altijd grappen over maakte. Eerlijk gezegd kon het Arnie niet schelen. Nog een paar telefoontjes en Rick Dockery was verleden tijd.

'Hoor eens, Arnie,' begon Sam serieus. Tijd voor de waarheid. 'Het is hier een amateursport, of misschien een beetje daarboven. Elk team in de Series A mag drie Amerikaanse spelers hebben, en die krijgen meestal zakgeld, misschien ook geld voor de huur. De quarterbacks zijn bijna altijd Amerikanen en ze krijgen een klein salaris. De andere spelers zijn harde Italianen die spelen omdat ze van football houden. Als ze geluk hebben, en de eigenaar is in een goed humeur, dan krijgen ze pizza en bier na de wedstrijd. We spelen acht wedstrijden in de competitie, met daarna play-offs en een kans op de Italiaanse Super Bowl. Ons veld is oud maar niet slecht, goed onderhouden, tweeduizend zitplaatsen die we soms nog allemaal bezet krijgen ook. We hebben sponsors uit het bedrijfsleven, mooie tenues, maar geen televisiecontract en geen noemenswaardig geld. In dit land draait alles om voetbal. Je kunt ons football dan ook als een soort van sekte zien.'

'Hoe ben jij daar terechtgekomen?'

'Ik ben gek op Italië. Mijn grootouders emigreerden vanuit deze regio naar Amerika. Ze vestigden zich in Baltimore, en daar ben ik opgegroeid. Maar ik heb hier veel neven en nichten. Mijn vrouw is Italiaanse enzovoort. Het is geweldig om hier te leven. Als footballcoach verdien je hier niet veel, maar we hebben een mooi leven.'

'Dus de coaches worden betaald?'

'Zo zou je het kunnen stellen.'

'Nog meer spelers die uit de NFL zijn gegooid?'

'Soms hebben we er eentje, een arme stumper die van de Super Bowl blijft dromen, maar de Amerikanen hier zijn meestal collegespelers die van de sport houden en een avontuurlijke instelling hebben.'

'Hoeveel kun je mijn man betalen?'

'Dat moet ik eerst met de eigenaar opnemen.'

'Doe dat, dan praat ik met mijn cliënt.'

Ze vertelden elkaar nog een Bucknell-verhaal en toen ging Sam naar zijn kantoor terug. Een NFL-quarterback die football speelde in Italië? Het was moeilijk om je dat voor te stellen, maar het was vaker gebeurd. De Bologna Warriors hadden twee jaar geleden aan de Italiaanse Super Bowl meegedaan met een veertigjarige quarterback die korte tijd voor Oakland had gespeeld. Na twee seizoenen was hij naar Canada vertrokken.

Sam zette de verwarming van de auto wat lager en liet de laatste minuten van de wedstrijd Browns-Broncos nog eens door zijn hoofd gaan. Nooit eerder had hij gezien dat één speler zo totaal verantwoordelijk was voor een nederlaag en een wedstrijd verloren liet gaan die eigenlijk al gewonnen was. Hijzelf had bijna gejuicht toen Dockery het veld af werd gedragen.

Evengoed zou het interessant zijn om hem in Parma te coachen.

3

Hoewel inpakken en weggaan min of meer een ritueel was geworden, was hij bij zijn vertrek uit Cleveland wat meer gestrest dan anders. Iemand had ontdekt dat hij een flat had op de zevende verdieping van een glazen gebouw bij het meer, en toen Rick in zijn zwarte Tahoe voorbij kwam rijden, hingen er twee verlopen verslaggevertypes bij het portiershokje rond. Rick parkeerde ondergronds en ging vlug met de lift naar boven. Toen hij de sleutel in het slot stak, ging de telefoon in de keuken. Hij trof een vriendelijk voicemailbericht aan van niemand minder dan Charley Cray.

Drie uur later had hij de SUV volgestouwd met kleren, golfclubs en een stereo-installatie. Dertien keer met de lift op en neer – hij had het geteld – en zijn hals en schouders deden ongelooflijk zeer. Verder had hij een stekende pijn in zijn hoofd. De pijnstillers hielpen nauwelijks. Je mocht eigenlijk niet autorijden als je die dingen had geslikt, maar Rick deed het toch.

Rick ging weg. Hij ontsnapte uit de flat en het gehuurde meubilair daarin, ontvluchtte Cleveland en de Browns en hun verschrikkelijke supporters, zocht een goed heenkomen. Hij wist nog niet precies waar.

Hij was zo verstandig geweest de flat voor maar zes maanden te huren. Sinds zijn studie had hij een leven van korte huurtermijnen en gehuurd meubilair geleid. Hij had geleerd niet te veel bezit te verzamelen.

Hij baande zich een weg door het verkeer in de binnenstad en wierp in zijn spiegel een laatste blik op de skyline van Cleveland. Die stad zou hij niet missen. Hij vond het geweldig om weg te gaan en nam zich voor om nooit meer terug te keren, tenzij hij natuurlijk tegen de Browns zou spelen, maar hij had zichzelf beloofd dat hij niet aan de toekomst zou denken. Tenminste deze week niet.

Toen hij met grote snelheid door de voorsteden reed, gaf hij zichzelf toe dat Cleveland ongetwijfeld nog blijer met zijn vertrek was dan hij.

Hij reed naar het westen, de kant van Iowa op, al vond hij de gedachte dat hij naar huis ging weinig opwekkend. Hij had zijn ouders een keer vanuit het ziekenhuis gebeld. Zijn moeder had naar zijn hoofd geïnformeerd en hem gesmeekt om te stoppen met football. Zijn vader vroeg hem wat hij zich in zijn hoofd had gehaald toen hij die laatste pass gooide.

'Hoe gaat het in Davenport?' had Rick ten slotte aan zijn vader gevraagd. Ze wisten allebei wat hij bedoelde. Hij vroeg niet naar de plaatselijke economie.

'Niet zo goed,' zei zijn vader.

Een weerbericht trok zijn aandacht. Hevige sneeuwval in het westen, een sneeuwstorm in Iowa. Rick sloeg meteen links af en ging naar het zuiden.

Een uur later zoemde zijn mobieltje. Het was Arnie in Las Vegas. Hij klonk veel opgewekter.

'Waar ben je, jongen?' vroeg hij.

'Ik ben Cleveland uit.'

'Goddank. Ga je naar huis?'

'Nee, ik rijd maar wat. Ik ga naar het zuiden. Misschien ga ik naar Florida om te golfen.'

'Goed idee. Hoe gaat het met je hoofd?'

'Prima.'

'Nog extra hersenletsel?' vroeg Arnie met een gemaakt lachje. Die grap had Rick al minstens honderd keer gehoord.

'Ernstig letsel,' zei hij.

'Hé, jongen, ik heb iets voor je, een contract met gegarandeerde opstelling. Bloedmooie cheerleaders. Wil je erover horen?'

Rick herhaalde het langzaam. Het kon niet anders of hij had het verkeerd verstaan. De vicodin had een paar zones van zijn gevoelige hersenen doorweekt. 'Oké,' zei hij ten slotte.

'Ik heb net met de hoofdcoach van de Panthers gepraat, en ze bieden je meteen een contract aan, ter plekke, zonder vragen te stellen. Het is niet veel geld, maar het is een baan. Je bent dan nog steeds quarterback, eerste quarterback zelfs! Kat in het bakkie.'

'De Panthers?'

'Ja. De Parma Panthers.'

Er volgde een lange stilte waarin Rick met zijn aardrijkskundige kennis worstelde. Het moest wel een team zijn dat in een lagere divisie speelde, een onafhankelijke divisie, zo ver van de NFL verwijderd dat het een aanfluiting was. Dit was vast geen stadionfootball. Arnie zou toch beter moeten weten.

Evengoed kon hij Parma niet plaatsen. 'Zei je de Carolina Panthers, Arnie?'

'Luister nou, Rick. De Parma Panthers.'

Een van de voorsteden van Cleveland heette Parma. Het was allemaal erg verwarrend.

'Oké, Arnie, neem me mijn hersenletsel niet kwalijk, maar als je me nou eens vertelt waar Parma ligt?'

'Het ligt in het noorden van Italië, ongeveer een uur rijden van Milaan.'

'Waar ligt Milaan?'

27

'Dat ligt ook in het noorden van Italië. Ik koop wel een atlas voor je.'

'Daar heet football voetbal, Arnie. Verkeerde sport.'

'Luister nou. Ze hebben in Europa ook footballcompetities. In Duitsland, Oostenrijk, Italië is football een grote sport. Het kan best leuk zijn. Waar is je gevoel voor avontuur?'

De pijn pulseerde weer door zijn hoofd. Hij moest weer een pil nemen, maar hij was al zo goed als stoned en een arrestatie wegens rijden onder invloed was wel het laatste wat hij kon gebruiken. Waarschijnlijk zou de agent na één blik op zijn rijbewijs de handboeien pakken, of misschien zelfs zijn wapenstok. 'Het lijkt me niks,' zei hij.

'Je zou het moeten doen, Rick. Een jaartje ertussenuit, in Europa spelen, de gemoederen hier tot bedaren laten komen. Ik moet je zeggen, jongen, dat ik best voor je wil bellen, maar dit is er een heel, heel beroerd moment voor.'

'Ik wil het niet horen, Arnie. Zeg, we hebben het er nog wel over. Ik heb barstende koppijn.'

'Goed, jongen. Slaap er een nachtje over, maar we moeten wel snel zijn. Het team in Parma zoekt een quarterback. Hun seizoen begint binnenkort en ze zijn wanhopig. Ik bedoel, niet zo wanhopig dat ze zo ongeveer iedereen een contract aanbieden, maar...'

'Ik snap het, Arnie. Tot straks.'

'Heb je weleens van Parmezaanse kaas gehoord?'

'Ja.'

'Daar maken ze het. In Parma. Snap je?'

'Als ik kaas wilde, ging ik wel naar Green Bay,' zei Rick, en dat vond hij een spitse opmerking voor iemand in zijn verdoofde staat.

'Ik heb de Packers gebeld, maar ze belden niet terug.'

'Ik wil het niet horen.'

In de buurt van Mansfield ging hij naar een druk chauffeursrestaurant en bestelde patat met cola. De woorden op de menukaart waren een beetje wazig, maar evengoed nam hij nog een pil om de pijn boven in zijn rug te bestrijden. In het ziekenhuis had hij, toen de televisie weer werkte, de fout begaan eindelijk naar ESPN te kijken. Hij was ineengekrompen, had zelfs gehuiverd toen hij zag hoe hij hard getroffen werd en in elkaar zakte.

Twee chauffeurs aan een andere tafel keken naar hem. O, fantastisch. Waarom draag ik geen pet en zonnebril?

Ze fluisterden en wezen en algauw keken er nog meer naar hem, sommigen kwaad. Rick wilde weggaan, maar de vicodin zei nee, blijf nou even rustig zitten. Hij bestelde nog een bord patat en belde naar zijn ouders. Ze waren er niet of wilden niet opnemen. Hij belde een studievriend in Boca om een paar dagen onder dak te zijn.

De chauffeurs lachten om iets. Hij deed of hij het niet merkte.

Hij schreef cijfers op een wit papieren servet. De Browns waren hem vijftigduizend dollar schuldig voor de play-offs. (Ze zouden hem vast wel betalen.) Hij had ongeveer veertigduizend dollar op de bank in Davenport. Omdat hij een zwervend bestaan had geleid, had hij nooit een huis gekocht. De SUV was geleased: zevenhonderd dollar per maand. Verder had hij geen bezittingen. Hij keek naar de getallen en het beste wat hij ervan kon maken, was dat hij zo'n tachtigduizend dollar bezat.

Het was helemaal nog niet zo gek om met drie hersenschuddingen en tachtigduizend dollar uit de footballsport te stappen. De gemiddelde running back ging drie jaar mee en moest dan met allerlei beenletsel en een schuld van vijfhonderdduizend dollar de maatschappij in.

Ricks financiële problemen waren het gevolg van rampzalige investeringen. Samen met een teamgenoot uit Iowa had hij geprobeerd de markt van autowasserijen in Des Moines in handen te krijgen. Het was tot processen gekomen en zijn naam stond nog steeds op bankleningen. Hij bezat een derde van een Mexicaans restaurant in Fort Worth, en de twee mede-eigenaren, vroegere vrienden, schreeuwden om meer kapitaal. De laatste keer dat hij daar burritos at, had hij moeten overgeven.

Met de hulp van Arnie had hij een faillissement kunnen voorkomen – de krantenkoppen zouden gruwelijk zijn geweest – maar de schulden hadden zich opgestapeld.

Een vrij forse vrachtwagenchauffeur met een indrukwekkende bierbuik kwam naar hem toe, bleef staan en keek hem smalend aan. Hij voldeed helemaal aan het prototype: dikke bakkebaarden, truckerspet, tandenstoker in zijn mondhoek. 'Jij bent toch Dockery?'

Rick had het bijna ontkend, maar toen negeerde hij hem gewoon.

'Jij bent een lul, weet je dat,' zei de trucker zo hard dat de anderen het konden horen. 'Je was een lul in Iowa en je bent nog steeds een lul.' Op de achtergrond werd hard gelachen.

Eén stoot tegen die bierbuik en die kerel lag kermend op de vloer. Alleen al het feit dat Rick daar zelfs maar over dacht, was deprimerend. De krantenkoppen – waarom maakte hij zich toch zo druk om krantenkoppen? – zouden er niet om liegen. DOCKERY OP DE VUIST MET TRUCKERS. En natuurlijk zou iedereen die het verhaal las partij kiezen voor de truckers. Charley Cray zou de dag van zijn leven hebben.

Rick glimlachte in zijn servet en beet op zijn tong.

'Waarom ga je niet naar Denver? Daar zijn ze vast gek op je.' Nog meer gelach.

Rick voegde wat kleine getallen aan zijn overzicht toe en deed of hij niets hoorde. Ten slotte liep de trucker met veel bravoure bij hem vandaan. Je kreeg niet elke dag de kans om een NFL-quarterback de huid vol te schelden.

Hij nam de I-71 naar Columbus, Ohio. Daar had hij, op een stralende herfstmiddag, nog niet zo lang geleden en voor de ogen van honderdduizend supporters, vier touchdown-passes gegooid en de defense als een chirurg uit elkaar geplukt. Speler van de Week. Er zouden vast nog veel meer eerbewijzen volgen. De toekomst was zo schitterend dat hij erdoor verblind werd.

Drie uur later ging hij tanken en zag hij een nieuw motel naast het benzinestation. Hij had genoeg gereden. Hij liet zich op het bed vallen en was van plan dagenlang door te slapen toen zijn mobieltje ging.

'Waar ben je nu?' vroeg Arnie.

'Weet ik niet. London.'

'Wat? Waar?'

'London in Kentucky, Arnie.'

'We moeten het even over Parma hebben,' zei Arnie monter en zakelijk. Hij had iets.

'Ik dacht dat we het daar nog wel over zouden hebben.' Rick kneep in zijn neus en strekte langzaam zijn benen.

'Ja, nu. Ze willen een beslissing.'

'Oké. Geef me de details.'

'Ze bieden je een contract voor vijf maanden. Drieduizend euro per maand, plus een appartement en een auto.'

'Wat is een euro?'

'Dat is de munteenheid in Europa. Hallo? Die is tegenwoordig ongeveer een derde meer waard dan een dollar.'

'Dus hoeveel is het, Arnie? Wat is het aanbod?'

'Ongeveer vierduizend dollar per maand.'

Hij kon de getallen snel verwerken omdat het er zo weinig

waren. 'Verdient de quarterback twintigduizend? Wat verdient een lineman?'

'Wat maakt het uit? Jij bent geen lineman.'

'Gewoon uit nieuwsgierigheid. Waarom ben je zo prikkelbaar?'

'Omdat ik hier te veel tijd aan besteed, Rick. Ik heb nog meer onderhandelingen te voeren. Je weet hoe druk het aan het eind van het seizoen is.'

'Wil je me dumpen, Arnie?'

'Natuurlijk niet. Ik vind alleen dat je een tijdje naar het buitenland zou moeten gaan. Je weet wel, om de accu op te laden, om tot jezelf te komen. Dan heb ik de tijd om hier in Amerika de schade te herstellen.'

De schade. Rick wilde rechtop gaan zitten, maar er werkte niets mee. Alle botten en spieren vanaf zijn middel naar boven waren beschadigd. Als Collins die block niet had gemist, zou Rick niet kapot zijn geweest. Linemen, je hield van ze en je haatte ze. Hij wilde linemen! 'Hoeveel verdienen de linemen?'

'Niets. De linemen zijn Italianen en die doen mee omdat ze gek op football zijn.'

De agenten moesten daar wel van de honger omkomen, dacht Rick. Hij haalde diep adem en probeerde zich de laatste speler te herinneren die meedeed omdat hij zoveel van de sport hield. 'Twintigduizend,' mompelde Rick.

'Dat is twintigduizend meer dan je op dit moment verdient,' merkte Arnie een beetje wreed op.

'Dank je, Arnie. Altijd een opbeurend woord.'

'Hé, jongen, neem een jaar vrij. Ga Europa bekijken. Geef me wat tijd.'

'Hoe goed is het football?'

'Wat maakt het uit? Jij bent daar de ster. Alle quarterbacks zijn Amerikanen, maar het zijn collegetypes die geen profcontract konden krijgen. De Panthers vinden het geweldig dat je er zelfs maar over nadenkt.'

Iemand wilde hem geweldig graag hebben. Wat een leuk idee. Maar wat zou hij tegen zijn familie en vrienden zeggen?

Welke vrienden? In de afgelopen week had hij van welgeteld twee vrienden iets gehoord.

Na een korte stilte schraapte Arnie zijn keel en zei: 'Er is nog iets anders.'

Het klonk niet goed. 'Zeg het maar.'

'Hoe laat ben je vandaag uit het ziekenhuis vertrokken?'

'Weet ik niet meer. Uur of negen.'

'Nu, dan ben je hem net misgelopen.'

'Wie?'

'Een privédetective. Je vriendinnetje de cheerleader is terug, Rick, en ze is nog zwanger ook, en nu heeft ze advocaten, gluiperds die stampij willen maken, die met hun kop in de krant willen komen. Ze hebben ik weet niet hoeveel eisen.'

'Welke cheerleader?' vroeg Rick. Er gingen meteen nieuwe golven van pijn door zijn schouders en hals.

'Tiffany en nog wat.'

'Laat maar, Arnie. Die is met de helft van de Browns naar bed geweest. Waarom moet ze mij hebben?'

'Ben je met haar naar bed geweest?'

'Natuurlijk, toen het mijn beurt was. Als ze een baby van een miljoen wil hebben, waarom wijst ze dan mij aan?'

Een uitstekende vraag van het slechtst betaalde lid van het team. Arnie had hetzelfde gezegd toen hij met Tiffany's advocaten in gesprek was.

'Is het mogelijk dat je echt de pappie bent?'

'Absoluut niet. Ik was voorzichtig. Dat moest je wel zijn.'

33

'Nou, ze kan er niet mee in de openbaarheid komen voordat ze je de dagvaarding laat uitreiken, en dat kan niet als ze je niet kunnen vinden.'

Rick wist dat allemaal wel. Er waren hem wel vaker dagvaardingen uitgereikt. 'Ik verstop me een tijdje in Florida. Daar vinden ze me niet.'

'Reken daar maar niet op. Die advocaten zijn agressief. Ze willen publiciteit. Er zijn heel wat manieren om mensen op te sporen.' Een korte stilte, en toen kwam het: 'Maar, jongen, in Italië kunnen ze je geen dagvaarding uitreiken.'

'Ik ben nog nooit in Italië geweest.'

'Dan wordt het tijd dat je erheen gaat.'

'Ik wil er een nachtje over slapen.'

'Goed.'

Rick dommelde vlug in en had tien minuten diep geslapen toen hij wakker schrok uit een nachtmerrie. Creditcards laten een spoor achter. Benzinestations, motels, wegrestaurants, allemaal verbonden met een onmetelijk web van elektronische informatie die in een fractie van een seconde over de wereld vloog. Voor een of andere nerd met een snelle computer moest het geen probleem zijn om voor een leuk honorarium hier en daar wat te hacken en zo het spoor te volgen. En dan konden de bloedhonden met Tiffany's vaderschapsdagvaarding hem naar de strot vliegen. Nog meer krantenkoppen. Nog meer juridische problemen.

Hij pakte zijn tas, waar alles nog in zat, en ontvluchtte het motel. Hij reed een uur, nog sterk verdoofd, en vond een gribus met goedkope kamers waarvoor je cash kon betalen, per uur of per nacht. Hij liet zich op het stoffige bed vallen en was algauw vertrokken, hard snurkend en dromend van scheve torens en Romeinse ruïnes.

4

Coach Russo zat geduldig op een harde plastic stoel in het station van Parma te wachten en las de *Gazzetta di Parma*. Hij zou het nooit toegeven, maar hij was een beetje zenuwachtig. Hij en zijn nieuwe quarterback hadden een keer door de telefoon met elkaar gepraat terwijl hij, de quarterback, op een golfbaan in Florida was, en de conversatie had te wensen overgelaten. Dockery had niet veel zin om voor Parma te spelen, al trok het idee van een paar maanden buitenland hem wel aan. Blijkbaar had Dockery niet veel zin om waar dan ook te spelen. Het thema van de 'Grootste Geit Aller Tijden' deed de ronde en hij was nog steeds het mikpunt van veel grappen. Hij was footballer van beroep en moest spelen, maar hij wist eigenlijk niet of hij ooit nog in het veld wilde staan.

Dockery zei dat hij geen woord Italiaans sprak maar op een school een jaar Spaans had gedaan. Heel fijn, dacht Russo. Maakt niet uit.

Sam had nog nooit een professionele quarterback gecoacht. Zijn vorige had nu en dan in het team van de universiteit van Delaware gespeeld. Hoe zou Dockery in het team passen? Het team vond het prachtig dat er zo'n talent kwam, maar zouden ze hem accepteren? Zou hij de sfeer in de kleedkamer verpesten met zijn arrogantie? Zou hij te coachen zijn?

De Eurostar uit Milaan schoof het station in, zoals altijd op tijd. Deuren vlogen open; passagiers stroomden eruit. Het was half maart en de meesten droegen dikke donkere jassen, nog stevig ingepakt vanwege de kou en in afwachting van warmer weer. En daar had je Dockery, overgevlogen uit het zuiden van Florida, belachelijk gebruind en gekleed voor een zomeravond op de countryclub: roomkleurig linnen colbertje, citroengeel shirt met tropisch motief, witte broek die de gebronsde sokloze enkels liet zien, dunne krokodillenlederen loafers, meer rood dan bruin. Hij worstelde met twee precies dezelfde en monsterlijke stukken bagage op wielen en kreeg het bijna niet voor elkaar want hij had ook nog een grote tas met golfclubs op zijn rug hangen.

De quarterback was gearriveerd.

Sam keek naar de worsteling en wist meteen dat Dockery nooit eerder in een trein had gezeten. Ten slotte liep hij naar hem en zei: 'Rick. Ik ben Sam Russo.'

Een vaag glimlachje. Dockery hees dingen omhoog en zag kans de golfclubs op het midden van zijn rug te krijgen. 'Hé, coach,' zei hij.

'Welkom in Parma. Ik help je wel.' Sam pakte een van de koffers en ze liepen ermee door het station.

'Dank je. Koud is het hier.'

'Kouder dan in Florida. Goede vlucht gehad?'

'Prima.'

'Speel je veel golf?'

'Ja. Wanneer wordt het warm?'

'Over een maand of zo.'

'Veel golfbanen hier in de buurt?'

'Nee, ik heb er nooit een gezien.' Ze waren nu buiten en stonden bij Sams hoekige kleine Honda.

'Is dat hem?' vroeg Rick. Hij keek om zich heen en zag allemaal kleine autootjes.

'Gooi die maar op de achterbank,' zei Sam. Hij maakte de

kofferbak open en werkte een koffer in de kleine ruimte. Voor de andere koffer was daar geen plek. Die ging op de achterbank, boven op de golfclubs. 'Maar goed dat ik niet meer heb meegenomen,' mompelde Rick. Ze stapten in. Rick, een meter vijfentachtig lang, zat met zijn knieën tegen het dashboard. Zijn stoel kon niet naar achteren vanwege de golfclubs.

'Leuke kleine autootjes hier, hè?' merkte hij op.

'Goed gezien. De benzine kost één dollar twintig per liter.'

'Hoeveel per gallon?'

'Ze werken hier niet met gallons. Ze werken met liters.' Sam schakelde en ze reden bij het station vandaan.

'Oké, hoeveel ongeveer per gallon?' ging Rick verder.

'Nou, een liter is ongeveer een quart.'

Rick dacht daarover na en staarde intussen uit het raam naar de gebouwen aan de Strada Garibaldi. 'Oké. Hoeveel quarts gaan er in een gallon?'

'Waar heb jij op college gezeten?'

'En jij?'

'Bucknell.'

'Nooit van gehoord. Spelen ze daar football?'

'Ja, op een laag niveau. Niet te vergelijken met de AFL. Er gaan vier quarts in een gallon, dus een gallon kost hier een dollar of vijf.'

'Die gebouwen zijn heel oud,' zei Rick.

'Ze noemen dit niet voor niets de Oude Wereld. Wat waren je hoofdvakken op college?'

'Lichamelijke oefening. Cheerleaders.'

'Veel geschiedenis gestudeerd?'

'Ik had de pest aan geschiedenis. Hoezo?'

'Parma bestaat al tweeduizend jaar en heeft een interessante geschiedenis.'

'Parma,' zei Rick terwijl hij uitademde en erin slaagde een centimeter of vijf op zijn stoel te zakken, alsof alleen al het noemen van die naam zijn nederlaag symboliseerde. Hij stak zijn hand in de zak van zijn jasje, pakte zijn mobieltje maar klapte het niet open. 'Wat doe ik eigenlijk in Parma, Italië?' vroeg hij, alsof het meer een constatering dan een vraag was.

Sam wist dat het een retorische vraag was en speelde dus maar voor gids. 'Dit is de binnenstad, het oudste gedeelte. Voor het eerst in Italië?'

'Ja. Wat is dat?'

'Dat is het Palazzo della Pilotta. Vierhonderd jaar geleden zijn ze met de bouw begonnen. Het is nooit afgemaakt en in 1945 is het door de geallieerden platgebombardeerd.'

'Hebben wij Parma gebombardeerd?'

'Wij hebben alles gebombardeerd, zelfs Rome, maar we hebben het Vaticaan ontzien. Zoals je misschien weet, hadden de Italianen een leider, Mussolini, die het met Hitler op een akkoordje gooide. Geen handige zet van hem, al liepen de Italianen nooit echt warm voor de oorlogvoering. Ze zijn veel beter in voedsel, wijn, sportwagens, mode, seks.'

'Misschien bevalt het me hier wel.'

'Vast wel. En ze zijn gek op opera. Hier rechts heb je het Teatro Regio, het beroemde operahuis. Ooit een opera gezien?'

'Ja, natuurlijk, in Iowa hoorde je niet anders. Als kind ging ik elke dag naar de opera. Neem je me in de maling? Waarom zou ik naar een opera gaan?'

'Daar is de *duomo*,' zei Sam.

'De wat?'

'Duomo, kathedraal. Denk maar aan *dome*, je weet wel, Superdome, Carrier Dome.'

Rick zei niets terug. Hij zweeg een tijdje alsof de herinnering

aan *domes* en stadions en de wedstrijden die daar werden gespeeld hem een onbehaaglijk gevoel gaf. Ze waren in het centrum van Parma. Overal draafden voetgangers rond en reden auto's bumper aan bumper.

Ten slotte ging Sam verder. 'De meeste Italiaanse steden zijn
min of meer om een plein in het midden, een *piazza*, opgebouwd. Dit is de Piazza Garibaldi, met veel winkels en cafés
en voetgangers. De Italianen zitten vaak op terrasjes te lezen
en espresso te drinken. Geen slechte gewoonte.'

'Ik drink geen koffie.'

'Dan moet je daar maar eens mee beginnen.'

'Wat vinden die Italianen van Amerikanen?'

'Ze mogen ons graag, denk ik, al hebben ze het er niet veel
over. Als ze erover nadenken, hebben ze waarschijnlijk een hekel aan onze regering, maar in het algemeen maken ze zich daar
niet druk om. Ze zijn gek op onze cultuur.'

'Zelfs op football?'

'Tot op zekere hoogte. Er is daar een geweldig barretje. Wil je
iets drinken?'

'Nee, het is mij te vroeg.'

'Geen alcohol. Een bar is hier zoiets als een cafeetje of een
koffiehuis. Een ontmoetingsplaats.'

'Nee, dank je.'

'Hoe dan ook, in het centrum van de stad gebeurt het allemaal. Je appartement is hier maar een paar straten vandaan.'

'Ik ben benieuwd. Mag ik even iemand bellen?'

'*Prego.*'

'Wat?'

'Prego. Dat betekent: ga je gang.'

Terwijl Rick de cijfers intoetste, manoeuvreerde Sam zijn auto door het namiddagverkeer. Toen Rick uit het raam keek,

drukte Sam vlug op een knop van de radio en speelde er zachte operamuziek op de achtergrond. Degene met wie Rick wilde praten was er niet. De quarterback sprak geen bericht in, klapte de telefoon dicht en stopte hem weer in zijn zak.

Waarschijnlijk zijn agent, dacht Sam. Misschien zijn vriendin.

'Heb je een vriendin?' vroeg Sam.

'Niemand in het bijzonder. Veel NFL-groupies, maar die zijn zo dom als koeien. Jij?'

'Elf jaar getrouwd, geen kinderen.'

Ze reden over een brug die de Ponte Verdi heette. 'Dit is de rivier de Parma. Die deelt de stad in tweeën.'

'Prachtig.'

'Voor ons zie je het Parco Ducale, het grootste park van de stad. Het is prachtig. Italianen houden veel van parken en tuinen en zo.'

'Het ziet er goed uit.'

'Fijn dat je het mooi vindt. Het is een mooie plek om te wandelen, met een meisje heen te gaan, een boek te lezen, in de zon te liggen.'

'Nooit veel in parken geweest.'

Goh, wat een verrassing.

Ze reden rond, staken de rivier weer over en manoeuvreerden zich algauw weer door smalle straatjes met eenrichtingsverkeer. 'Nu heb je het grootste deel van de binnenstad van Parma gezien,' zei Sam.

'Mooi.'

Een paar blokken ten zuiden van het park sloegen ze een kronkelende straat in, de Via Linati. 'Daar,' zei Sam. Hij wees naar een lange rij gebouwen van vier verdiepingen, elk in een andere kleur. 'Het tweede, met die goudgele kleur. Je appartement is op de tweede verdieping. Het is een mooi deel van de stad. Signor Bruncardo, de eigenaar van het team, heeft ook een paar gebouwen in eigendom. Daarom kun je in de binnenstad wonen. Het is hier duurder.'

'Spelen die jongens echt voor niets?' vroeg Rick. Er maalde nog iets uit een vorig gesprek door zijn hoofd.

'De Amerikanen krijgen betaald, jij en twee anderen. Dit jaar hebben we er maar drie. Niemand verdient zoveel als jij. Ja, de Italianen spelen voor hun plezier. En voor de pizza na de wedstrijd.' Een korte stilte, en toen: 'Je zult hartstikke goed met die jongens kunnen opschieten.' Het was zijn eerste poging om teamgeest te kweken. Als de quarterback niet tevreden was, leidde dat tot veel problemen.

Op de een of andere manier kreeg hij zijn Honda op een plekje dat half zo groot was als de auto, en ze laadden de bagage en golfclubs uit. Er was geen lift, maar de trap was erg breed. Het appartement was gemeubileerd en bestond uit drie vertrekken, een zitkamer, een slaapkamer en een keukentje. Omdat zijn nieuwe quarterback van de NFL kwam, had signor Bruncardo in de beurs getast voor nieuwe verf, vloerkleden, gordijnen en huiskamermeubilair. Er hing zelfs wat felgekleurde moderne kunst aan de muren.

'Niet slecht,' zei Rick, en Russo was opgelucht. Hij wist hoe het met de huizen in Italië gesteld was. De meeste appartementen waren klein, oud en duur. Als de quarterback teleurgesteld was, zou signor Bruncardo dat ook zijn. Dan ontstonden er complicaties.

'In de verhuur zou het tweeduizend euro per maand doen,' zei Sam om indruk op hem te maken.

Rick legde zijn golfclubs voorzichtig op de bank. 'Mooie woning,' zei hij. Hij wist niet meer in hoeveel appartementen hij de

41

afgelopen zes jaar had gewoond. Doordat hij steeds weer ver-
huisd was, vaak in allerijl, lieten vierkante meters, stoffering
en inrichting hem volkomen koud.

'Als jij je nu even gaat verkleden, dan zie ik je beneden,' zei
Sam.

Rick keek naar zijn witte broek en bruine enkels en zei bijna:
'Ik hou het zo.' Maar toen begreep hij de hint en zei: 'Oké, geef
me vijf minuten.'

'Twee straten naar rechts is een café,' zei Sam. 'Ik zit daar op
een terras koffie te drinken.'

'Oké, coach.'

Sam bestelde koffie en sloeg zijn krant open. Het was vochtig
weer; de zon was achter de huizen gezakt. De Amerikanen kregen in het begin altijd een cultuurschok te verwerken. De taal,
auto's, smalle straten, kleine woningen, de steden met al die
huizen dicht op elkaar. Het werd ze weleens wat te veel, vooral
jongens uit een eenvoudig milieu die weinig hadden gereisd. In
zijn vijf jaar als coach van de Parma Panthers had Sam welgeteld één Amerikaanse speler ontmoet die ooit eerder in Italië
was geweest.

Meestal haalden twee van de nationale schatten van Italië hen
uiteindelijk over de streep: eten en vrouwen. Coach Russo be-
moeide zich niet met het laatste, maar hij kende de macht van
de Italiaanse kookkunst. Er stond meneer Dockery een vier uren
durend diner te wachten, al had hij daar nu nog geen idee van.

Tien minuten later kwam hij aangelopen, natuurlijk met zijn
mobieltje in de hand. Hij zag er veel beter uit. Blauwe blazer,
vale spijkerbroek, donkere sokken en schoenen.

'Koffie?' vroeg Sam.

'Doe maar cola.'

Sam praatte met de ober.

'Dus je spreekt de taal, hè?' zei Rick. Hij stopte de telefoon in zijn zak.

'Ik woon hier al vijf jaar. Mijn vrouw is Italiaanse. Dat heb ik je verteld.'

'Leren de andere Amerikanen de taal ook?'

'Een paar woorden, vooral dingen op een menu.'

'Ik vraag me wel af hoe ik de plays aangeef in de huddle.'

'Dat doen we in het Engels. Soms begrijpen de Italianen de plays, soms niet.'

'Net als op school,' zei Rick, en ze lachten allebei. Hij nam een slok cola en zei: 'Ik begin niet aan de taal. Te lastig. Toen ik in Canada speelde, werd er veel Frans gesproken. Dat was geen punt. Iedereen sprak ook Engels.'

'Niet iedereen spreekt hier Engels. Neem dat maar van mij aan.'

'Ja, maar iedereen spreekt American Express en dollars.'

'Dat kan zijn, maar het is geen slecht idee om de taal te leren. Het leven is gemakkelijker en je teamgenoten zullen van je houden.'

'Houden van? Ik heb niet meer van een teamgenoot gehouden sinds ik nog op een college footbalde.'

'Dit is ook een soort college, een grote broederschap van jongens die graag hun tenue aantrekken, een paar uur lekker spelen en dan een biertje gaan drinken. Als ze je accepteren, en dat doen ze vast wel, doen ze alles voor je.'

'Weten ze van, eh, je weet wel, mijn laatste wedstrijd?'

'Ik heb het ze niet gevraagd, maar sommigen vast wel. Ze zijn gek op football en kijken naar veel wedstrijden op tv. Maar maak je geen zorgen, Rick. Ze vinden het prachtig dat je hier bent. Die jongens hebben nooit de Italiaanse Super Bowl gewonnen, en ze denken dat het dit jaar gaat gebeuren.'

Er liepen drie signora's voorbij die hun aandacht trokken. Toen ze uit het zicht waren verdwenen, staarde Rick naar de straat en leek hij in een andere wereld terecht te zijn gekomen. Sam mocht hem wel en had met hem te doen. Die jongen had een lawine van publieke bespotting over zich heen gekregen als nooit eerder iemand in het professionele football, en nu zat hij opeens in Parma, in zijn eentje, in de war. En op de vlucht. In Parma hoorde hij thuis, voorlopig althans.

'Wil je het veld zien?' vroeg Sam.

'Goed, coach.'

Toen ze wegliepen, wees Sam naar een andere straat. 'Er is daar een herenzaak met geweldige kleren. Daar moet je eens gaan kijken.'

'Ik heb genoeg meegebracht.'

'Zoals ik zei: ga er eens kijken. Italianen zijn erg elegant en ze kijken naar je, zowel mannen als vrouwen. Je bent hier nooit overdressed.'

'Taal, kleren, verder nog iets, coach?'

'Ja, een beetje raad. Amuseer je hier een beetje. Het is een geweldige oude stad en je bent hier maar zo kort.'

'Goed, coach.'

5

Het Stadio Lanfranchi bevindt zich in de noordwestelijke hoek van Parma, nog wel in de eigenlijke stad maar een eind bij de oude huizen en smalle straten vandaan. Het is een rugbystadion, de thuisbasis van twee profteams, en het wordt voor football aan de Panthers verhuurd. Het heeft overdekte tribunes aan weerskanten, een persbox en een speeloppervlak van natuurlijk gras dat ondanks het intensieve gebruik goed wordt onderhouden.

Voetbal wordt gespeeld in het veel grotere Stadio Tardini, anderhalve kilometer bij het Lanfranchi vandaan in het zuidoosten van de stad. Daar komen grotere menigten bijeen voor de hedendaagse bestaansreden van Italië. Al valt er daar niet veel te juichen. Het nederige voetbalteam van Parma kan zich nog net handhaven in de prestigieuze hoogste divisie van het Italiaanse voetbal. Toch trekt het team een trouw publiek: dertigduizend lankmoedige supporters komen elk jaar weer opdagen, wedstrijd na wedstrijd.

Dat is ongeveer negenentwintigduizend meer dan er meestal naar Panthers-wedstrijden in het Stadio Lanfranchi komen kijken. Dat stadion heeft tweeduizend plaatsen, maar is zelden uitverkocht. Eigenlijk valt er niets te verkopen. De toegang is gratis.

Terwijl de schaduwen lengden, liep Rick Dockery langzaam over het midfield, zijn handen in de zakken van zijn spijkerbroek, doelloos slenterend als iemand die in een andere wereld is terechtgekomen. Af en toe bleef hij staan en drukte hij testend met zijn schoen in de grond. Sinds die laatste dag in Cleveland had hij geen voet meer op een veld gezet.

Sam zat vijf rijen omhoog aan de kant van de thuisclub. Hij keek naar zijn quarterback en vroeg zich af wat hij dacht.

Rick dacht aan een trainingskamp in een zomer niet zo lang geleden, een korte maar zware beproeving met een van de prof-teams, hij wist niet meer precies welk. Ze hielden dat kamp bij een klein college met een veld dat wel wat weg had van dit hier in Italië. Een school met een team in de derde divisie, een klein college met de obligate primitieve studentenkamers en kantines en kleine kleedkamers, het soort omgeving waar sommige NFL-teams de training zo hard en spartaans mogelijk maken.

En hij dacht aan de middelbare school. In Davenport South had hij elke wedstrijd voor meer mensen gespeeld, zowel thuis als uit. In zijn derde jaar had hij de staatsfinale verloren voor een publiek van elfduizend mensen. Voor Texaanse begrippen was dat misschien weinig, maar voor schoolfootball in Iowa was het ontzaglijk veel.

Maar op dit moment was Davenport South ver weg, zoals wel meer dingen die ooit belangrijk voor hem waren. Hij bleef in de end zone staan en keek naar de doelpalen, die er vreemd uitzagen. Twee hoge palen, blauw en geel geverfd, in de grond verankerd en met een groene bekleding waarop reclame werd gemaakt voor Heineken. Rugby.

Hij liep de tribune op en ging naast zijn coach zitten. Die zei: 'Wat vind je ervan?'

'Mooi veld, maar jullie komen een paar meter tekort.'

'Tien yard, om precies te zijn. De doelpalen staan honderdtien yard uit elkaar, maar we hebben er twintig nodig voor de twee end zones. En dus spelen we op wat er over is, negentig yard. De meeste velden waarop we spelen, zijn voor rugby bestemd. We moeten ons een beetje behelpen.'

Rick bromde iets en glimlachte. 'Mij best.'

'Het is heel iets anders dan het Browns Stadium in Cleveland,' zei Sam.

'Gelukkig wel. Ik heb nooit van Cleveland gehouden, niet van de stad, het publiek en het team niet, en ik had de pest aan het stadion. Aan het Eriemeer, de snijdende wind, die grond zo hard als beton.'

'Wat was je favoriete stopplaats?'

Rick lachte schamper en zei: 'Stopplaats. Zeg dat wel. Ik stopte hier en daar, maar vond nooit een vaste plek. Dallas, denk ik. Ik hou van warmer weer.'

De zon was bijna weg en de lucht koelde af. Rick stak zijn handen in de zakken van zijn strakke spijkerbroek en zei: 'Vertel me eens wat over football in Italië. Hoe is het hier gekomen?'

'De eerste teams ontstonden een jaar of twintig geleden en de sport breidde zich enorm snel uit, vooral hier in het noorden. De Super Bowl in 1990 trok twintigduizend mensen. Vorig jaar waren het er veel minder. In de jaren negentig liep de belangstelling om de een of andere reden terug, maar nu komen er weer meer mensen. Er zijn negen teams in de divisie A, een stuk of vijfentwintig in de divisie B, en er is flag football voor de kinderen.'

Weer een stilte. Rick keek naar zijn handen. In die twee maanden in Florida was zijn huid bruin maar dun geworden. Dat bruin trok al weg. 'Hoeveel mensen komen er naar de Panthers kijken?'

'Hangt ervan af. Omdat we geen kaartjes verkopen, worden ze niet geteld. Misschien duizend. Als Bergamo hier speelt, zit het stampvol.'

'Bergamo?'

'De Bergamo Lions, de eeuwige kampioenen.'

Rick vond dat grappig. 'Lions en Panthers. Hebben ze allemaal NFL-namen?'

'Nee. We hebben ook de Bologna Warriors, Rome Gladiators, Naples Bandits, Bolzano Giants, Milan Rhinos, Lazio Marines en Ancona Dolphins.'

Rick grinnikte om de namen.

'Wat is er zo grappig?' vroeg Sam.

'Niets. Waar ben ik?'

'Dat is normaal. Maar die schok is snel voorbij. Als je eenmaal je tenue aanhebt en aan het scoren bent, voel je je thuis.'

Ik scoor niet, wilde Rick zeggen, maar hij hield zich in. 'Dus Bergamo is het team dat we moeten verslaan?'

'Ja. Ze hebben acht Super Bowls achter elkaar gewonnen en zijn al eenenzestig wedstrijden ongeslagen.'

'De Italiaanse Super Bowl. Niet te geloven dat die mij altijd is ontgaan!'

'Hij ontgaat veel mensen. Op de sportpagina's komen wij als laatste, na het zwemmen en de motorraces. Toch komt de Super Bowl wel op televisie. Op een van de kleinere kanalen.'

Omdat hij het nog steeds een gruwelijk idee vond dat zijn vrienden zouden horen dat hij derderangs wedstrijden in Italië speelde, vond hij het vooruitzicht van geen pers en geen televisie wel aantrekkelijk. Het ging Rick in Parma niet om roem, alleen om een klein salaris terwijl hij en Arnie wachtten tot er thuis een wonder plaatsvond. Hij wilde niet dat iemand wist waar hij was.

'Hoe vaak trainen we?'

'Op maandag, woensdag en vrijdag krijgen we om acht uur 's avonds het veld. Die jongens hebben echte banen.'

'Wat voor banen?'

'Van alles. Een piloot, een ingenieur, een paar vrachtwagen-chauffeurs, een makelaar, aannemers, één jongen heeft een kaas-winkel, een ander runt een bar, een tandarts, twee of drie werken in een sportschool. Twee metselaars, een paar automonteurs.'

Rick dacht daar even over na. Zijn gedachten gingen lang-zaam. De schok was nog niet uitgewerkt. 'Wat voor offense?'

'We houden de dingen simpel. Veel actie en schijnbewegin-gen. Vorig jaar konden we niet zo goed aanvallen omdat onze quarterback niet kon gooien.'

'Jullie quarterback kon niet gooien?'

'Nou ja, hij kon het wel, maar niet zo goed.'

'Hebben we een runner?'

'Ja. Slidell Turner. Een taaie kleine zwarte jongen van Colora-do State, drie jaar geleden in de laatste ronde gecontracteerd door de Colts. Ze gooiden hem eruit omdat hij gewoon te klein was.'

'Hoe klein?'

'Een meter zeventig. Te klein voor de NFL, maar ideaal voor de Panthers. Ze hebben hier moeite om hem te pakken te krij-gen.'

'Wat doet een zwarte jongen van Colorado State hier in Par-ma, Italië?'

'Football spelen, wachten op het telefoontje. Net als jij.'

'Heb ik een receiver?'

'Ja, Fabrizio, een van de Italianen. Geweldige handen, gewel-dige voeten, geweldig groot ego. Denkt dat hij de beste Italiaan-se footballer aller tijden is. Lastig in het onderhoud, maar geen slechte jongen.'

'Kan hij mijn ballen vangen?'

'Dat betwijfel ik. Hij zal veel moeten trainen. Maak hem de eerste dag niet af.'

Rick sprong overeind en zei: 'Ik heb het koud. Zullen we ergens anders heen gaan?'

'Wil je de teamkamer zien?'

'Goed, waarom niet?'

Er stond een clubhuis voorbij de noordelijke end zone, en toen ze daarheen liepen, denderde er op een steenworp afstand een trein voorbij. Binnen was het lange, platte gebouw versierd met tientallen reclameposters van de sponsors. De rugbyclub gebruikte het grootste deel van het gebouw, maar de Panthers hadden een kleine kamer met kasten en materiaal.

'Wat vind je ervan?' vroeg Sam.

'Het is een kleedkamer,' zei Rick. Hij wilde geen vergelijkingen maken, maar onwillekeurig zag hij de luxueuze kleedkamers in de nieuwere NFL-stadions weer voor zich. Vloerbedekking, met hout beklede kasten die groot genoeg waren voor een kleine auto, leren leunstoelen die gebouwd waren voor linemen, privéhokjes in een doucheruimte die groter was dan deze kamer. Nou ja. Het was maar voor vijf maanden, zei hij tegen zichzelf. Hij kon er wel tegen.

'Deze is van jou.' Sam wees. Rick liep naar zijn kast, een oude metalen kooi, leeg afgezien van een witte Panther-helm die aan een haak hing. Hij had om nummer 8 gevraagd, en dat stond ook op de achterkant van zijn helm. Maat zevenenhalf. Slidell Turners kast was rechts van hem, en op de kast links van hem stond de naam Trey Colby.

'Wie is dat?' vroeg Rick.

'Colby is onze free safety. Heeft bij Ole Miss gespeeld. Deelt een appartement met Slidell. Het zijn de enige twee zwarte jongens in het team. We hebben dit jaar maar drie Amerikanen. Vorig jaar waren het er vijf, maar ze hebben de regels weer veranderd.'

Op een tafel in het midden lagen keurige stapels wedstrijd-shirts en -broeken. Rick bekeek ze aandachtig. 'Goed spul,' zei hij.

'Fijn dat je tevreden bent.'

'Je had het over eten. Ik weet niet wat voor eten mijn lichaam nodig heeft, maar voedsel zou welkom zijn.'

'Ik weet precies waar we heen moeten. Het is een oude trattoria van twee broers. Carlo doet de keuken en maakt het eten klaar. Nino doet het restaurant en zorgt ervoor dat iedereen goed te eten krijgt. Nino is ook je center, en kijk niet verbaasd als je hem ziet. Je center op de middelbare school was waarschijnlijk groter, maar Nino is keihard in het veld en hij doet niets liever dan twee uur per week mensen ondersteboven lopen. Hij is ook de tolk van de offense. Jij roept de plays in het Engels af en Nino geeft een snelle versie in het Italiaans, en dan verbreken jullie de huddle. Als je naar de lijn loopt, hoop je maar dat Nino het goed heeft vertaald. De meeste Italianen verstaan wel een beetje Engels, maar ze zijn geneigd om op hun eerste impuls af te gaan. Vaak wachten ze niet op Nino. Het kan gebeuren dat het hele team in verschillende richtingen rent en je geen idee hebt van wat er aan de hand is.'

'Wat doe ik dan?'

'Je rent als een gek.'

'Lijkt me grappig.'

'Dat kan het ook zijn. Maar die jongens nemen het spel serieus, vooral in het vuur van de strijd. Ze mogen er graag hard tegenaan gaan, zowel voor het fluitsignaal als daarna. Ze vloeken en vechten, en dan slaan ze hun armen om elkaar heen en gaan samen iets drinken. Misschien komt een van de spelers, Paolo, met ons eten. Zijn Engels is erg goed. En misschien komen er nog een paar. Ze willen je allemaal graag ontmoeten. Nino zorgt voor het eten en de wijn, dus maak je maar niet druk om het menu. Geloof me, het wordt heerlijk.'

6

Ze reden naar de universiteit en parkeerden in een van de eindeloze smalle straatjes eromheen. Het was nu donker, en er liepen groepen luidruchtig pratende studenten voorbij. Rick zei niet veel en Sam hield de conversatie op gang. 'Een *trattoria* is per definitie een pretentieloos familierestaurant met geweldige plaatselijke gerechten en wijnen, royale porties, niet te duur. Luister je naar me?'

'Ja.' Ze liepen vlug over een trottoir. 'Ga je me te eten geven of doodpraten?'

'Ik wil je laten kennismaken met de Italiaanse cultuur.'

'Zoek maar een pizza voor me uit.'

'Waar was ik?'

'Een trattoria.'

'Ja, in tegenstelling tot een restaurant, dat meestal stijlvoller en duurder is. En dan is er ook nog de *osteria*. Dat was van oudsher een eetkamer in een herberg, maar kan tegenwoordig bijna van alles betekenen. En de bar, maar die hebben we al gehad. En de *enoteca*, die meestal ook wijnwinkel is en waar je snacks en kleinere gerechten kunt krijgen. Dat is het wel zo'n beetje.'

'Dus in Italië heeft niemand honger.'

'Meen je dat nou?'

Boven de deur hing een klein bord met CAFÉ MONTANA. Door het raam aan de voorkant zagen ze een lange kamer met lege tafels, allemaal bedekt met gesteven en gestreken witte lakens en voorzien van blauwe borden, servetten en grote wijnglazen.

'We zijn een beetje vroeg,' zei Sam. 'Het wordt hier pas om een uur of acht druk. Maar Nino is er al.'

'Montana?' zei Rick.

'Ja, naar Joe. De quarterback.'

'Nee.'

'Echt waar. Die jongens zijn gek op football. Carlo heeft jaren geleden ook gespeeld, maar zijn knie ging kapot. Nu kookt hij alleen nog maar. Volgens de verhalen heeft hij alle records voor overtredingen.'

Ze gingen naar binnen, en wat het ook was dat Carlo in de keuken aan het bereiden was, het kwam meteen op hen af. De geur van knoflook, scherpe vleessauzen en gebraden varkensvlees hing als rook over het restaurant, en Rick had meteen trek. In een nis, halverwege het vertrek, brandde een haardvuur.

Nino kwam door een zijdeur het restaurant binnen en kuste Sam. Een hevige omhelzing en toen een mannelijke, luidruchtige kus op de rechterwang, en ook op de linkerwang, en toen pakte hij met zijn beide handen Ricks rechterhand vast en zei: 'Rick, mijn quarterback, welkom in Parma.' Rick schudde hem de hand maar nam zich voor om terug te deinzen als Nino hem ook wilde kussen. Dat gebeurde niet.

Nino sprak met een zwaar accent, maar de woorden waren goed verstaanbaar. Rick werd Riek.

'Aangenaam,' zei Rick.

'Ik ben center,' verkondigde Nino trots. 'Maar wees voorzichtig met je handen. Mijn vrouw, zij is jaloers.' Waarop Nino en Sam dubbelklapten van het lachen en Rick dat ook maar deed.

Nino was kleiner dan een meter tachtig, dik en fit, een kilo of vijfennegentig. Toen hij om zijn eigen grapje lachte, schatte

Rick zijn lengte nog eens in en besefte dat het een heel lang seizoen kon worden. Een center van een meter vijfenzeventig?

En hij was ook geen jonkie meer. Nino had golvend donker haar met een zweem van grijs op de slapen. Hij was halverwege de dertig. Hij had wel een krachtige kinpartij en een wilde schittering in zijn ogen: een man die graag mocht knokken.

Ik zal voor mijn leven moeten rennen, dacht Rick.

Carlo kwam met zijn gesteven witte schort en zijn koksmuts de keuken uit. Dat was nog eens een center. Een meter vijfentachtig, minstens honderdtwintig kilo, brede schouders. Maar hij liep een beetje mank. Hij begroette Rick hartelijk, een snelle omhelzing zonder te kussen. Zijn Engels was lang niet zo goed als dat van Nino, en na een paar woorden gaf hij het op en ging hij over op Italiaans, zodat Rick het niet meer kon volgen.

Sam vertaalde het meteen. 'Hij zegt, welkom in Parma en hun restaurant. Ze zijn nog nooit zo opgewonden geweest: een echte Amerikaanse Super Bowl-held die voor de Panthers gaat spelen. En hij hoopt dat je vaak in hun trattoria komt eten en drinken.'

'Dank je,' zei Rick tegen Carlo. Hun vingers waren nog met elkaar verstrengeld. Carlo praatte weer verder en Sam was er klaar voor. 'Hij zegt dat de eigenaar van het team zijn vriend is en vaak in Café Montana komt eten. En dat heel Parma het geweldig vindt dat de grote Rick Dockery het zwart en zilver wil dragen.' Stilte.

Rick bedankte hem opnieuw, glimlachte zo warm mogelijk en herhaalde bij zichzelf de woorden 'Super Bowl'. Toen liet Carlo hem eindelijk los en schreeuwde hij iets naar de keuken.

Toen Nino hen naar hun tafel bracht, fluisterde Rick tegen Sam: 'Super Bowl. Waar komt dat vandaan?'

'Geen idee. Misschien vertaalde ik het niet goed.'

'Mooi is dat. Je zei dat je vloeiend Italiaans sprak.'

'Meestal wel.'

'Heel Parma? De grote Rick Dockery? Wat heb je tegen die mensen gezegd?'

'Die Italianen overdrijven alles.'

Ze hadden een tafel bij de haard. Nino en Carlo schoven stoelen bij voor hun gasten, en voordat Rick op zijn plaats zat, ontfermden drie jonge obers in perfect witte kleding zich over hen. Nummer een had een grote schaal met voedsel. Nummer twee had een magnum met sprankelende wijn. Nummer drie had een mand met brood en twee flessen: olijfolie en azijn. Nino knipte met zijn vingers en wees en Carlo blafte tegen een van de obers. Die liet dat niet op zich zitten en samen gingen ze naar de keuken, druk argumenterend bij elke stap die ze zetten.

Rick keek naar de schaal. Er lag een groot brok strokleurige harde kaas op, en daaromheen lag vleeswaar, zorgvuldig in kringen gerangschikt. Gerijpt vlees met een donkere gloed, anders dan alles wat Rick ooit eerder had gezien. Terwijl Sam en Nino in het Italiaans praatten, ontkurkte een ober vlug de wijn en schonk drie glazen vol. Vervolgens bleef hij in de houding staan, een gesteven servet over zijn arm.

Nino gaf de glazen door en hield het zijne toen omhoog. 'Een toost op de grote Riek Dockery, en op een Super Bowl-overwinning van de Parma Panthers.' Ze namen een slok, terwijl Nino de helft van zijn glas opdronk. 'Is Malvasia Secco,' zei hij. 'Van een wijnmaker hier in de buurt. Vanavond komt alles uit Emilia. De olijfolie, de balsamicoazijn, de wijn en de gerechten, alles komt uit de streek,' zei hij trots, en hij sloeg met zijn indrukwekkende vuist op zijn borst. 'Het beste voedsel van de wereld.'

Sam boog zich naar hem toe. 'We zijn hier in de provincie Parma van Emilia-Romagna, een van de regio's.'

Rick knikte en nam weer een slok. In het vliegtuig had hij een gids doorgebladerd en daarom wist hij min of meer waar hij was. Er waren twintig regio's in Italië, en uit de gids was hem gebleken dat ze bijna allemaal beweerden het beste voedsel en de beste wijn van het land te hebben.

En dan nu het voedsel.

Nino nam weer een slok en boog zich toen naar hem toe, alle tien de vingertoppen tegen elkaar, de professor die een lezing gaat geven die hij al vele malen had gehouden. Met een achteloos gebaar naar de kaas zei hij: 'Natuurlijk ken je de beste kaas die er is. Parmigiano-reggiano. Jullie zeggen Parmezaanse kaas. De koning van de kaas, en die wordt hier gemaakt. Alleen uit ons stadje komt de echte parmigiano. Deze kaas is door mijn oom gemaakt, vier kilometer van waar je nu zit. De beste.'

Hij kuste zijn vingertoppen en sneed toen gracieus enkele plakken af, die hij op de schaal liet liggen. Hij ging verder met zijn lezing: 'Nu,' zei hij, wijzend naar de eerste kring, 'de wereldberoemde prosciutto. Jullie zeggen parmaham. Alleen hier gemaakt, van speciale varkens. Die krijgen gerst, haver en melkresten van het maken van de parmigiano. Onze prosciutto wordt nooit gekookt,' zei hij ernstig, en hij zwaaide afkeurend zijn vinger heen en weer, 'maar gerijpt met zout, frisse lucht en veel liefde. In achttien maanden rijpt hij.'

Behendig pakte hij een plakje bruin brood, doopte het in olijfolie en legde er een plak prosciutto en een beetje parmigiano op. Toen het perfect was, gaf hij het aan Rick en zei: 'Een kleine sandwich.' Rick stopte het in één keer in zijn mond, deed zijn ogen dicht en genoot.

Voor iemand die nog steeds van McDonald's hield was het een verbijsterende smaak. Het voedsel drong tot alle smaakpapillen in zijn mond door en liet hem zo langzaam mogelijk kauwen. Sam sneed ook iets voor zichzelf af en Nino schonk wijn in. 'Is goed?' vroeg hij aan Rick.

'O, ja.'

Nino stak zijn quarterback weer iets toe en ging verder. 'En dan hebben we *culatello*, uit de poot van het varken, van het bot getrokken, alleen de beste delen, bedekt met zout, witte wijn, knoflook, veel kruiden, vele uren met de hand gewreven, ten slotte in een varkensblaas gestopt en veertien maanden gerijpt en gedroogd. De zomerlucht maakt hem droog en de natte winters houden hem mals.' Onder het praten waren zijn beide handen voortdurend in beweging: wijzen, drinken, meer kaas afsnijden, de balsamicoazijn zorgvuldig in de kom met olijfolie mengen. 'Dit zijn de beste varkens voor de culatello,' zei hij weer ernstig. 'Kleine zwarte varkens met een paar rode vlekken. Ze worden met zorg uitgekozen en krijgen alleen natuurlijk voedsel. Nooit opgesloten, nee. Deze varkens lopen vrij rond en eten eikels en kastanjes.' Hij sprak met zoveel eerbied over die beesten dat het moeilijk te geloven was dat ze er eentje gingen opeten.

Rick wilde graag een hapje culatello, een vleessoort die hij nooit eerder had gehad. Eindelijk onderbrak Nino zijn verhaal en gaf hij Rick weer een plakje brood, belegd met een dik rondje culatello waarover Parmezaanse kaas was gestrooid.

'Is goed?' vroeg hij, toen Rick het opkauwde en zijn hand uitstak voor meer.

De wijnglazen werden opnieuw gevuld.

'De olijfolie komt van een boerderij hier in de buurt,' zei Nino. 'En de balsamicoazijn komt uit Modena, veertig kilometer ten oosten van hier. Pavarotti komt daarvandaan, weet je. De beste balsamicoazijn komt uit Modena. Maar wij in Parma hebben beter eten.'

De laatste kring, langs de rand van de schaal, bestond uit salami felino, bijna helemaal in de trattoria gemaakt, in twaalf maanden gerijpt, en zonder enige twijfel de beste salami van heel Italië. Nadat hij Sam en Rick er iets van had gegeven, draafde Nino plotseling naar voren, want er kwamen wat mensen binnen. Eindelijk alleen, nam Rick een mes en hij sneed daarmee grote stukken parmigiano af. Hij bedekte zijn hele bord met de vleessoorten, de kaas en het brood, en at als een vluchteling.

'Doe maar kalm aan,' waarschuwde Sam. 'Dit is alleen nog maar de antipasto, het opwarmertje.'

'Wat een opwarmertje!'

'Ben je in vorm?'

'Min of meer. Misschien een kilo of vijf te zwaar, maar die raak ik wel kwijt.'

'Vanavond niet.'

Twee grote mannen, Paolo en Giorgio, kwamen naar hen toe. Nino stelde hen aan hun quarterback voor en beledigde hen daarbij in het Italiaans, en toen ze elkaar hadden omhelsd en begroet, ploften ze neer en keken naar de antipasto. Sam legde uit dat het linemen waren die zo nodig aan beide kanten van de bal konden spelen. Rick vond het een bemoedigende aanblik. Ze waren halverwege de twintig, kwamen royaal boven de een meter tachtig uit en hadden een brede borstkas. Zo te zien waren ze heel goed in staat mensen tegen de grond te lopen.

De glazen werden gevuld, de kaas werd afgesneden en ze gingen de prosciutto met smaak te lijf.

'Wanneer ben je aangekomen?' vroeg Paolo met maar een vaag accent.

'Vanmiddag,' zei Rick.

'Ben je opgewonden?'

Het lukte Rick om met enige overtuiging 'Ja' te zeggen. Hij

keek opgewonden uit naar de volgende gang, en naar Italiaanse cheerleaders.

Sam vertelde dat Paolo aan Texas A & M had gestudeerd en voor het bedrijf van zijn familie werkte. Dat bedrijf maakte tractors en landbouwgerei.

'Dus je bent een Aggie,' zei Rick.

'Ja,' zei hij trots. 'Ik hou van Texas. Daar heb ik football ontdekt.'

Giorgio glimlachte alleen maar terwijl hij at, en luisterde naar de conversatie. Sam zei dat hij Engels aan het leren was en fluisterde toen dat de schijn bedroog en dat Giorgio nog geen deuropening kon blokkeren. Heel fijn.

Carlo was terug. Hij commandeerde obers en deelde de tafel anders in. Nino bracht weer een fles die, verrassing, van net om de hoek kwam. Het was een lambrusco, een sprankelende rode wijn, en Nino kende de wijnmaker. Er kwamen veel goede lambrusco's uit heel Emilia-Romagna, legde hij uit, maar dit was de beste. En het was de ideale wijn bij de *tortellini in brodo* die zijn broer op dat moment opdiende. Nino ging een stap terug en Carlo begon aan een verhaal in rap Italiaans.

Sam vertaalde zacht, maar snel. 'Tortellini in bouillon is hier een beroemd gerecht. Die kleine ronde pastaballetjes worden gevuld met gebraden rundvlees, prosciutto en parmigiano. De vulling varieert van stad tot stad, maar natuurlijk heeft Parma het beste recept. De pasta is vanmiddag door Carlo zelf met de hand gemaakt. Volgens de verhalen heeft de man die de tortellini heeft uitgevonden zich laten inspireren door de navel van een mooie naakte vrouw. Je hoort hier allerlei verhalen over eten, wijn en seks. De bouillon is van rundvlees, knoflook, boter en nog een paar dingen.' Ricks neus hing een paar centimeter boven zijn kom. Hij snoof de krachtige geuren op.

Carlo maakte een buiging en voegde er toen iets waarschuwends aan toe. Sam zei: 'Hij zegt dat het kleine porties zijn omdat er nog meer van de eerste gang op komst is.'

De allereerste tortellini uit Ricks leven bracht hem bijna aan het huilen. De pasta met zijn vulling, zwemmend in bouillon, bracht al zijn zintuigen in vervoering en liet hem uitroepen: 'Dit is het beste wat ik ooit heb geproefd.' Carlo ging glimlachend naar de keuken terug.

Rick spoelde de tortellini met lambrusco weg en viel aan op de andere, die in de diepe kom zwommen. Kleine porties? Paolo en Giorgio praatten niet meer, gingen helemaal op in hun tortellini. Alleen Sam gaf blijk van enige terughoudendheid.

Nino zette een jong stel bij hen in de buurt en kwam toen vlug met de volgende fles, een fabelachtig droge, rode sangiovese uit een wijngaard in de buurt van Bologna die hij persoonlijk eens per maand bezocht om te kijken hoe het met de druiven gesteld was. 'De volgende gang is een beetje zwaarder,' zei hij. 'Daarom moet de wijn sterker zijn.' Hij ontkurkte de fles met flair, snoof eraan, sloeg goedkeurend zijn ogen ten hemel en schonk in. 'Dit is iets goeds,' zei hij terwijl hij vijf glazen vulde en zichzelf een iets grotere dosis toebedeelde. Weer een toost, die meer op een vloek aan het adres van de Bergamo Lions leek, en ze proefden de wijn.

Rick was altijd een bierman geweest. Deze duik in de wereld van Italiaanse wijnen was verbijsterend, maar ook erg smakelijk.

De ene ober haalde de resten van de tortellini weg, terwijl een ander nieuwe schalen op tafel zette. Carlo kwam met twee obers achter zich aan de keuken uit en leidde het verkeer in goede banen.

'Dit is mijn favoriete gerecht,' begon Carlo in het Engels,

maar hij ging meteen op zijn eigen taal over. 'Het is een gevulde pastarol,' zei Sam, terwijl ze zich aan de delicatesse vergaapten. 'Hij is gevuld met kalfsvlees, varkensvlees, kippenlevers, worst, ricotta en spinazie, en er zijn laagjes verse pasta overheen gelegd.'

Iedereen behalve Rick zei *Grazie* en Carlo maakte weer een buiging en liep weg. Het restaurant was bijna vol en werd luidruchtig. Er ontging Rick geen hap, maar hij was ook nieuwsgierig naar de mensen om hem heen. Het leken hem mensen uit Parma zelf die een gewone maaltijd in het buurtrestaurant aten. In Amerika zou zulk voedsel tot een stormloop leiden. Hier vonden ze het vanzelfsprekend.

'Krijgen jullie hier veel toeristen?' vroeg hij.

'Niet veel,' zei Sam. 'Alle Amerikanen gaan naar Florence, Venetië en Rome. 's Zomers een paar. Vooral Europeanen.'

'Wat is er in Parma te zien?' vroeg Rick. In zijn gids had niet veel over Parma gestaan.

'De Panthers!' zei Paolo lachend.

Sam lachte ook. Toen nam hij een slokje wijn en dacht even na. 'Het is een schilderachtig stadje met honderdduizend inwoners. Het voedsel en de wijn zijn geweldig, en er zijn hier geweldige mensen die hard werken en er goed van leven. Maar de stad trekt niet veel aandacht. En dat is goed. Nietwaar, Paolo?'

'Ja. We willen niet dat Parma verandert.'

Rick at een mondvol en probeerde het kalfsvlees te proeven, maar dat was onmogelijk. De vleessoorten, de kaas en de spinazie waren samengesmolten tot één heerlijke smaak. Hij had beslist geen honger meer, maar hij zat ook niet vol. Ze waren hier nu anderhalf uur. Voor zijn begrippen was dat een erg lange maaltijd, maar in Parma was het nog maar het begin. Op aanraden van de drie anderen at hij nu langzaam, erg langzaam. De Italianen om hem heen praatten meer dan dat ze aten en er werd in de hele trattoria druk geroezemoesd. Eten was beslist een kwestie van goed voedsel, maar het was ook een sociaal gebeuren.

Nino kwam elke paar minuten voorbij met een snel 'Is goed?' voor Rick. 'Geweldig, fantastisch, verrukkelijk, ongelooflijk.'

Voor de tweede gang had Carlo iets anders genomen dan pasta. Op de borden lagen – nog steeds in kleine porties – *cotelette alla parmigiana*, ook een vermaard gerecht uit Parma en een van de grote favorieten van de kok. 'Kalfslapjes in de stijl van Parma,' vertaalde Sam. 'De kalfslapjes worden met een knuppeltje geslagen, in eieren gedoopt, in een koekenpan gebakken, en dan in de oven gedaan met een mengeling van parmigianokaas en bouillon, totdat de kaas smelt. Het kalfsvlees komt van de oom van Carlo's vrouw. Die heeft het vanmiddag zelf gebracht.' Terwijl Carlo vertelde en Sam vertaalde, was Nino al bezig met de volgende wijn, een droge rode uit de streek van Parma. Er kwamen nieuwe glazen, nog groter, en Nino liet de wijn erin walsen, snoof eraan en nam een slokje. Hij sloeg zijn ogen weer orgiastisch ten hemel en zei dat de wijn sensationeel was. Een heel goede vriend maakte de wijn, en die was misschien wel Nino's allergrootste favoriet.

Sam fluisterde: 'Parma is beroemd om zijn voedsel, maar niet om zijn wijn.'

Rick nam een slokje van de wijn, glimlachte naar het kalfsvlees en nam zich heilig voor om in elk geval de rest van deze maaltijd langzamer te eten dan de Italianen. Sam sloeg hem aandachtig gade en constateerde dat de cultuurschok geleidelijk in spijs en drank verdween.

'Eet je vaak zo goed?' vroeg Rick hem.

'Niet elke dag, maar dit is niet ongewoon,' antwoordde Sam terloops. 'Dit is normaal eten voor Parma.'

Paolo en Giorgio sneden plakjes van hun kalfsvlees af en Rick ging het zijne langzaam te lijf. Ze deden een halfuur over de lapjes, en toen de borden leeg waren, werden ze met zwierige gebaren weggehaald. Er volgde een lange pauze waarin Nino en de obers met de andere tafels bezig waren.

Het dessert was geen keuze, want Carlo had zijn specialiteit klaargemaakt, *torta nera*, zwarte taart, en bovendien had Nino een heel bijzondere wijn voor deze gelegenheid in huis gehaald, een droge sprankelende wijn uit de provincie. Hij zei dat de zwarte taart, in Parma bedacht, uit chocolade met amandelen en koffie bestond, en omdat hij vers uit de oven kwam, had Carlo er een beetje vanille-ijs bij gedaan. Nino had even de tijd. Hij trok een stoel bij en at samen met zijn teamgenoten en coach de laatste gang, tenzij ze in de stemming waren voor wat kaas en een digestief.

Dat waren ze niet. Het restaurant was nog halfvol toen Sam en Rick hun dank uitspraken en afscheid wilden nemen. Omhelzingen, klopjes op de rug, krachtige handdrukken, beloften om terug te komen, nog meer verwelkomingen in Parma, nog meer dank voor het onvergetelijke diner, het ritueel nam een eeuwigheid in beslag.

Paolo en Giorgio bleven in de trattoria om een hapje kaas te eten en de wijn op te maken.

'Ik rijd niet,' zei Sam. 'We kunnen lopen. Je appartement is niet ver hiervandaan, en ik neem daar wel een taxi.'

'Ik ben vijf kilo aangekomen,' zei Rick. Hij stak zijn buik naar voren en liep een stap achter zijn coach aan.

'Welkom in Parma.'

7

De zoemer had de schelle jengeltoon van een goedkope scooter die zijn uitlaat kwijt was. Er werd steeds weer lang op gedrukt, en omdat Rick hem nooit eerder had gehoord, wist hij eerst niet wat het was of waar het vandaan kwam. Alles was trouwens wazig. Na de marathonsessie in Montana waren Sam en hij, om redenen die toen niet duidelijk waren en nu nog steeds niet, naar een café gegaan om een paar biertjes te drinken. Rick kon zich vaag herinneren dat hij om een uur of twaalf in zijn appartement terug was, maar daarna wist hij niets meer.

Hij lag op zijn bank, die zo kort was dat een man van zijn postuur er niet comfortabel op kon slapen, en terwijl hij naar de raadselachtige zoemer luisterde, probeerde hij zich te herinneren waarom hij in de huiskamer was gaan liggen in plaats van in de slaapkamer. Hij kon zich geen goede reden herinneren.

'Oké!' schreeuwde hij naar de deur toen daarop geklopt werd. 'Ik kom.'

Hij was op blote voeten, maar droeg een spijkerbroek en een T-shirt. Hij keek een hele tijd aandachtig naar zijn bruine tenen en merkte dat zijn hoofd rondtolde. Weer dat gejengel van die zoemer. 'Oké!' riep hij weer. Wankelend liep hij naar de deur en trok hem open.

Hij werd begroet met een vriendelijk '*Buon Giorno*' van een kleine, potige man met een enorme grijze snor en een verkreukelde bruine regenjas. Naast hem stond een onberispelijk geüniformeerde jonge politieagent die zwijgend knikte.

'Goedemorgen,' zei Rick met zoveel respect als hij in zijn stem kon leggen.

'Signor Dockery?'

'Ja.'

'Ik ben politie.' Uit zijn regenjas werd een legitimatiebewijs opgediept. Hij hield het onder Ricks neus en stopte het toen weer weg met zo'n nonchalante beweging dat de boodschap niet anders dan 'Stel geen vragen' kon luiden. Het had ook een parkeerbekeuring of een stomerijbonnetje kunnen zijn.

'Signor Romo, politie Parma,' zei hij door de snor, al bewoog die nauwelijks.

Rick keek eerst Romo en toen de geüniformeerde agent aan, en toen Romo weer. 'Oké,' kon hij uitbrengen.

'Wij hebben klachten. U moet met ons mee komen.'

Rick trok een grimas en wilde iets zeggen, maar er trok een zware golf van misselijkheid door hem heen en hij dacht erover om hard weg te lopen. Het ging voorbij. Zijn handpalmen waren bezweet en zijn knieën waren van rubber. 'Klachten?' zei hij ongelovig.

'Ja.' Romo knikte ernstig, alsof zijn besluit al vaststond en Rick schuldig was aan iets veel ergers dan wat de klacht ook maar inhield. 'Kom met ons mee.'

'Eh, waarheen?'

'Kom met ons mee. Nu meteen.'

Klachten? Het café was de vorige avond zo goed als verlaten geweest, en voor zover hij zich kon herinneren, hadden Sam en hij met niemand anders dan de barkeeper gesproken. Bij het bier hadden ze alleen maar over football gepraat. Toen ze door de oude binnenstad naar zijn appartement waren gelopen, was er ook niets gebeurd. Misschien had hij door de lawine van pasta en wijn te hard gesnurkt, maar dat kon geen misdrijf zijn. Of wel?

'Wie heeft er geklaagd?' vroeg Rick.

'De rechter zal het uitleggen. We moeten gaan. Alstublieft, uw schoenen.'

'Arresteert u mij?'

'Nee, misschien straks. Kom mee. De rechter wacht.' Om zijn woorden kracht bij te zetten draaide Romo zich om en ratelde hij een stortvloed ernstig Italiaans tegen de jonge agent, die kans zag nog serieuzer te kijken dan hij al deed en zijn hoofd te schudden alsof de situatie onmogelijk nog erger kon worden.

Het was duidelijk dat ze niet zonder signor Dockery zouden vertrekken. De dichtstbijzijnde schoenen waren de kastanjebruine loafers, die hij in de keuken vond, en toen hij ze aantrok en keek waar zijn jasje lag, zei hij tegen zichzelf dat het een misverstand moest zijn. Hij poetste vlug zijn tanden en probeerde de lagen knoflook en verschaalde wijn weg te gorgelen. Eén blik in de kleine spiegel was genoeg: hij leek beslist schuldig aan het een of ander. Rode, opgezette ogen, baardgroei van drie dagen, wilde haren. Hij streek zonder resultaat met zijn hand door zijn haar en pakte toen zijn portefeuille, zijn Amerikaanse geld, de sleutel van het appartement en zijn mobieltje. Misschien moest hij Sam bellen.

Romo en zijn assistent stonden geduldig op de gang te wachten, allebei rokend, zonder handboeien. Zo te zien was het ook niet echt hun ambitie om misdadigers te vangen. Romo had te veel detectiveseries gezien; al zijn bewegingen waren verveeld en ingestudeerd. Hij knikte naar de gang en zei: 'Ik loop achteraan.' Hij liet de sigaret in een asbak in de gang vallen en stak beide handen diep in de zakken van zijn regenjas. De agent in uniform leidde de dader weg, en Romo vormde de achterhoede.

Drie trappen af, het trottoir op. Het was bijna negen uur 's morgens op een heldere voorjaarsdag.

Een andere agent stond te wachten bij een onberispelijke Fiat sedan, compleet met allerlei lichten en het woord POLIZIA in oranje op de spatborden. Die agent rookte ook een sigaret en keek aandachtig naar twee dames die hem zojuist voorbijgelopen waren. Hij keek Rick volslagen onverschillig aan en nam weer een trekje.

'We gaan lopen,' zei Romo. 'Het is niet ver. U hebt frisse lucht nodig, denk ik.'

Dat heb ik zeker, dacht Rick. Hij zou maar meewerken, die kerels een beetje voor zich innemen en hen helpen achter de waarheid te komen, wat die waarheid ook mocht zijn. Romo knikte naar de straat en liep naast Rick achter de eerste agent aan.

'Mag ik iemand bellen?' vroeg Rick.

'Natuurlijk. Een advocaat?'

'Nee.'

Sams telefoon ging meteen op de voicemail over. Rick dacht aan Arnie, maar daar had hij niet veel aan. Arnie was steeds moeilijker telefonisch te pakken te krijgen.

En zo liepen ze daar door de Strada Farini, langs de winkeltjes met open deuren en ramen, langs de terrasjes waarop mensen bijna roerloos met een krant en een kleine espresso zaten. Ricks hoofd werd enigszins helder en zijn maag kwam tot bedaren. Zo'n klein kopje sterke koffie zou welkom zijn.

Romo stak weer een sigaret op, blies een rookwolkje uit en zei: 'U houdt van Parma?'

'Nou, niet echt.'

'Nee?'

'Nee. Dit is mijn eerste hele dag hier en ik word gearresteerd voor iets wat ik niet heb gedaan. Dan is het nogal moeilijk om van zo'n stad te houden.'

'U bent niet gearresteerd,' zei Romo, die log heen en weer slingerde, alsof allebei zijn knieën op het punt van bezwijken stonden. Bij elke derde of vierde stap stootte zijn schouder tegen Ricks rechterarm.

'Hoe noemt u het dan?' vroeg Rick.

'Bij ons gaat dat anders. U bent niet gearresteerd.'

Nou, dat verklaarde veel. Rick beet op zijn tong en ging er niet op in. Met argumenteren zou hij niets bereiken. Hij had niets verkeerds gedaan en de waarheid zou snel genoeg aan het licht komen. Per slot van rekening was dit geen dictatuur in de derde wereld, waar ze mensen lukraak oppakten voor een maandje martelen. Dit was Italië, een land in Europa, het hart van de westerse beschaving. De opera, het Vaticaan, de renaissance, Da Vinci, Armani, Lamborghini. Het stond allemaal in dat gidsje van hem.

Rick had het wel erger meegemaakt. Hij was één keer eerder gearresteerd. Dat was in zijn studententijd geweest, in het voorjaar van zijn eerste jaar, toen hij deel uitmaakte van een dronken bende die een feest buiten de campus wilde binnenvallen. Het kwam tot vechten en botbreuken. De politie verscheen massaal op het toneel. Een aantal van de hooligans werd overmeesterd, geboeid, ruw door de agenten behandeld en ten slotte achter in een politiewagen gegooid, waar ze voor de goede orde nog wat tikken met wapenstokken kregen. In het huis van bewaring sliepen ze op de koude betonnen vloer van de dronkenmanscel. Vier van de gearresteerden waren lid van het Hawkeye-footballteam en hun avonturen met het rechtsstelsel werden breed uitgemeten in verscheidene kranten.

Naast die vernedering kreeg Rick dertig dagen voorwaardelijke gevangenisstraf, een boete van vierhonderd dollar, een fikse uitbrander van zijn vader en de verzekering van zijn coach dat een nieuw vergrijp, hoe onbeduidend ook, hem zijn beurs zou kosten en hem in de gevangenis of op een junior college zou doen belanden.

De daaropvolgende vijf jaar lukte het Rick om zelfs geen bon wegens te hard rijden op te lopen.

Ze sloegen een andere straat in en bleven opeens voor een stil steegje van kinderhoofdjes staan. Een agent in een ander uniform stond met een welwillend gezicht voor een deuropening zonder opschrift. De politiemannen knikten elkaar toe, wisselden een paar woorden, en Rick werd naar binnen geleid, en een verbleekte marmeren trap op naar de eerste verdieping, waar ze in een gang kwamen waaraan zich blijkbaar overheidskantoren bevonden. Alles was even groezelig, met afgebladderde verf en een trieste rij portretten van allang vergeten overheidsdienaren aan de muur. Romo wees naar een ruwhouten bank en zei: 'Gaat u zitten.'

Rick gehoorzaamde en belde opnieuw Sams nummer. Weer de voicemail.

Romo liep een van de kamers in. Er stond geen naam op de deur. Uit niets bleek waar de beschuldigde zich bevond of door wie hij zou worden ontvangen. Er was in elk geval geen rechtszaal in de buurt. Nergens zag hij de gebruikelijke bedrijvigheid van gestreste advocaten, bezorgde families en agenten die grappen uitwisselden. In de verte ratelde een schrijfmachine. Er rinkelden telefoons en er waren stemmen te horen.

De geüniformeerde agent liep een eindje weg en maakte een praatje met een jongedame die een meter of tien verderop aan een bureau zat. Algauw dacht hij niet meer aan Rick, die daar helemaal alleen en onbewaakt zat en nonchalant had kunnen weglopen. Maar waarom zou hij dat doen?

Er verstreken tien minuten, en de geüniformeerde agent ging

weg zonder een woord te zeggen. Romo was ook weg.

De deur ging open en een vriendelijke vrouw glimlachte en zei: 'Meneer Dockery? Ja? Alstublieft.' Ze ging opzij om hem de kamer te laten binnengaan. Rick deed het. Het was een volle voorkamer met twee bureaus en twee secretaresses, die allebei naar Rick glimlachten alsof ze iets wisten wat hij niet wist. Vooral een van hen zag er heel leuk uit, en Rick zocht automatisch naar iets wat hij tegen haar kon zeggen. Maar als ze nu eens geen Engels sprak?

'Een ogenblik, graag,' zei de eerste dame. Rick stond er wat onhandig bij en de twee anderen deden alsof ze weer aan het werk gingen. Romo had blijkbaar een andere uitgang genomen en was ongetwijfeld alweer op straat om mensen lastig te vallen.

Rick draaide zich om en zag de grote, donkere, dubbele deur, met daarnaast een indrukwekkende bronzen plaat waarop te lezen stond dat het de kamer van Giuseppe Lazzarino, *Giudice* was. Rick ging dichterbij, en nog dichterbij, wees toen naar het woord 'Giudice' en vroeg: 'Wat is dat?'

'Rechter,' zei de eerste dame.

Beide deuren vlogen plotseling open en Rick stond oog in oog met de rechter. 'Riek Dockery!' riep hij, en hij stak zijn rechterhand uit en greep tegelijk met zijn linkerhand Ricks schouder vast, alsof ze elkaar in geen jaren hadden gezien. En dat hadden ze inderdaad niet.

'Ik ben Giuseppe Lazzarino, een Panther. Ik ben fullback.' Hij kneep in Ricks hand, zwengelde hem op en neer en liet zijn grote witte tanden blikkeren.

'Aangenaam kennis te maken,' zei Rick, die achteruit probeerde te schuifelen.

'Welkom in Parma, mijn vriend,' zei Lazzarino. 'Kom binnen.' Hij trok al aan Ricks rechterhand, die hij bleef schudden.

Eenmaal in de grote kamer, liet hij Rick los, sloot beide deuren en zei opnieuw: 'Welkom.'

'Dank u,' zei Rick, die zich een beetje belaagd voelde. 'Bent u rechter?'

'Zeg maar Franco,' zei hij, en hij wees naar een leren bank in een hoek. Franco was duidelijk te jong om een ervaren rechter te kunnen zijn en te oud om als fullback nog veel te kunnen uitrichten. Zijn grote, ronde hoofd was kaalgeschoren; het enige haar op zijn hoofd was een vreemd dun plekje op zijn kin. Halverwege de dertig, net als Nino, maar meer dan een meter tachtig lang, stevig gebouwd en fit. Hij liet zich in een stoel zakken, schoof hem dicht naar Rick op de bank toe en zei: 'Ja, ik ben rechter, maar wat belangrijker is: ik ben fullback. Franco is mijn bijnaam. Franco is mijn held.'

Toen keek Rick om zich heen en begreep hij het. Franco was overal. Een groot krantenknipsel van Franco Harris die tijdens een erg modderige wedstrijd met de bal rende. Een foto van Franco en andere Steelers die een Super Bowl-beker triomfantelijk boven hun hoofd hielden. Een ingelijst wit shirt, nummer 32, blijkbaar gesigneerd door de grote man zelf. Een Franco Harris-poppetje met een overdreven groot hoofd op het immense bureau van de rechter. En midden op een muur twee grote kleurenfoto's, een van Franco Harris in volledige Steeler-uitrusting, zonder de helm, en een van Franco de rechter in een Panther-tenue, ook zonder helm, met nummer 32. Je kon zien dat Franco zijn best deed om zijn held te imiteren.

'Ik hou van Franco Harris, de grootste Italiaanse footballer,' zei Franco, zijn ogen bijna vochtig, zijn stem een beetje hees. 'Kijk toch eens naar hem.' Hij zwaaide triomfantelijk met zijn handen door het kantoor, dat praktisch een schrijn voor Franco Harris was.

'Was Franco een Italiaan?' vroeg Rick langzaam. Hoewel hij nooit een Steelers-fan was geweest en te jong was om zich de glorietijd van het team uit Pittsburgh te herinneren, was Rick wel een kenner van de sport. Hij was er zeker van dat Franco Harris een zwarte footballer was die bij Penn State speelde en daarna de Steelers in de jaren zeventig naar een aantal Super Bowls leidde. Hij was dominant, een Pro-Bowler, en werd later opgenomen in de Hall of Fame. Iedere football-liefhebber kende Franco Harris.

'Zijn moeder was Italiaans. Zijn vader was een Amerikaanse soldaat. Ken je de Steelers? Ik ben gek op de Steelers.'

'Nou, eigenlijk niet...'

'Waarom heb je niet voor de Steelers gespeeld?'

'Ze hebben nog niet gebeld.'

Franco zat op de rand van zijn stoel, opgewonden omdat hij zijn nieuwe quarterback bij zich had. 'We gaan koffiedrinken,' zei hij. Hij sprong overeind, en voordat Rick iets terug kon zeggen, was hij bij de deur en blafte hij instructies naar een van de meisjes. Hij was stijlvol gekleed: goed passend zwart pak, lange spitse Italiaanse loafers, minstens maat 48.

'We willen hier in Parma echt heel graag een Super Bowl-beker hebben,' zei hij, terwijl hij iets van zijn bureau pakte. 'Kijk.' Hij richtte de afstandsbediening op een flatscreentelevisie in de hoek, en plotseling was er nog meer Franco te zien: Franco rende door de lijn terwijl links en rechts tacklers wegvielen, nam een enorme sprong om een touchdown te maken, weerde een Cleveland Brown af (*yes*!) en kreeg weer een touchdown voor elkaar, kreeg een hand-off van Bradshaw en gooide de bal over twee kolossale linemen heen. Het waren Franco's grootste hits, lange genadeloze runs, een lust voor het oog. De rechter, volkomen gefascineerd, maakte wilde bewegingen en pompte bij elke fantastische manoeuvre zijn vuisten in de lucht. Hoe vaak heeft hij dit al gezien? vroeg Rick zich af.

De laatste beelden waren het beroemdst: de Onbevlekte Ontvangenis, Franco's onopzettelijke vangst van een omgebogen pass en zijn wonderbaarlijke run op de eindzone in een play-off-wedstrijd tegen Oakland in 1972. In de geschiedenis van de NFL had die manoeuvre tot meer discussies, besprekingen, analyses en ruzies geleid dan wat ook, en de rechter kende de beelden helemaal uit zijn hoofd.

De secretaresse kwam met de koffie, en Rick bracht een moeizaam '*Grazie*' uit.

Toen keken ze weer naar de videobeelden. Deel twee was interessant, maar ook een beetje deprimerend. Franco de rechter had zijn eigen grootste hits eraan toegevoegd, een paar slome runs langs linemen en linebackers die nog trager waren dan hijzelf. Hij keek Rick stralend aan toen ze de Panthers in actie zagen, Ricks eerste glimp van zijn toekomst.

'Bevalt het je?' vroeg Franco.

'Mooi,' zei Rick, een woord dat blijkbaar geschikt was voor veel vragen die hem in Parma werden gesteld.

Aan het eind zagen ze een screen pass die Franco van een magere quarterback kreeg. Hij drukte de bal tegen zich aan, bukte zich als een infanterist voorover en ging op zoek naar een verdediger die hij kon raken. Nadat hij er een paar onderuit had gewerkt, draaide Franco zich weg en zette hij het op een lopen. Twee cornerbacks deden halfslachtige pogingen om hun helm tussen zijn rondpompende benen te steken, maar ze stuiterden weg als vliegen. Franco vloog langs de zijlijn, een machtige run, helemaal in de traditie van Franco Harris.

'Is dit in slow motion?' vroeg Rick, een poging tot humor.

Franco's mond viel open. Hij was gekwetst.

'Dat meende ik niet,' zei Rick vlug. 'Het was een grapje.'

Franco deed alsof hij lachte. Toen hij de doellijn overstak, maakte hij een demonstratieve stuitbal, en toen was de film afgelopen.

'Zeven jaar speel ik fullback,' zei Franco toen hij weer op de rand van zijn stoel was gaan zitten. 'En wij verslaan Bergamo nooit. Dit jaar, met onze geweldige quarterback, wij winnen de Super Bowl. Ja?'

'Natuurlijk. Waar heb je leren footballen?'

'Van vrienden.'

Ze namen allebei een slokje en het bleef even stil. 'Wat voor rechter ben je?' vroeg Rick ten slotte.

Franco wreef over zijn kin en dacht daar een hele tijd over na, alsof hij zich nooit eerder had afgevraagd wat hij deed. 'Ik doe een heleboel dingen,' zei hij ten slotte met een glimlach. Zijn telefoon ging, en hoewel hij niet opnam, keek hij wel op zijn horloge.

'We zijn zo blij dat je hier in Parma bent, mijn vriend Rick. Mijn quarterback.'

'Dank je.'

'Ik zie je vanavond op de training.'

'Natuurlijk.'

Franco was opgestaan. Zijn andere plichten riepen hem. Rick verwachtte niet echt dat hij een boete zou krijgen of anderszins gestraft zou worden, maar Romo's 'klachten' moesten wel ter sprake komen. Ja toch?

Blijkbaar niet. Franco leidde Rick met de obligate omhelzingen, handdrukken en beloften van alle mogelijke hulp zijn kamer uit, en algauw stond Rick weer op de gang. Hij ging de trap af en het straatje in, helemaal alleen en vrij man.

8

Sam verdreef de tijd in het lege café met het Panther-playboek, een dikke map met wel duizend x'en en o's, honderd offensieve plays en een stuk of tien defensieve schema's. Dik, maar lang niet zo dik als de mappen die door collegeteams werden uitgedeeld, en niet meer dan een memo in vergelijking met de boekwerken die in de NFL werden gebruikt. En te dik, volgens de Italianen. Als ze weer eens een hele tijd naar het schoolbord moesten kijken, werd vaak gemompeld dat het geen wonder was dat voetbal in de rest van de wereld zo populair was. Dat was zo gemakkelijk te leren, te spelen, te begrijpen.

Sam kwam vaak in de verleiding om hun te vertellen dat dit alleen nog maar de elementaire plays waren.

Rick arriveerde prompt om halftwaalf, en het café was nog leeg. Alleen twee Amerikanen zouden afspreken op zo'n vreemd tijdstip met elkaar te gaan lunchen. De lunch zou trouwens uit alleen maar een salade en water bestaan.

Rick had zich gedoucht en geschoren en zag er veel minder crimineel uit. In geuren en kleuren vertelde hij over zijn wederwaardigheden met rechercheur Romo, zijn 'niet-arrestatie' en de ontmoeting met rechter Franco. Sam vond het allemaal erg grappig en verzekerde Rick dat geen enkele andere Amerikaan op zo'n bijzondere manier door Franco was verwelkomd. Sam had de video gezien. Ja, Franco was in het echt net zo traag als op de film, maar hij was een genadeloze blocker en zou dwars door een muur heen rennen, of dat in elk geval proberen.

Sam legde uit dat, voor zover zijn beperkte kennis reikte, Italiaanse rechters anders waren dan hun Amerikaanse collega's. Franco had de bevoegdheid om onderzoeken en procedures in gang te zetten en hij leidde ook de zittingen. Na een college Italiaans recht van dertig seconden had Sam zijn kennis van dat onderwerp uitgeput en ging het weer over football.

Ze prikten wat in de sla en speelden met de tomaten, maar ze hadden geen van beiden veel honger. Na een uur gingen ze te voet weg om wat zaken te regelen. Eerst moest er een bankrekening worden geopend. Sam stelde zijn bank voor, vooral omdat een assistent-bedrijfsleider daar genoeg Engels kon verwerken om de zaak tot een goed einde te brengen. Sam drong er bij Rick op aan het zelf te doen en hielp alleen als de dingen in een impasse raakten. Het nam een uur in beslag, en Rick voelde zich gefrustreerd en ook nogal geïntimideerd. Sam zou er niet altijd bij zijn om voor tolk te spelen.

Ze maakten een snelle ronde door Ricks buurt en het centrum van Parma en kwamen bij een kleine winkel, waar groente en fruit op het trottoir waren uitgestald. Sam vertelde dat Italianen hun voedsel graag elke dag vers kochten en er niet van hielden om een voorraad levensmiddelen in blikken en potjes in huis te hebben. De slager was naast de vismarkt. Op elke hoek zat een bakker. 'Ze houden hier niet van grote supermarkten,' zei Sam. 'Huisvrouwen plannen hun dag rondom het inkopen van vers voedsel.' Rick draafde braaf mee. Hij keek naar wat er om hem heen te zien was, maar interesseerde zich niet voor koken. Waarom ook? Er waren zoveel plaatsen waar je kon eten. De wijn- en kaaswinkel boeide hem niet erg, dat wil zeggen, tot hij een erg aantrekkelijke jongedame de voorraad rode wijn zag aanvullen. Sam wees hem twee herenkledingzaken aan en zinspeelde er opnieuw nogal nadrukkelijk op dat Rick zijn Florida-kloffie kon vervangen door de elegante kleding die hier gebruikelijk was. Ze kwamen ook langs een stomerij, een bar met geweldige cappuccino, een boekwinkel waar alle boeken in het Italiaans waren en een pizzeria met een menu in vier talen.

Toen was het tijd voor de auto. Ergens in signor Bruncardo's kleine imperium was een oude maar schone en glanzende Fiat Punto beschikbaar gekomen, en de volgende vijf maanden zou hij aan de quarterback toebehoren. Rick liep eromheen, inspecteerde hem zorgvuldig zonder een woord te zeggen, maar dacht onwillekeurig dat er minstens vier van die wagentjes in de SUV zouden passen waarin hij tot drie dagen geleden had gereden.

Hij kroop met moeite achter het stuur en keek naar het dashboard. 'Het is goed,' zei hij ten slotte tegen Sam, die bij hem op het trottoir stond.

Hij tikte tegen de pook en merkte dat die niet stijf was. Hij bewoog te veel. Toen had hij zijn linkervoet op iets wat geen rempedaal was. Een koppeling?

'Handgeschakeld, hè?' zei hij.

'Alle auto's hier zijn handgeschakeld. Dat is toch geen punt?'

'Natuurlijk niet.' Hij kon zich niet herinneren wanneer zijn linkervoet voor het laatst op een koppeling had gedrukt. Een vriend op de middelbare school had een Mazda met een versnellingspook gehad, en Rick had er een of twee keer mee geoefend. Dat was minstens tien jaar geleden. Hij sprong eruit, gooide het portier dicht en zei bijna: 'Heb je ook een automaat?' Maar hij zei het niet. Hij wilde geen problemen maken over zoiets simpels als een auto met een koppeling.

'Het is dit of een scooter,' zei Sam.

Geef mij die scooter maar, wilde Rick zeggen.

Sam liet hem daar achter, bij die Fiat waarin hij niet durfde te rijden. Ze spraken af elkaar over een paar uur in de kleedkamer terug te zien. Het playboek moest zo gauw mogelijk aan de orde komen. De Italianen leerden misschien niet alle plays, maar de quarterback moest dat wel.

Rick liep het blok rond en dacht aan alle playboeken die hij in de loop van zijn nomadische carrière al had moeten doorworstelen. Arnie belde over een nieuwe club. Rick ging naar zijn nieuwste team, een en al opwinding. Een snelle begroeting in het kantoor, een snelle rondleiding door het stadion, de kleedkamers enzovoort. En dan was al zijn enthousiasme opeens verdwenen, want een of andere assistent-coach kwam met het dikke playboek aanzetten en liet het voor hem neerploffen. 'Zorg dat je het morgen uit je hoofd kent,' was altijd het bevel.

Ja, coach. Duizend plays. Net zo makkelijk.

Hoeveel playboeken? Hoeveel assistent-coaches? Hoeveel teams? Hoeveel stopplaatsen op de weg van een frustrerende carrière die hem nu naar een stadje in het noorden van Italië had gevoerd? Hij dronk bier op een terras en kon het eenzame gevoel niet van zich afzetten dat dit niet de plaats was waar hij zou moeten zijn.

Hij schuifelde de wijnwinkel door, doodsbang dat een verkoper hem zou vragen of hij iets in het bijzonder nodig had. Het leuke meisje dat de voorraad rode wijn aanvulde, was er niet.

En toen was hij terug en keek hij naar de Fiat met vijf handgeschakelde versnellingen. Hij vond de kleur niet eens mooi, een diepe koperkleur die hij nooit eerder had gezien. De Fiat stond in een rij van soortgelijke auto's die dicht op elkaar geparkeerd stonden, nog geen dertig centimeter tussen de bumpers, in een vrij drukke straat met eenrichtingsverkeer. Wilde hij wegrijden, dan moest hij een aantal keren heen en weer manoeuvreren, heen en weer, minstens zes keer, en daarbij telkens de voorwielen verdraaien. Dat zou een perfecte coördinatie van koppeling, pook en gaspedaal vereisen.

In een automaat zou het al een hele toer zijn. Waarom parkeerden deze mensen zo dicht tegen elkaar aan? De sleutel zat in zijn zak.

Straks misschien. Hij liep naar zijn appartement en deed een dutje.

Rick trok vlug het trainingstenue van de Panthers aan: zwart shirt, zilverkleurige korte broek, witte sokken. Iedere speler kocht zijn eigen schoenen, en Rick had drie paar van de Nikes meegebracht die zo royaal door de Browns waren verstrekt. De meeste NFL-spelers hadden schoenencontracten. Rick hadden ze nooit zo'n contract aangeboden.

Hij was alleen in de kleedkamer en zat in het playboek te bladeren, toen Sly Turner kwam binnenstormen, een en al glimlach en in een knaloranje sweatshirt van de Denver Broncos. Ze stelden zich aan elkaar voor, schudden elkaar beleefd de hand, en algauw zei Rick: 'Heb je een reden om dat te dragen?'

'Ja, ik ben gek op de Broncos,' zei Sly, nog steeds glimlachend. 'In de buurt van Denver opgegroeid, bij Colorado State gespeeld.'

'Dat is mooi. Ik heb gehoord dat ik nogal populair ben in Denver.'

'We houden van je, man.'

'Ik heb altijd al gewild dat ze van me hielden. Worden we vrienden, Sly?'

'Ja, als je me twintig keer per wedstrijd de bal geeft.'

'Akkoord.' Rick pakte een rechterschoen uit zijn kast, trok hem langzaam aan en maakte de veters vast. 'Heb je daarna een contract gekregen?'

'Ja, bij de Colts, in de zevende ronde, vier jaar geleden. De laatste speler die werd aangenomen. Eén jaar in Canada, twee jaar in de lagere divisies.' De glimlach was weg en Sly kleedde zich uit. Hij leek veel kleiner dan een meter zeventig, maar hij was één bonk spieren.

'En vorig jaar hier, hè?'

'Ja. Het valt wel mee. Eigenlijk wel geinig, als je je gevoel voor humor niet verliest. De jongens in het team zijn geweldig. Als zij er niet waren, was ik nooit teruggekomen.'

'Waarom ben je hier?'

'Om dezelfde reden als jij. Te jong om de droom op te geven. Bovendien heb ik een vrouw en een kind en heb ik het geld nodig.'

'Het geld?'

'Zielig, hè? Een professionele footballer die tienduizend dollar verdient met zes maanden werk. Maar zoals ik al zei: ik ben er nog niet aan toe om te stoppen.' Hij trok nu eindelijk het oranje sweatshirt uit en verving het door een oefenshirt van de Panthers.

'Laten we een warming-up doen,' zei Rick. Ze verlieten de kleedkamer en liepen het veld op.

'Mijn arm is nogal stijf,' zei Rick toen hij een zwakke worp maakte.

'Wees blij dat je niet invalide bent,' zei Sly.

'Dank je.'

'Wat een dreun. Ik was bij mijn broer en zat tegen de tv te schreeuwen. De wedstrijd was eigenlijk al voorbij, en toen ging Marron met een blessure van het veld. Nog elf minuten, alles was hopeloos, en toen...'

Rick hield de bal even vast. 'Sly, ik wil het echt liever niet nog een keer doormaken. Oké?'

'Ja. Sorry.'

'Is je gezin hier?' vroeg Rick om snel van onderwerp te veranderen.

'Nee, ze zitten in Denver. Mijn vrouw is verpleegkundige. Goeie baan. Ze heeft tegen me gezegd dat ik nog één jaar mag footballen, en dan is de droom voorbij. Heb jij een vrouw?'

'Nee, zelfs niets wat erbij in de buurt komt.'

'Het zal je hier bevallen.'

'Vertel eens.' Rick liep vijf meter terug en oefende zijn passes.

'Nou, het is een heel andere cultuur. De vrouwen zijn mooier, maar veel terughoudender. In veel opzichten zijn ze hier ouderwets. De mannen trouwen pas als ze dertig zijn. Ze wonen thuis bij hun moeder, die altijd voor hen klaarstaat, en als ze trouwen, verwachten ze hetzelfde van hun vrouw. De vrouwen voelen er weinig voor om te trouwen. Omdat ze moeten werken, hebben de vrouwen minder kinderen. Het geboortecijfer daalt hier snel.'

'Ik dacht nou niet bepaald aan een huwelijk en geboortecijfers, Sly. Ik interesseer me meer voor het uitgaansleven, als je begrijpt wat ik bedoel.'

'Ja, veel meisjes, en mooi ook, maar de taal is wel een probleem.'

'En cheerleaders?'

'Wat is daarmee?'

'Zijn ze lief, gewillig, beschikbaar?'

'Ik zou het niet weten. We hebben ze niet.'

Rick verstijfde met de bal in de aanslag en keek zijn tailback strak aan. 'Geen cheerleaders?'

'Nee.'

'Maar mijn agent...' Hij hield zich in voordat hij zichzelf in verlegenheid bracht. Zijn agent had dus iets beloofd wat er niet was. Niets nieuws onder de zon.

Sly lachte, een harde aanstekelijke lach van 'je bent erin getrapt, sukkel'.

'Ben je voor de cheerleaders hierheen gekomen?' zei hij, schel en spottend.

Rick gooide een keiharde bal, die Sly gemakkelijk met zijn vingertoppen ving. Hij bleef lachen. 'Lijkt míjn agent wel. Spreekt ongeveer de helft van de tijd de waarheid.'

Rick lachte nu ook om zichzelf. Hij ging weer vijf meter achteruit. 'Hoe zijn de wedstrijden hier?' vroeg hij.

'Gewoon fantastisch, want ze kunnen me niet te pakken krijgen. Vorig jaar scoorde ik gemiddeld tweehonderd yard per wedstrijd. Je zult hier de tijd van je leven hebben, als je erom denkt dat je naar onze spelers moet gooien en niet naar die van het andere team.'

'Die was onder de gordel.' Rick gooide weer een keiharde bal, en die werd weer met gemak gevangen door Sly, die hem met een boogje teruggooide. De ongeschreven regel gold ook hier: nooit een harde pass gooien naar een quarterback.

Uit het clubhuis kwam de andere zwarte Panther aangedraafd, Trey Colby, een lange slungelige jongen, te mager voor football. Hij had een gulle lach en zei binnen een minuut tegen Rick: 'Gaat het wel goed met je, man?'

'Ja. Dank je.'

'Ik bedoel, de vorige keer dat ik je zag, lag je op een brancard en...'

'Ik voel me prima, Trey. Zullen we het over wat anders hebben?'

Sly genoot ervan. 'Hij praat er liever niet over. Ik heb het al geprobeerd,' zei hij.

Een uur oefenden ze wat en praatten ze over spelers die ze in Amerika kenden.

9

De Italianen waren in een feestelijke stemming. Ze kwamen vroeg en luidruchtig naar de eerste training. Ze kibbelden over wie welke kast kreeg, zeurden over de posters aan de muur, schreeuwden de materiaaljongen een massa beledigingen toe en zwoeren op alle mogelijke manieren wraak te nemen op Bergamo. Terwijl ze hun trainingstenue aantrokken, deden ze niets anders dan elkaar beledigen en belachelijk maken. Er was niet veel ruimte in de kleedkamer en het kabaal was niet van de lucht. Het leek wel een studentenhuis.

Rick nam alles in zich op. Het waren er ongeveer veertig, variërend van tieners tot een paar oude krijgers van tegen de veertig. Sommigen waren stevig gebouwd, trouwens, de meesten hadden zo te zien een uitstekende conditie. Sly zei dat ze buiten het seizoen aan gewichtheffen deden. Toch waren de contrasten schokkend, en of Rick het nu wilde of niet, bij zichzelf maakte hij vergelijkingen. Ten eerste waren ze allemaal, behalve Sly en Trey, blank. Elk NFL-team dat hij in de loop van de jaren had 'bezocht', was voor minstens zeventig procent zwart geweest. Zelfs in Iowa, ja zelfs in Canada, was de helft zwart geweest. En hoewel er een paar grote jongens in de kleedkamer waren, zag hij geen kerels van meer dan honderdveertig kilo. De Browns hadden acht spelers van honderdvijftig of meer, en maar twee van onder de honderdtien. Sommige Panthers haalden misschien niet eens de tachtig kilo.

Trey zei dat ze opgewonden naar de komst van hun nieuwe quarterback hadden uitgekeken, maar hem niet goed durfden aan te spreken. Om de contacten te leggen ging rechter Franco rechts van Rick staan, en Nino links. Ze stelden de spelers die Rick een voor een kwamen begroeten uitvoerig, zelfs wijdlopig aan hem voor. Elke kleine introductie was pas compleet als er minstens twee beledigingen in zaten, en vaak namen Franco en Nino hun mede-Italiaan er samen tussen. Rick werd omhelsd, vastgepakt en gevleid, tot hij zich bijna ging schamen. Hij verbaasde zich over de vele Engelse woorden die hij hoorde. Iedere Panther leerde tot op zekere hoogte Engels.

Sly en Trey stonden dichtbij. Ze lachten naar hem, maar hernieuwden ook de banden met hun oude teamgenoten. Ze hadden allebei al besloten dat dit hun laatste jaar in Italië zou zijn. Er waren niet veel Amerikanen die voor een tweede seizoen terugkwamen.

Coach Russell vroeg om stilte en heette iedereen weer welkom. Zijn Italiaans was langzaam en bedachtzaam. De spelers zaten op de vloer, op banken, op stoelen, zelfs in kasten. Onwillekeurig keek Rick weer in de tijd terug. Hij herinnerde zich de kleedkamer van zijn middelbare school in Davenport. Die was minstens vijf keer zo groot geweest als de ruimte waarin hij zich nu bevond.

'Versta jij het?' fluisterde hij Sly toe.

'Ja,' zei Sly met een grijns.

'Wat zegt hij dan?'

'Hij zegt dat het team geen fatsoenlijke quarterback kon vinden en dat we het dus wel weer kunnen schudden.'

'Stilte!' schreeuwde Sam naar de Amerikanen, en de Italianen vonden dat grappig.

Jullie moesten eens weten, dacht Rick. Hij had eens meegemaakt dat een halfberoemde NFL-coach een nieuwkomer had ontslagen omdat hij tijdens een teambijeenkomst in een trainingskamp had gepraat. Die jongen was ter plekke ontslagen en hij was de tranen nabij geweest. Wat Rick in de footballsport aan verbaal geweld, vloeken en schelden, had meegemaakt, had zich voor het merendeel niet in het vuur van de strijd voorgedaan, maar in de schijnbaar veilige kleedkamers.

'*Mi dispiace*,' zei Sly luid, en toen werd er nog meer gegrinnikt.

Sam ging verder. 'Wat was dat?' fluisterde Rick.

'Dat het me spijt,' siste Sly met zijn kaken op elkaar. 'En hou nou je kop.'

Rick had eerder tegen Sam gezegd dat hij een paar woorden tegen het team wilde zeggen. Toen Sam klaar was met zijn begroeting, stelde hij Rick voor en vertaalde hij voor hem. Rick stond op, knikte zijn nieuwe teamgenoten toe en zei: 'Ik ben erg blij dat ik hier ben en ik verheug me op het seizoen.' Sam stak zijn hand op: halt, vertaling. De Italianen glimlachten.

'Ik wil graag één ding ophelderen.' Halt, meer Italiaans.

'Ik heb in de NFL gespeeld, maar niet veel, en ik heb nooit in de Super Bowl gespeeld.' Sam fronste zijn wenkbrauwen en vertaalde het. Later zou hij Rick vertellen dat de Italianen niet veel van bescheidenheid moesten hebben. Je hoorde jezelf niet weg te cijferen.

'Ik ben zelfs nooit als professional in het begin van een wedstrijd opgesteld.' Weer die gefronste wenkbrauwen, en langzamer Italiaans. Rick vroeg zich af of Sam er geen eigen draai aan gaf. De Italianen glimlachten niet meer.

Rick keek Nino aan en ging verder. 'Dat wilde ik even ophelderen. Het is mijn doel om hier in Italië mijn eerste Super Bowl te winnen.' Sams stem werd veel krachtiger, en toen hij klaar was, barstte de hele kleedkamer in applaus uit. Rick ging zitten en werd onstuimig omhelsd door Franco, die Nino subtiel opzij had gedrukt en nu als Ricks lijfwacht fungeerde.

Sam zette het trainingsschema uiteen en de toespraken waren voorbij. Juichend renden ze uit de kleedkamer naar het trainingsveld, waar ze zich in een enigszins georganiseerd patroon verspreidden en met strekoefeningen begonnen. Op dat moment nam een man met een dikke nek, een kaalgeschoren hoofd en enorme biceps het over. Dat was Alex Olivetto, een vroegere speler die nu assistent-coach was. Het was een echte Italiaan. Hij liep kaarsrecht langs de rijen spelers en blafte bevelen als een woedende veldmaarschalk. Niemand sprak hem tegen.

'Het is een psychopaat,' zei Sly toen Alex ver weg was.

Rick stond achteraan in de rij, naast Sly en achter Trey, en deed de oefeningen van zijn teamgenoten na. Alex begon met elementaire oefeningen – opspringen, push-ups, sit-ups, armzwaaien – en ging geleidelijk over op een zware sessie van pas op de plaats waarbij ze zich af en toe moesten laten vallen om vervolgens weer overeind te springen. Na een kwartier hijgde Rick en deed hij zijn best om het diner van de vorige avond te vergeten. Hij keek naar links en zag dat Nino ook nat van het zweet was.

Na dertig minuten kwam Rick sterk in de verleiding om Sam apart te nemen en hem een paar dingen uit te leggen. Hij was de quarterback, weet je, en op professioneel niveau werden quarterbacks niet onderworpen aan dezelfde zware oefeningen en exercities als de gewone spelers. Maar Sam was ver weg, aan de andere kant van het veld. Toen besefte Rick dat er op hem werd gelet. Terwijl de warming-up maar voortduurde, zag hij steeds meer teamgenoten naar hem kijken. Ze wilden zien of een echte professionele quarterback het net zo goed kon volhouden als zij. Was hij een lid van het team of een primadonna op doorreis?

Rick ging er wat harder tegenaan om hen te imponeren.

Meestal werd er pas aan het eind van de oefeningen gesprint, maar Alex dacht daar anders over. Toen ze drie kwartier afgebeuld waren, moesten ze bij de doellijn gaan staan. In groepjes van zes sprintten ze veertig meter over het veld naar Alex toe, die druk op zijn fluitje blies en een gemene belediging paraat had voor degene die als laatste van de zes bij hem aankwam. Rick rende met de backs mee. Sly liep met gemak op iedereen uit, en Franco arriveerde met gemak als laatste. Rick bleef in het midden en herinnerde zich onder het sprinten de glorietijd in Davenport South, toen hij alle remmen losgooide en bijna evenveel touchdowns met zijn voeten scoorde als met zijn arm. Toen hij op college zat, rende hij veel langzamer; hij was gewoon geen rennende quarterback. Bij de profs was rennen zo goed als verboden; het was een uitstekende manier om een been te breken.

De Italianen stonden te praten en moedigden de sprinters aan. Na vijf keer hijgden ze aan een stuk door, en dat terwijl Alex nog maar net op gang kwam.

'Kun je kotsen?' vroeg Sly tussen het hijgen door.

'Hoezo?'

'Want hij laat ons rennen tot er iemand over zijn nek gaat.'

'Ga je gang.'

'Kon ik het maar.'

Na tien sprintjes van veertig meter vroeg Rick zich af wat hij precies in Parma had verwacht. Zijn achillespezen stonden in brand, zijn kuiten deden pijn, hij hijgde en pufte en was drijfnat van het zweet, al was het helemaal niet zo warm. Hij zou een hartig woordje met Sam moeten spreken. Dit was geen schoolfootball. Hij was een prof!

Nino rende naar de zijlijn, trok zijn helm af en gaf over. Het team moedigde hem aan, en Alex blies drie keer op zijn fluitje. Na een waterpauze kwam Sam naar voren en gaf hij instructies. Hij zou de backs en receivers meenemen. Nino kreeg de offensieve lineman. Alex kreeg de linebackers en de defensieve lineman. Trey kreeg de secondary. Ze verspreidden zich over het veld.

'Dit is Fabrizio.' Sam stelde de nogal magere receiver aan Rick voor. 'Onze wide out. Hij heeft geweldige handen.' Ze knikten elkaar toe. Overtuigd van zichzelf, lichtgeraakt, een godsgeschenk voor het Italiaanse football. Sam had Rick over Fabrizio verteld en hem aangeraden het de jongen de eerste paar dagen niet te moeilijk te maken. Er waren in het NFL nogal wat receivers geweest die moeite hadden met Ricks keiharde ballen, vooral op de training. In wedstrijden waren zijn ballen ook keihard maar vlogen ze vaak hoog over of gingen ze ver naast. Sommige waren gevangen door toeschouwers die vijf rijen hoog zaten.

De reservequarterback was een eenentwintigjarige Italiaan. Hij heette Alberto en nog wat. Rick gooide zachte zijlijnballen naar de ene groep, Alberto naar de andere. Volgens Sam rende Alberto liever met de bal, want hij had een nogal zwakke arm. En zwak was hij, dat besefte Rick na een paar passes. Alberto gooide als een kogelstoter en zijn passes fladderden als aangeschoten vogels door de lucht.

'Was hij vorig jaar ook de reserve?' vroeg hij toen Sam dichtbij genoeg was.

'Ja, maar hij heeft niet veel gespeeld.'

Fabrizio was een geboren sportman, snel en gracieus, met zachte handen. Hij deed erg zijn best om nonchalant te lijken, alsof alles wat Rick op hem afvuurde een makkelijk vangballetje was. Hij ving een paar ballen alsof het niets was, plukte ze met te veel arrogante onverschilligheid uit de lucht, en toen beging hij een zonde die hem in de NFL duur zou komen te staan. Met een snelle, nonchalante beweging ving hij de bal met één hand, alleen om te laten zien dat hij dat kon. De bal kwam recht op hem af en hoefde niet met één arm uit de lucht te worden gegraaid. Rick mopperde, maar Sam had er geen moeite mee. 'Laat maar,' zei hij. 'Hij weet niet beter.'

Ricks arm deed nog steeds een beetje pijn, en hoewel hij er geen behoefte aan had om iemand te imponeren, kwam hij in de verleiding om een bal tegen Fabrizio's borst te knallen en hem als een blok te zien neervallen. Rustig, zei hij tegen zichzelf, het is gewoon een jongen die voor zijn plezier aan sport doet.

Op een gegeven moment blafte Sam tegen Fabrizio omdat hij slordig werd, en de jongen mokte als een klein kind. Nog meer worpen op grotere afstand, en toen riep Sam de offense voor een bespreking naar zich toe. Nino zat gehurkt bij de bal, en om te voorkomen dat hun vingers in de klem raakten, stelde Rick voor dat ze langzaam een paar snaps zouden oefenen. Nino vond dat een uitstekend idee, maar toen Ricks handen zijn achterste even aanraakten, kromp hij ineen. Het was geen heftige beweging, niets waarvoor een scheidsrechter zou fluiten, maar wel een duidelijke verstrakking van de bilspier, ongeveer als bij een schoolkind dat op het punt staat een pak slaag te krijgen. Misschien was hij alleen maar zenuwachtig omdat er een nieuwe quarterback was, zei Rick tegen zichzelf. Voor de volgende snap boog Rick zich enigszins naar voren en legde hij zijn handen op de onderkant van de romp van de center, zoals hij sinds zijn eerste schooljaren had gedaan. Meteen trokken Nino's bilspieren zich automatisch samen.

Het waren langzame, zachte snaps, en Rick wist meteen dat ze urenlang zouden moeten oefenen om Nino's techniek te verbeteren. Bij het wachten op de bal ging een hele stap verloren, terwijl tailbacks wegstormden en de receivers naar hun plaatsen renden.

Bij de derde snap gleden Ricks vingers heel licht over Nino's achterste, en blijkbaar was zo'n lichte aanraking veel erger dan een regelrechte klap met een hand. Beide billen welfden zich zodra het delicate contact plaatsvond. Rick keek Sam even aan en zei vlug: 'Kun je tegen hem zeggen dat hij zijn reet moet ontspannen?'

Sam moest zich omdraaien om niet te lachen.

'Is probleem?' vroeg Nino.

'Laat maar,' zei Rick. Sam blies op zijn fluitje en riep eerst in het Engels en toen in het Italiaans een play af. Het was een simpele tailback off-tackle naar rechts. Sly kreeg de hand-off en Franco ploegde als een bulldozer door de hole.

'De cadans?' vroeg Rick toen de linemen hun plaatsen hadden ingenomen.

'*Down, set, hut,*' antwoordde Sam. 'In het Engels.'

Nino, die blijkbaar de officieuze positie van offensive line coach innam, inspecteerde de guards en tackles voordat hij bij de bal neerhurkte en zijn bilspieren spande. Rick raakte ze aan en schreeuwde: 'Down!' Ze krompen ineen en Rick voegde er vlug aan toe: 'Set.' En toen: 'Hut.'

Grommend als een beer kwam Franco overeind en hij slingerde naar rechts. De lijn kwam naar voren, mannen schoten overeind, stemmen gromden alsof de gehate Bergamo Lions er waren, en Rick wachtte een eeuwigheid tot hij de bal van zijn center kreeg. Hij was al een halve stap teruggegaan toen hij hem eindelijk te pakken had. Hij draaide zich om en gooide hem naar Sly, die al tegen de rug van Franco was gelopen.

Sam blies op zijn fluit, schreeuwde iets in het Italiaans, en zei toen: 'Nog een keer.' En nog een keer en nog een keer.

Na tien snaps nam Alberto het over en ging Rick water drinken. Hij zat op zijn helm en zijn gedachten dwaalden af naar andere teams, andere velden. De sleur van de training was overal hetzelfde, dacht hij. Van Iowa tot Canada tot Parma en al die tussenstops: het ergste van het spel, in welke taal het ook werd gespeeld, was de verdovende saaiheid van de conditietraining en de herhaling van play na play.

Het was al laat toen Alex weer de leiding nam en met zijn schelle fluittonen de sprints van veertig meter in gang zette. Geen grappen en beledigingen meer. Niemand lachte of schreeuwde als ze over het veld renden, elke keer langzamer, maar niet zo langzaam dat Alex zich kwaad maakte. Na elke sprint draafden ze naar de doellijn terug. Daar rustten ze een paar seconden en dan begon het opnieuw.

Rick nam zich voor de volgende dag eens met de hoofdcoach te gaan praten. Echte quarterbacks doen zulke sprintoefeningen niet, zei hij steeds weer tegen zichzelf. Hij wou dat hij kon overgeven.

De Panthers hadden een geweldig ritueel na de training: een laat diner, pizza met bier bij Polipo, een klein restaurant aan de Via Spezia aan de rand van de stad. Om halftwaalf was het grootste deel van het team daar verzameld, net onder de douche vandaan en met veel enthousiasme voor het komende seizoen. Gianni, de eigenaar, zette hen ergens achterin, dan stoorden ze de andere gasten niet zo erg. Ze gingen aan twee lange tafels zitten en praatten allemaal tegelijk. Binnen enkele minuten brachten de twee obers kannen bier en glazen, snel gevolgd door andere obers met de grootste pizza's die Rick ooit had gezien. Hij zat aan het hoofd van een tafel, met Sam aan zijn ene en Sly aan zijn andere kant. Nino stond op om een toost uit te brengen, eerst in rad Italiaans, waarbij iedereen naar Rick keek, en toen in iets langzamer Engels. Welkom in onze kleine stad, meneer Riek, we hopen dat je je hier thuis voelt, en geef ons een Super Bowl. Nadat er nog even druk was geschreeuwd, dronken ze hun glas leeg.

Sam legde uit dat signor Bruncardo de rekening voor die luidruchtige diners betaalde en dat hij het team minstens één keer per week na de training trakteerde. Pizza en pasta, zo ongeveer de beste spaghetti van de stad, zonder alle drukte en ceremonie waar Nino zo gek op was in Montana. Goedkoop voedsel, maar wel heel lekker. Rechter Franco was met een vol glas opgestaan en hield een hoogdravende toespraak over niets.

'Meer van hetzelfde,' mompelde Sam in het Engels. 'Een toost op een geweldig seizoen, broederschap, geen blessures enzovoort. En natuurlijk op de geweldige nieuwe quarterback.' Het was duidelijk dat Franco niet voor Nino wilde onderdoen. Nadat ze nog wat hadden gedronken en gejuicht, zei Sam: 'Die twee wedijveren om aandacht. Ze zijn co-captains.'

'Door het team gekozen?'

'Dat denk ik, al heb ik nooit een verkiezing meegemaakt en dit is al mijn zesde seizoen. In feite is het hun team. Ze zorgen ervoor dat de jongens buiten het seizoen gemotiveerd blijven. Ze rekruteren steeds weer nieuwe jongens, vooral voetballers die hun beste tijd gehad hebben. Af en toe bekeren ze een rugbyspeler. Ze schreeuwen en krijsen voor de wedstrijd, en hun scheldkanonnades in de pauze zijn soms fenomenaal. In het vuur van de strijd wil je ze bij je in de buurt hebben.'

Het bier vloeide en de pizza werd opgegeten. Nino vroeg om

stilte en stelde twee nieuwe leden van het team voor. Karl was een Deense hoogleraar wiskunde die zich met zijn Italiaanse vrouw in Parma had gevestigd en aan de universiteit doceerde. Hij wist niet precies welke positie hij zou spelen maar wilde er graag een kiezen. Pietro was een brandkraan met een babyface, klein en dik, een linebacker. Rick had zijn snelle voeten in actie gezien.

Franco ging hen voor in een klaaglijk spreekkoor dat zelfs Sam niet verstond, en toen barstten ze in lachen uit en grepen ze naar de bierkannen. Golven luidruchtig Italiaans daverden door het restaurant, en na een paar biertjes liet Rick het allemaal genoeglijk over zich heen komen.

Hij was een figurant in een buitenlandse film.

Kort voor middernacht zette Rick zijn laptop aan en mailde hij naar Arnie:

In Parma, gisteravond aangekomen, vandaag eerste training – eten en drinken zijn een bezoek waard – geen cheerleaders, Arnie, je had me bloedmooie cheerleaders beloofd – geen agenten hier, dus voor jou zou het niks zijn – ook nergens golf – nog nieuws van Tiffany en haar advocaten – ik herinner me dat Jason Cosgrove onder de douches over haar praatte, met details, en hij heeft vorig jaar acht miljoen verdiend – hits de advocaten tegen hem op – ik ben de pappie niet – zelfs de kleine kinderen spreken hier Italiaans – waarom ben ik in Parma? – het zou erger kunnen zijn, in Cleveland bijvoorbeeld. Tot de volgende keer. RD.

Terwijl hij sliep, stuurde Arnie een antwoord:

Rick: Geweldig van je te horen, fijn dat je er bent en dat je je amuseert. Zie het als een avontuur. Hier gebeurt niet veel. Geen bericht van de advocaten. Ik zal Cosgrove als mogelijke spermadonor noemen. Ze is nu zeven maanden heen. Ik weet dat je de pest aan arena football hebt, maar er belde vandaag iemand van GM die zei dat hij je misschien vijftigduizend wil bieden voor het volgende seizoen. Ik zei nee. Wat vind je daarvan?

10

Op zo'n onmogelijk uur kon je alleen wakker worden als je een wekker op het hoogste volume had afgesteld. De gestage, snerpende pieptoon drong door de duisternis heen en bereikte uiteindelijk zijn doel. Rick, die bijna nooit een wekker gebruikte en de aangename gewoonte had ontwikkeld om wakker te worden wanneer zijn lichaam genoeg van de slaap had, worstelde met de lakens tot hij de knop had gevonden om de wekker uit te zetten. Geschrokken dacht hij even aan politieman Romo en was hij bang voor weer een niet-arrestatie. Toen verdreef hij de muizenissen en wilde gedachten uit zijn hoofd. Terwijl zijn hart geleidelijk weer in een normaal ritme ging slaan, steunde hij op de kussens en herinnerde hij zich eindelijk weer waarom hij de wekker had gezet. Hij had een plan, en de duisternis was daarvoor van het grootste belang.

Omdat hij na het vorige seizoen geen andere lichaamsbeweging had gehad dan op de golfbaan, voelden zijn beide benen aan alsof ze in kleine stukjes waren gebroken, en zijn buikspieren deden pijn alsof iemand hem daar de ene na de andere stomp had gegeven. Zijn armen, schouders, rug, zelfs enkels en tenen deden pijn zodra je ze aanraakte. Hij vervloekte Alex en Sam en de hele Panther-organisatie, als je het zo kon noemen. Hij vervloekte de footballsport, en Arnie, en in omgekeerde volgorde, te beginnen met de Browns, alle teams die hem eruit hadden gegooid. Vervuld van walging, strekte hij voorzichtig een paar spieren, maar dat deed gewoon te veel pijn.

Gelukkig had hij bij Polipo geen bier gedronken, of beter gezegd, hij had zich aan een redelijke limiet gehouden. Zijn hoofd werd helder, zonder tekenen van een kater.

Als hij opschoot en zijn missie volbracht zoals hij van plan was, kon hij over een uur of zo weer in bed liggen. Hij ging even onder de douche staan – er stond verrassend weinig druk op het water en het hete water kon je hooguit lauw noemen – forceerde al zijn bewegingen met grimmige vastbeslotenheid, en stond binnen tien minuten op straat. Het lopen maakte de gewrichten soepel en liet het bloed stromen, en na twee blokken liep hij met ferme pas en voelde hij zich veel beter.

De Fiat stond vijf minuten bij het appartement vandaan. Rick stond er op het trottoir naar te kijken. De smalle straat was aan weerskanten bezet met compacte auto's die bumper aan bumper geparkeerd stonden, met daartussen één rijbaan voor eenrichtingsverkeer. De straat, die in noordelijke richting naar het centrum van Parma leidde, was donker en verlaten. Geen verkeer. Achter de Fiat stond een limoengroene Smart Carlo, een model dat iets groter was dan een fatsoenlijke skelter, en de voorbumper van die Smart was zo'n vijfentwintig centimeter van signor Bruncardo's Fiat verwijderd. Voor de Fiat stond een witte Citroën, niet veel groter dan de Smart en net zo krap geparkeerd. Zelfs voor een automobilist die al jaren in handgeschakelde auto's reed, zou het een hele toer zijn om de Fiat daar weg te krijgen.

Na een snelle blik naar links en rechts om te constateren dat er niemand anders in de Via Antini was, maakte Rick de auto open en kroop hij achter het stuur. Er ging meteen een felle pijn door al zijn gewrichten. Hij bewoog de versnellingspook heen en weer om er zeker van te zijn dat hij in zijn vrij stond, haalde zijn benen uit de knoop, controleerde de handrem en startte de motor. Lichten aan, een blik op de metertjes, brandstof genoeg, waar zat de verwarming? Hij stelde de spiegels, de stoel, de gordel bij, en was al met al vijf minuten met voorbereidingen bezig, terwijl de Fiat warm liep. In die tijd reed er geen enkele auto, scooter of fietser door de straat.

Zodra de voorruit ontdooid was, had hij geen reden meer om langer te wachten. Hij ergerde zich aan zijn verwoede hartslag, maar deed zijn best om er niet op te letten. Dit was gewoon een auto met een koppeling, en nog niet eens zijn eigen auto. Hij haalde hem van de handrem, hield zijn adem in, en er gebeurde niets. Via Antini is vlak.

Koppeling intrappen, rustig in zijn één, een tikje op het gas, het stuur helemaal naar rechts, tot nu toe ging het goed. In het spiegeltje kijken, geen verkeer, vooruit dan maar. Rick liet de koppeling opkomen en gaf een beetje gas, maar het was te veel. De motor gromde, hij liet de koppeling los en de Fiat schokte naar voren en tikte tegen de Citroën op het moment dat hij op de rem trapte. Er gingen een paar rode lichtjes branden en na enkele seconden besefte hij dat de motor was afgeslagen. Hij draaide vlug de sleutel om, zette de auto in zijn achteruit, drukte de koppeling in, trok de handrem aan, vloekte binnensmonds en keek achterom naar de straat. Er kwam niemand aan. Er keek niemand. Achteruit ging het net zo hard als vooruit, en toen hij tegen de Smart tikte, trapte hij weer op de rem en sloeg de motor weer af. Hij vloekte nu hardop, dacht niet meer aan zijn taalgebruik. Hij haalde diep adem en besloot de schade niet te inspecteren. Eigenlijk was er geen schade, dacht hij. Het was maar een tikje geweest. Had die verrekte kerel zijn wagen maar niet zo dicht bij de Fiat moeten parkeren. Zijn handen bewogen nu snel: stuur, contact, pook, handrem. Waarom gebruikte hij de handrem? Zijn voeten waren overal tegelijk, ze tapdansten wild van koppeling naar rem naar gaspedaal. Hij bulderde weer naar voren, tikte de Citroën nog net aan voordat hij tot stilstand kwam, maar ditmaal sloeg de motor niet af. Vooruitgang. De Fiat was al half de straat op; nog steeds geen verkeer. Vlug weer in zijn achteruit, maar een beetje te vlug en hij schokte achteruit. Zijn hoofd klapte naar voren en zijn spieren deden nog meer pijn. Deze tweede keer raakte hij de Smart veel harder, en zijn motor sloeg af. Zijn taalgebruik ging nu alle perken te buiten. Hij keek weer of iemand hem zag.

Opeens stond ze daar. Hij had haar niet over het trottoir zien lopen. Ze stond daar alsof ze er al urenlang had gestaan, gehuld in een lange wollen winterjas, haar hoofd in een gele doek. Een oude vrouw met een oude hond aan de lijn. Ze maakte een ochtendwandelingetje en nu was ze opeens blijven staan, geschrokken van de heftige flipperkastmanoeuvres van een koperkleurige Fiat met een idioot aan het stuur.

Ze keken elkaar in de ogen. Haar afkeurende ogen en de diepe rimpels in haar gezicht gaven haar gedachten precies weer. Ricks wanhoop was duidelijk te zien. Hij hield even op met vloeken. De hond staarde ook naar hem, een of ander soort delicate terriër met net zo'n perplexe blik in zijn ogen als zijn bazin.

Het duurde even voor Rick besefte dat ze niets te maken had met de twee auto's die hij aan het rammen was; natuurlijk niet. Ze was een voetganger, en voordat ze de politie kon bellen, als ze dat al deed, zou hij weg zijn. Hoopte hij. Hoe dan ook, hij wilde al iets in de trant van 'Waar kijk je naar?' zeggen, maar besefte dat ze het niet zou begrijpen. Waarschijnlijk zou ze kunnen horen dat hij Amerikaan was. In een opwelling van patriottisme hield hij zijn mond.

Omdat de voorkant van de auto al buiten de rij stond, had hij geen tijd om haar strak aan te kijken. Hij richtte zijn blik arrogant op de manoeuvre waar hij mee bezig was. Hij schakelde, startte en drong er bij zichzelf op aan om het gaspedaal en de rem met perfecte coördinatie te bedienen, dan kon de Fiat eindelijk wegrijden en was hij van die oude dame af. Hij drukte het gaspedaal flink in, de motor maakte weer toeren, en toen liet hij langzaam de koppeling los terwijl hij een flinke ruk aan het stuur gaf. Hij kwam in beweging en miste de Citroën op een haar na. Eindelijk vrij, reed hij de straat op, de Via Antini in. De Fiat stond nog in zijn één en bulderde uit alle macht. Hij beging de fout een triomfantelijke blik op de vrouw en de hond te werpen. Hij zag haar bruine tanden; ze lachte hem uit. De hond blafte en trok aan de lijn; die vond het ook grappig.

Rick had de straten van zijn vluchtroute in zijn hoofd geprent. Dat was geen geringe zaak, want veel straten waren smal en onoverzichtelijk en hadden eenrichtingsverkeer. Hij reed naar het zuiden en schakelde alleen als het echt nodig was. Algauw kwam hij op de Viale Berenini, een grote straat waar een paar auto's en bestelwagens reden. Hij stopte voor rood licht, schakelde naar één en hoopte vurig dat er niemand achter hem zou stoppen. Hij wachtte tot het groen was en schokte toen naar voren zonder dat de motor afsloeg. Goed zo. Hij leerde het al.

Hij nam de Ponte Italia om de rivier de Parma over te steken en wierp even een blik op het kalme water beneden. Hij was de binnenstad nu uit, en er was hier nog minder verkeer. Zijn doel was de Viale Vittoria, een brede vierbaansweg die langs de westkant van Parma leidde. Erg vlak en bijna verlaten op dit uur van duisternis voordat de ochtend aanbrak. Ideaal om te oefenen.

Een uur lang, terwijl het langzaam licht werd in de stad, reed

Rick door de mooie vlakke straat heen en weer. Hij zat een tijdje met het probleem dat de koppeling een beetje bleef steken, maar na een uur van ijverig oefenen kreeg hij er vertrouwen in dat hij en de Fiat één zouden worden. Slapen was geen optie meer; hij was veel te veel onder de indruk van zijn nieuwe talent.

Op een brede middenstrook oefende hij het parkeren binnen de gele lijnen, heen en weer, heen en weer, tot het hem ging vervelen. Hij had er nu vrij veel vertrouwen in, en hij zag een bar bij de Piazza Santa Croce. Waarom niet? Hij voelde zich met de minuut Italiaanser, en hij had cafeïne nodig. Hij parkeerde weer, zette de motor af en genoot van het wandelingetje door de frisse lucht. Er was nu meer verkeer in de straten. De stad was tot leven gekomen.

De bar was vol en luidruchtig, en hij dacht er even over om vlug weer weg te gaan en naar zijn veilige Fiat terug te keren. Maar nee, hij had voor vijf maanden getekend en wilde niet al die tijd op de vlucht zijn. Hij liep naar een bar, trok de aandacht van een barista en zei: 'Espresso.'

De barista knikte naar een hoek, waar een dikke dame achter een kassa zat. De barista had blijkbaar geen zin om een espresso te maken voor Rick, die een stap terugging en er weer over dacht om te vluchten. Een goed geklede zakenman kwam haastig binnen, met minstens twee kranten en een diplomatenkoffertje, en liep recht op de kassadame af. '*Buon giorno*,' zei hij, en zij beantwoordde die groet. 'Koffie,' zei hij, en hij haalde een biljet van vijf euro tevoorschijn. Ze pakte het aan en gaf hem wisselgeld en een bonnetje. Met dat bonnetje ging hij meteen naar de bar, waar hij het neerlegde op een plaats waar een van de barista's het goed kon zien. Ten slotte pakte een barista het op, ze zeiden '*Buon giorno*' tegen elkaar, en alles was in orde. Binnen enkele seconden had de zakenman een kop en schotel voor zich staan. De man, al verdiept in het voorpaginanieuws, deed er suiker bij, roerde en dronk het kopje in één teug leeg.

Dus zo deed je dat.

Rick liep naar de kassadame, mompelde een redelijk 'Buon giorno' en legde zelf ook een vijfje neer voordat de vrouw kon antwoorden. Ze gaf hem wisselgeld en zo'n magisch bonnetje.

Toen hij zijn koffie stond te drinken, nam hij de jachtige atmosfeer van het café in zich op. De meeste mensen waren op weg naar hun werk, en blijkbaar kenden ze elkaar. Sommigen praatten aan een stuk door, terwijl anderen zich in een krant verdiepten. De barista's werkten koortsachtig hard, maar zetten nooit een stap te veel. Ze praatten in rad Italiaans en hadden een weerwoord op elke grap van een klant. Naast de bar waren er tafels waar obers met witte schorten koffie, mineraalwater en allerlei gebak opdienden. Rick had plotseling honger, ondanks de lading koolhydraten die hij een paar uur eerder bij Polipo had geconsumeerd. Een plank met broodjes trok zijn aandacht, en hij had opeens vreselijke trek in zo'n broodje met chocolade en slagroom. Maar hoe kon hij dat bemachtigen? Hij durfde zijn mond niet open te doen, niet met zoveel mensen binnen gehoorsafstand. Misschien zou de kassadame in de hoek consideratie hebben met een Amerikaan die alleen maar kon wijzen.

Hongerig liep hij de bar uit. Hij liep door de Viale Vittoria en ging een zijstraat in, op zoek naar niets in het bijzonders maar genietend van wat hij om zich heen zag. Er lokte hem weer een café. Hij ging zelfverzekerd naar binnen, liep regelrecht naar de kassa, waar ook een zwaargebouwde vrouw achter zat, en zei: '*Buon giorno, cappuccino please.*' Het liet haar koud waar hij vandaan kwam, en haar onverschilligheid moedigde hem aan. Hij wees naar een flinke croissant in een rek bij de bar en zei: 'En een daarvan.' Ze knikte opnieuw toen hij haar een biljet van tien euro gaf, vast wel genoeg voor koffie en een croissant. Het was hier minder druk dan in het vorige café, en Rick genoot van de *cornetto* en de cappuccino.

Het heette Bar Bruno, en wie Bruno ook was, hij was gek op voetbal. De muren hingen vol met teamposters en actiefoto's en competitieschema's van dertig jaar geleden. Er was een spandoek van de World Cup-overwinning uit 1982. Boven de kassa had Bruno met punaises een collectie vergrote zwart-witfoto's aangebracht: Bruno met Chinaglia, Bruno die Baggio omhelsde.

Rick nam aan dat het moeilijk zou zijn om in Parma een bar of café te vinden met ook maar één foto van de Panthers. Nou ja. Dit was geen Pittsburgh.

De Fiat stond nog precies op de plaats waar hij hem had achtergelaten. De pep van de cafeïne had zijn zelfvertrouwen vergroot. Hij zette de wagen moeiteloos in zijn achteruit en reed soepel weg, alsof hij al jaren in handgeschakelde auto's reed.

Het was een hele uitdaging om door het centrum van Parma te rijden, maar hij had geen keus. Vroeg of laat moest hij naar huis, en hij moest zijn Fiat meenemen. Eerst schrok hij niet van de politiewagen. Die volgde hem in een rustig tempo. Rick stopte voor rood licht en wachtte geduldig af terwijl hij in gedachten al met de koppeling en het gaspedaal bezig was. Het licht sprong op groen, de koppeling kwam te vlug omhoog, de Fiat maakte een sprongetje en de motor sloeg af. Koortsachtig schakelde hij opnieuw en draaide hij vloekend het sleuteltje om. Intussen keek hij met één oog naar de politie. De zwart-witte auto zat dicht achter hem, en de twee jonge agenten fronsten hun wenkbrauwen.

Wat was er? Was er daar achter iets mis?

Zijn tweede poging verliep nog slechter dan de eerste, en toen de motor van de Fiat weer een snelle dood stierf, drukte de politie plotseling op de claxon.

Eindelijk sloeg de motor aan. Hij trapte op het gas, liet de koppeling een beetje opkomen en de Fiat ging uiterst traag vooruit, bulderend in de lage versnelling. De politieagenten bleven dicht achter hem. Waarschijnlijk vonden ze dat gehobbel en geklungel wel grappig. Een straat verder zetten ze hun blauwe lichten aan.

Rick zag kans in een uitlaadzone voor een rij winkels te stoppen. Hij zette de motor uit, trok hard aan de handrem en stak toen automatisch zijn hand uit naar het dashboardkastje. Hij had er niet bij stilgestaan dat je in Italië natuurlijk ook een rijbewijs en een kentekenbewijs bij je moest hebben, en hij had er ook niet bij stilgestaan dat die aangelegenheden al dan niet waren afgehandeld door de Panthers of signor Bruncardo persoonlijk. Hij had helemaal nergens bij stilgestaan, aan niets gedacht, zich nergens zorgen over gemaakt. Hij was een profsporter die op de middelbare school en op college een ster was geweest, en als je tot zo grote hoogte was gestegen, hield je je niet met zulke kleine details bezig.

Het dashboardkastje was leeg.

Een agent tikte op zijn raam en hij draaide het open. Geen elektrische bediening.

De agent zei iets en Rick ving het woord '*Documentos*' op. Hij pakte zijn portefeuille en gaf de agent zijn rijbewijs uit Iowa. Iowa? Hij had in zes jaar niet in Iowa gewoond, maar had zich ook niet ergens anders officieel gevestigd. Terwijl de agent met gefronste wenkbrauwen naar het plastic kaartje keek, zakte Rick weer een paar centimeter weg, want hij herinnerde zich een telefoongesprek dat hij voor Kerstmis met zijn moeder had gevoerd. Ze had toen net bericht gekregen dat zijn rijbewijs was verlopen.

'*Americano*?' zei de agent. Het klonk verwijtend. Volgens zijn naamplaatje heette hij Aski.

105

'Ja,' antwoordde Rick, al had hij ook '*Si*' kunnen zeggen. Hij zei dat niet, want hij hoefde maar één woord Italiaans te gebruiken en de agent zou veronderstellen dat de buitenlander de taal vloeiend sprak.

Aski maakte het portier open en gaf Rick te kennen dat hij moest uitstappen. De andere agent, Dini, kwam met een minachtend gezicht naar hen toe en er volgde een snel rondje Italiaans. Als Rick op hun gezicht kon afgaan, zou hij ter plekke in elkaar geslagen worden. Ze waren begin twintig, lang en gebouwd als gewichtheffers. Ze zouden in de defense van de Panthers kunnen spelen. Een bejaard echtpaar bleef op het trottoir staan om naar het incident te kijken dat zich op drie meter afstand voltrok.

'Spreek Italiaans?' vroeg Dini.

'Nee, sorry.'

Beiden sloegen hun ogen ten hemel. Een debiel.

Ze liepen bij elkaar vandaan en inspecteerden ieder afzonderlijk de plaats van het misdrijf. Ze bestudeerden het nummerbord aan voor- en achterkant. Het dashboardkastje ging voorzichtig open, alsof er misschien een bom in zou zitten. Toen de kofferbak. Het verveelde Rick en hij leunde tegen de linkervoorkant van de auto. Ze pleegden overleg, namen radiocontact op met het hoofdbureau, en toen begon het onvermijdelijke papierwerk. Beide agenten waren verwoed aan het schrijven.

Rick vroeg zich af wat zijn overtreding was. Hij wist dat de papieren niet in orde waren, maar volgens hem had hij geen verkeersovertreding begaan. Hij dacht erover om Sam te bellen, maar zijn mobieltje lag naast zijn bed. Toen hij de sleepwagen zag, moest hij bijna lachen.

Nadat de Fiat was verdwenen, werd Rick op de achterbank van de politiewagen gezet en weggebracht. Geen handboeien, geen bedreigingen, alles vriendelijk en beschaafd. Toen ze de rivier overstaken, herinnerde hij zich iets wat in zijn portefeuille zat. Hij pakte een visitekaartje dat hij uit Franco's kantoor had meegenomen en gaf het aan Dini op de voorbank. 'Mijn vriend,' zei hij.

Giuseppe Lazzarino, Giudice.

Beide agenten wisten blijkbaar precies wie rechter Lazzarino was. Hun toon, houding en lichaamstaal veranderden. Ze spraken meteen met gedempte stemmen, alsof ze niet wilden dat hun gevangene het hoorde. Aski slaakte een diepe zucht en Dini liet zijn schouders zakken. Aan de overkant van de rivier gingen ze in een andere richting en een paar minuten leek het erop dat ze in een kringetje reden. Aski nam radiocontact met iemand op, maar kreeg degene die hij wilde spreken niet te pakken. Dini gebruikte zijn mobiele telefoon, maar ook hij werd teleurgesteld. Rick liet zich op de achterbank onderuitzakken. Hij vond het allemaal wel grappig en probeerde van het ritje door Parma te genieten.

Ze zetten hem op de bank voor Franco's kamer, dezelfde plek die Romo zo'n vierentwintig uur eerder had uitgekozen. Dini ging met tegenzin naar binnen, terwijl Aski zes meter verderop ging staan, alsof hij niets met Rick te maken wilde hebben. Ze wachtten. De minuten kropen voorbij.

Rick vroeg zich af of dit wel een echte arrestatie was of ook tot de Romo-categorie behoorde. Hoe kon je dat weten? Nog één aanvaring met de politie, en de Panthers en Sam Russo en signor Bruncardo en zijn miezerige contract konden zijn rug op. Hij miste Cleveland al bijna.

Harde stemmen, en toen zwaaide de deur open en kwam zijn fullback de gang op, gevolgd door Dini. Aski sprong in de houding.

'Riek, dit spijt me zo,' bulderde Franco, en hij trok hem van de bank en sloeg zijn kolossale armen om hem heen. 'Dit spijt me zo. Er is een fout gemaakt, ja?' De rechter keek woedend naar Dini, die naar zijn glanzende laarzen keek en een beetje bleek zag. Aski was net een hert in het schijnsel van koplampen.

Rick wilde iets zeggen, maar kon niets bedenken. Vanuit de deuropening keek Franco's leuke secretaresse toe. Franco liet een paar woorden op Aski los en stelde toen een scherpe vraag aan Dini, die antwoord wilde geven maar daar toen van afzag. Toen weer tegen Rick: 'Is geen probleem, ja?'

'Goed,' zei Rick. 'Het is oké.'

'De auto, hij is niet van jou?'

'Eh, nee. Ik denk dat hij van signor Bruncardo is.'

Franco's ogen gingen wijd open en zijn rug verstijfde. 'Van Bruncardo?'

Aski en Dini zakten zowat in elkaar toen ze dat nieuws hoorden. Ze bleven overeind, maar konden niet ademhalen. Franco vuurde een stel barse Italiaanse woorden op hen af, en Rick ving minstens twee 'Bruncardo's' op.

Er kwamen twee heren aan, blijkbaar advocaten: donker pak, dikke aktetas, gewichtige houding. Met hen, Rick en zijn personeel als publiek gaf rechter Lazzarino de twee jonge agenten een uitbrander. Hij deed dat met de felheid van een woedende sergeant-majoor.

Rick had meteen medelijden met hen. Per slot van rekening hadden ze hem met meer respect behandeld dan een doodgewone wegpiraat mocht verwachten. Toen de uitbrander voorbij was, zochten Aski en Dini een goed heenkomen. Franco zei dat de auto ogenblikkelijk werd opgehaald en direct aan Rick zou worden teruggegeven. Signor Bruncardo hoefde het niet te weten. Nog meer verontschuldigingen. Ten slotte liepen de twee advocaten de kamer van de rechter in en gingen de secretaresses weer aan het werk.

Franco verontschuldigde zich nogmaals, en om te laten blijken dat deze verwelkoming van Rick in Parma hem oprecht speet, stond hij erop dat Rick de volgende avond bij hem thuis zou komen dineren. Zijn vrouw, erg mooi, zei hij, kon uitstekend koken. Hij zou geen genoegen nemen met een weigering.

Rick nam de uitnodiging aan, en Franco legde uit dat hij een belangrijke bespreking met enkele advocaten had. Ze zouden elkaar op de training zien. Vaarwel. '*Ciao.*'

11

Mateo, de verzorger van het team, was een pezige student met wilde ogen. Hij sprak vreselijk Engels en deed dat nog snel ook. Na enkele pogingen had hij duidelijk gemaakt wat hij wilde: hij wilde hun geweldige nieuwe quarterback een massage geven. Hij studeerde iets wat met een nieuwe theorie over massage te maken had. Rick had dringend behoefte aan een massage. Hij strekte zich op een van de twee verzorgingstafels uit en zei tegen Mateo dat hij zijn gang kon gaan. Na enkele seconden hakte de jongen in zijn achillespezen en schreeuwde Rick het bijna uit. Maar onder een massage mag je niet klagen: dat was een regel die in de geschiedenis van het professionele football nog nooit was overtreden. Hoeveel pijn het ook deed, grote stoere footballers zeurden niet als ze werden gemasseerd.

'Is goed?' zei Mateo tussen het ademhalen door.

'Ja, rustig aan.'

Die woorden overleefden de vertaling niet, en Rick begroef zijn gezicht in een kussen. Ze waren in de kleedkamer, die ook als materiaalkamer fungeerde en daarnaast nog als kantoor van de coach. Er was verder niemand. De training begon pas over vier uur. Terwijl Mateo hem te lijf ging, lukte het Rick zijn gedachten te laten afdwalen. Hij vroeg zich af hoe hij het moest aanpakken om coach Russo duidelijk te maken dat hij die conditietraining liever niet meer wilde doormaken. Geen sprints, push-ups en sit-ups meer. Zijn conditie was goed, in elk geval goed genoeg voor wat hem te wachten stond. Als hij te veel rende, kon hij zijn been blesseren, een spier verrekken, of iets van dien aard. In de meeste trainingskampen van professionals deden de quarterbacks hun eigen strekoefeningen en warming-ups. Ze deden hun eigen dingen, terwijl de rest werd afgebeuld.

Aan de andere kant vroeg hij zich af hoe dat op het team zou overkomen. Die verwende Amerikaanse quarterback. Te goed voor zware oefeningen. Te slap voor een beetje conditietraining. De Italianen schenen te gedijen op vuil en zweet, en over drie dagen zouden ze in full pads, dus in volledig tenue, gaan trainen.

Mateo ging over op het onderste deel van zijn rug en deed het wat kalmer aan. De massage werkte. De stijve, pijnlijke spieren ontspanden. Sam kwam binnenlopen en ging op de andere verzorgingstafel zitten. 'Ik dacht dat je in goede conditie verkeerde,' begon hij vriendelijk.

'Dat dacht ik ook.' Nu hij publiek had, ging Mateo weer op de pneumatische methode over.

'Doet pijn, hè?'

'Een beetje wel. Meestal doe ik niet veel sprinttraining.'

'Je went er wel aan. Als je niet meedoet, vinden de Italianen je een watje.'

Dat was dus dat. 'Ik ben niet degene die kotste.'

'Nee, maar je zag er wel naar uit.'

'Dank je.'

'Ik kreeg net een telefoontje van Franco. Weer met de politie in aanraking geweest, hè? Gaat het wel goed met je?'

'Zolang ik Franco heb, kan de politie me elke dag voor niks arresteren.' Hij zweette nu van de pijn, maar deed zich nonchalant voor.

'We geven je een tijdelijk rijbewijs en wat papieren voor de auto. Mijn schuld. Sorry.'

112

'Geeft niks. Franco heeft leuke secretaresses.'

'Wacht maar tot je zijn vrouw ziet. Hij heeft ons ook voor het diner morgenavond uitgenodigd, Anna en mij.'

'Geweldig.'

Mateo draaide hem om en kneep in zijn dijen. Rick schreeuwde het bijna uit, maar slaagde erin zijn gezicht in de plooi te houden. 'Kunnen we over de offense praten?' vroeg Rick.

'Heb je het playboek doorgenomen?'

'Dat is materiaal van de middelbare school.'

'Ja, het is elementair. We moeten het hier niet te ingewikkeld maken. De spelers hebben weinig ervaring en we hebben niet veel tijd om te oefenen.'

'Ik zeur niet. Ik heb alleen een paar ideeën.'

'Laten we gaan.'

Mateo liep als een trotse chirurg achteruit, en Rick bedankte hem. 'Heel goed werk,' zei hij, en hij strompelde weg. Sly kwam binnenstormen, draden uit allebei zijn oren, truckerspet scheef op zijn kop, weer dat sweatshirt van de Broncos aan. 'Hé, Sly, je moet je eens laten masseren,' riep Rick. 'Mateo is geweldig.'

Ze wisselden steken onder water uit – Broncos versus Browns enzovoort – en intussen trok Sly al zijn kleren behalve zijn boxershort uit en ging hij op de tafel liggen. Mateo liet zijn knokkels kraken en ging aan de slag. Sly trok een grimas, maar beet op zijn tong.

Twee uur voor de training waren Rick, Sly en Trey Colby met coach Russo op het veld en namen ze de offensieve plays door. Tot Sams opluchting vond zijn nieuwe quarterback het niet nodig alles te veranderen. Rick deed hier en daar wat suggesties, veranderde sommige passroutes en kwam met ideeën voor de running game. Sly herinnerde hem er meer dan eens aan dat de running game van de Panthers heel eenvoudig was: gewoon de bal aan Sly geven en opzij gaan.

Fabrizio dook op aan de andere kant van het veld, alleen en vastbesloten alleen te blijven. Hij deed uitgebreide strekoefeningen, meer om strakke spieren te laten zien dan om ze los te maken.

'Nou, hij komt voor de tweede dag terug,' zei Sly toen ze even naar hem hadden gekeken.

'Wat bedoel je?' vroeg Rick.

'Hij heeft nog niet opgegeven,' zei Trey.

'Opgegeven?'

'Ja, hij heeft de gewoonte om weg te lopen,' zei Sam. 'Het kan door een slechte training komen, of door een slechte wedstrijd, of door niets.'

'Waarom tolereer je dat?'

'Hij is verreweg onze beste receiver,' zei Sam. 'En hij is goedkoop.'

'Handen dat hij heeft!' zei Trey.

'En rennen dat hij kan!' zei Sly. 'Sneller dan ik.'

'Dat meen je niet.'

'Nee echt. Hij verslaat me met vier stappen op de veertig.'

Nino kwam ook vroeg, en na een rondje 'Buon giorno' deed hij vlug zijn strekoefeningen, waarna hij een lang rondje om het veld liep.

'Waarom trekt hij zijn reet zo samen?' vroeg Rick toen ze hem zagen wegdraven. Sly lachte veel te hard. Sam en Trey barstten ook in lachen uit, en toen greep Sly de gelegenheid aan om een korte beschrijving van Nino's overactieve bilspieren te geven. 'Hij doet het niet slecht op de training, in korte broek, maar als hij zijn hele uitrusting aan heeft en we gaan hitten, trekt alles bij hem strak, vooral zijn bilspieren. Nino mag graag hitten, en soms vergeet hij bijna een snap te maken omdat hij er alleen maar aan denkt dat hij de nose guard gaat hitten. En als hij voorovergebogen staat om te gaan hitten, trillen die bilspieren, en als je ze dan aanraakt, springt hij zowat uit zijn vel.'

'Misschien kunnen we met de shotgunformatie werken,' zei Rick, en ze lachten nog harder.

'Ja,' zei Trey. 'Maar Nino is niet zo nauwkeurig. Je zou over het hele veld achter de bal aan moeten rennen.'

'We hebben het geprobeerd,' zei Sam. 'Het werd een ramp.'

'We moeten zijn snaps sneller maken,' zei Sly. 'Soms ben ik al in de hole voordat de quarterback de bal heeft. Hij zoekt mij en ik zie die klotebal nergens. Intussen neemt Nino een of andere arme stumper te grazen.'

Nino was terug, en hij bracht Fabrizio mee. Rick stelde voor dat ze met de shotgunformatie zouden werken en een paar patterns zouden doen. Zijn snaps waren goed, niet te ver naast, maar wel afschuwelijk traag. Er kwamen nog meer Panthers, en algauw waren de Italianen aan het punten en passen. De ballen vlogen over het veld.

Sam kwam dicht bij Rick staan en zei: 'Anderhalf uur training, en ze staan te popelen om te beginnen. Verfrissend, hè?'

'Ik heb dat nooit eerder meegemaakt.'

'Ze zijn gewoon gek op football.'

Franco en zijn kleine gezin woonden op de bovenste verdieping van een palazzo dat uitkeek op de Piazza della Steccata in het hart van de stad. Alles was oud: de versleten marmeren trap, de houten vloeren, de smaakvol gebarsten pleisterkalk op de muur, de portretten van vorstelijke figuren uit een ver verleden, de gewelfde plafonds met loden kroonluchters, de grote leren banken en stoelen.

Zijn vrouw daarentegen zag er opvallend jong uit. Zij was Antonella, een mooie donkerharige vrouw naar wie mannen omkeken of zelfs openlijk staarden. Zelfs haar Engels met een zwaar accent maakte dat Rick er meer van wilde horen.

Hun zoon Ivano was zes en hun dochter Susanna was drie. De kinderen mochten er een halfuurtje bij zijn en werden toen naar bed gestuurd. Een kindermeisje bleef ergens op de achtergrond.

Sams vrouw Anna was ook aantrekkelijk, en terwijl Rick prosecco dronk, wijdde hij zijn aandacht aan de twee dames. Nadat hij Cleveland had verlaten, had hij in Florida algauw een vriendin gekregen, maar hij had het geen enkel probleem gevonden om zonder iets tegen haar te zeggen naar Italië te gaan toen het daar tijd voor was. Hij had mooie vrouwen in Parma gezien, maar ze spraken allemaal een andere taal. Er waren geen cheerleaders, en hij had Arnie al vele malen om die leugen vervloekt. Rick hunkerde naar vrouwelijk gezelschap, zelfs als het niet verder ging dan cocktails drinken met gebroken Engels sprekende vrouwen van vrienden. Maar de mannen bleven erbij, en als de andere vier om Franco's grappen lachten, raakte Rick soms de weg kwijt in een wereld van Italiaans. Een klein grijsharig vrouwtje in een schort kwam af en toe een schaal met voorafjes brengen – vleeswaar, parmigianokaas, olijven – en ging dan weer naar het smalle keukentje waar het diner werd bereid.

De grote verrassing was de eettafel. Die bestond uit een plaat zwart marmer op twee massieve zuiltjes en stond op de patio, een klein, met bloemen omringd terras dat op het centrum van de stad uitkeek. De tafel stond vol met kaarsen, tafelzilver, bloemen, fraai porselein en liters rode wijn. De nachtlucht was helder en kalm, en alleen een beetje kil als er een zachte wind stond. Uit een verborgen luidspreker was nog net een opera te horen.

Rick kreeg de beste plaats met een goed zicht op de top van de duomo. Franco schonk royale glazen rode wijn en bracht een toost uit op hun nieuwe vriend. 'Een Super Bowl in Parma,' zei hij bijna wellustig aan het eind.

Waar ben ik? vroeg Rick zich af. In maart was hij meestal in Florida. Hij logeerde bij een vriend, speelde golf, deed aan gewichtheffen en hardlopen, probeerde in vorm te blijven terwijl Arnie deze en gene belde, wanhopig op zoek naar een team dat een sterke arm nodig had. Er was altijd hoop. Het volgende telefoontje kon het volgende contract betekenen. Het volgende team kon de grote doorbraak betekenen. Elk voorjaar bracht weer de kans dat hij eindelijk zijn plaats zou vinden: een team met een geweldige offensieve lijn, een briljante coördinator, getalenteerde receivers, noem maar op. Zijn passes zouden hun doel bereiken. Defenses zouden instorten. De Super Bowl. Pro Bowl. Een vet contract. Sponsorcontracten. Roem. Massa's cheerleaders.

Elk jaar leek dat in maart weer mogelijk.

Waar ben ik?

De eerste gang, de antipasto, bestond uit dikke plakken kanteloep, bedekt met dunne plakjes prosciutto. Franco schonk meer wijn in en vertelde dat dit gerecht heel veel in de regio Emilia-Romagna werd gegeten, iets wat Rick al vaker had gehoord. Maar natuurlijk komt de beste prosciutto alleen uit Parma. Zelfs Sam keek Rick aan en sloeg zijn ogen ten hemel.

Na een paar stevige happen vroeg Franco: 'Zeg, Rick, hou je van opera?'

Als hij eerlijk 'Helemaal niet' zei, zou iedereen tot minstens honderd kilometer in de omtrek beledigd zijn, en dus speelde Rick op veilig. 'We luisteren er thuis niet veel naar,' zei hij.

'Hier is opera erg populair,' zei Franco. Antonella glimlachte naar Rick terwijl ze op een klein stukje meloen knabbelde.

'We nemen je mee, ja, een keer? We hebben Teatro Regio, het mooiste operahuis van de wereld,' zei Franco.

'De Parmezanen zijn gek op opera,' zei Anna. Ze zat naast Rick, met Antonella recht tegenover hem, en Franco, de rechter, aan het hoofd van de tafel.

'En waar kom jij vandaan?' vroeg Rick aan Anna. Hij wilde graag van onderwerp veranderen.

'Parma. Mijn oom was een grote bariton.'

'Teatro Regio is mooier dan La Scala in Milaan,' zei Franco tegen niemand in het bijzonder, en dus sprak Sam hem tegen. 'Welnee,' zei hij. 'La Scala is het mooiste operahuis.'

Franco's ogen gingen wijd open alsof hij hem te lijf zou gaan. De tegenwerping maakte een stortvloed van Italiaans uit hem los, en enkele ogenblikken luisterden alle anderen onbehaaglijk zwijgend. Ten slotte beheerste hij zich en zei in het Engels: 'Wanneer ben je in La Scala geweest?'

'Nooit,' zei Sam. 'Alleen wat foto's gezien.'

Franco lachte hardop en Antonella ging de kamer uit om de volgende gang te laten komen. 'Ik neem jou mee naar de opera,' zei Franco tegen Rick, die alleen maar glimlachte en er hele-maal geen zin in had.

De volgende gang, de *primo piatto*, was *anolini*, een kleine ronde pasta, gevuld met parmigiano en rundvlees en gesmoord in porcinipaddenstoelen. Antonella zei dat het een heel beroemd gerecht uit Parma was, en ze vertelde dat in het Engels met het mooiste accent dat Rick ooit had gehoord. Eigenlijk kon het hem niet schelen hoe de pasta smaakte. Zolang er maar over werd gepraat.

Franco en Sam praatten in het Engels over opera's. Anna en Antonella praatten in het Engels over kinderen. Ten slotte zei

Rick: 'Toe, spreek toch Italiaans. Dat klinkt veel mooier.' En ze deden het. Rick genoot van het eten, de wijn en het uitzicht. De koepel van de kathedraal verhief zich majestueus in het licht van de schijnwerpers, en het centrum van Parma krioelde van het verkeer en de voetgangers.

De anolini maakte plaats voor de *secondo piatto*, de hoofdgang, een geroosterde en gevulde kapoen. Franco, die al enkele glazen wijn op had, gaf een levendige beschrijving van een kapoen als een haan die gecastreerd werd – 'Wwwakkk!' – als hij nog maar twee maanden oud was. 'Dat voegt smaak toe,' zei Antonella, die daarmee de indruk wekte, vond Rick, dat de afgedankte onderdelen misschien hun weg naar de vulling hadden gevonden. Maar na twee aarzelende hapjes deed dat er niet meer toe. Testikels of niet, de kapoen was verrukkelijk.

Hij at langzaam, geamuseerd door de Italianen en hun liefde voor tafelconversatie. Soms keken ze hem aan en vroegen ze iets aan hem, en dan gingen ze weer over op hun muzikale taal en dachten ze niet aan hem. Zelfs Sam, uit Baltimore en van Bucknell, scheen in het Italiaans gemakkelijker met de vrouwen te kunnen praten. Voor het eerst sinds hij in het land was aangekomen, gaf Rick zichzelf toe dat het misschien geen slecht idee was om een paar woorden Italiaans te leren. Eigenlijk was het een geweldig idee, als hij succes bij de meisjes wilde hebben.

Na de kapoen kwamen er kaas en een andere wijn, en daarna dessert en koffie. Kort na elf uur nam Rick eindelijk gracieus afscheid. Hij slenterde door de avond naar zijn appartement terug en viel op zijn bed in slaap zonder zich uit te kleden.

12

Op een prachtige zaterdag in april, een perfecte lentedag in de Povlakte, vertrokken de Bandits om zeven uur 's morgens met de trein uit Napels om naar de eerste wedstrijd van het seizoen te gaan. Kort voor twee uur die middag kwamen ze in Parma aan. De wedstrijd begon om drie uur. De trein van hun terugreis zou om tien over halftwaalf die avond vertrekken, en het team zou zondagmorgen om zeven uur in Napels aankomen, vierentwintig uur nadat het was vertrokken.

Eenmaal in Parma, namen de Bandits, dertig in getal, een bus naar het Stadio Lanfranchi en sjouwden ze hun uitrusting naar een kleine kleedkamer aan dezelfde gang als die van de Panthers. Ze kleedden zich snel om en verspreidden zich over het veld om hun strekoefeningen te doen en de gebruikelijke rituelen te voltrekken die aan een wedstrijd voorafgingen.

Twee uur voor de wedstrijd zaten alle tweeënveertig Panthers in hun kleedkamer, de meesten één bonk zenuwen, in de gespannen verwachting iemand ondersteboven te lopen. Signor Bruncardo verraste hen met nieuwe wedstrijdtruien: zwart met glanzende zilveren nummers en het woord 'Panthers' op de borst.

Nino rookte een sigaret voor de wedstrijd. Franco praatte met Sly en Trey. Pietro, de middelste linebacker die met de dag beter werd, zat te mediteren met zijn iPod. Mateo liep haastig rond, wreef over spieren, tapete enkels, repareerde materiaal.

Typisch de sfeer van voor een wedstrijd, dacht Rick. Kleinere kleedkamer, kleinere spelers, er stond minder op het spel, maar sommige dingen bleven altijd hetzelfde. Hij was er klaar voor om te spelen. Sam sprak het team toe, maakte een paar opmerkingen en liet hen toen los.

Toen Rick negentig minuten voor de wedstrijd het veld op kwam, waren de tribunes leeg. Sam had een grote menigte voorspeld, 'misschien wel duizend toeschouwers'. Het was prachtig weer, en de vorige dag had er in de *Gazzetta di Parma* een indrukwekkend verhaal over de eerste wedstrijd van de Panthers en vooral over hun nieuwe NFL-quarterback gestaan. Ricks knappe gezicht had in kleur een halve pagina in beslag genomen. Volgens Sam had signor Bruncardo aan wat touwtjes getrokken en druk uitgeoefend.

Als je in een NFL-stadion het veld op liep, was dat altijd een zenuwslopende ervaring. De spanning liep in de kleedkamer zo hoog op dat de spelers het veld op vluchtten zodra dat mocht. En daar op het veld – omringd door enorme tribunes en duizenden toeschouwers, en camera's en muziek en cheerleaders en al die mensen die op de een of andere manier toegang tot het veld hadden – had je even tijd nodig om aan die nauwelijks beheerste chaos te wennen.

Toen Rick het gras van het Stadio Lanfranchi op liep, moest hij onwillekeurig grinniken om deze wending in zijn carrière. Een student die het veld op kwam draven in een kinderteam zou nerveuzer zijn geweest.

Na enkele minuten van rekoefeningen en gymnastiek, onder leiding van Alex Oliveto, verzamelde Sam de offense op de vijfyardlijn en nam hij plays door. Rick en hij hadden er twaalf uitgekozen die ze de hele wedstrijd zouden uitvoeren, zes op de grond en zes in de lucht. De Bandits stonden bekend om hun zwakke secondary – daar hadden ze niet één Amerikaan – en het jaar daarvoor had de quarterback van de Panthers met zijn worpen in totaal tweehonderd yard gehaald.

Van de zes running plays gingen er vijf naar Sly. Franco's enige bijdrage zou een dive play op korte afstand zijn, en alleen wanneer de wedstrijd toch al gewonnen was. Hoewel hij graag mocht hitten, maakte hij er ook een gewoonte van om de bal te laten vallen. Alle zes pass plays gingen naar Fabrizio.

Na een uur van warming-up gingen de teams naar hun kleedkamers. Sam verzamelde de Panthers om zich heen voor een peptalk, en coach Oliveto jutte hen op met een woeste aanval op de stad Napels.

Rick begreep er geen woord van, maar de Italianen wel. Ze waren klaar voor oorlog.

De kicker van de Bandits was ook een ex-voetballer met een grote voet, en zijn openingsbal vloog door de end zone. Toen Rick het veld op draafde, dacht hij aan de vorige wedstrijd waarin hij direct op het veld was verschenen. Dat was in Toronto geweest, honderd jaar geleden.

De thuistribune zat nu stampvol en de supporters wisten hoe ze lawaai moesten maken. Ze zwaaiden met grote, zelf beschilderde spandoeken en schreeuwden in koor. Door al dat kabaal werden de Panthers bloeddorstig. Vooral Nino was buiten zinnen.

Ze maakten een huddle en Rick riep: 'Zesentwintig smash.' Nino vertaalde het en ze gingen naar de lijn. In een 'I'-formatie, met Franco maar vier yard achter hem als fullback en Sly zeven yard diep, keek Rick vlug naar de defense en zag niets wat hem zorgen baarde. De smash was een diepe hand-off naar rechts die de tailback de flexibiliteit gaf om de blocking te zien en een hole

123

te vinden. De Bandits hadden vijf down linemen en twee linebackers, allebei kleiner dan Rick. Nino's bilspieren verkeerden in grote paniek, en Rick had allang voor een snelle snap gekozen, vooral in de eerste drive. Hij zei snel: 'Down.' Een seconde. Handen onder het midden, een harde klap, want bij een vederlichte aanraking maakte de center een verboden beweging, en dan: 'Set.' Een seconde. En dan: 'Hut.'

Een fractie van een seconde was alles in beweging, behalve de bal. De lijn vloog naar voren, iedereen grommend en kreunend, en Rick wachtte. Toen hij eindelijk de bal had, maakte hij een snelle bovenhandse armschijnbeweging om de safety op zijn plaats te houden, en daarna draaide hij zich om voor de hand-off. Franco slingerde voorbij, sissend naar de linebacker die hij te grazen wilde nemen. Sly kreeg de bal diep in het backfield, maakte een schijnbeweging naar de lijn en ging opzij om zes yard ver te komen voordat hij out of bounds was.

'Zevenentwintig smash,' riep Rick. Zelfde play, maar dan naar links. Elf yard veroverd, en de supporters reageerden met fluitjes en toeters. Rick had nog nooit duizend fans zoveel kabaal horen maken. Sly rende naar rechts, naar links, rechts, links, en de offense stak het midfield over. Ze kwamen tot staan bij de veertigyardlijn van de Bandits, en bij de derde poging, nog vier yard te gaan, gooide Rick de bal naar Fabrizio. Sly liep te hijgen en had even rust nodig.

'*I right flex Z, 64 curl H swing*,' zei Rick in de huddle. Nino siste de vertaling. Een curl voor Fabrizio. Zijn linemen zweetten nu; ze waren erg blij. Ze kregen de bal bijna in het hart van de defense, konden doen wat ze wilden. Na zes plays verveelde Rick zich al bijna. Hij had zin om te laten zien wat hij met zijn arm kon. Per slot van rekening betaalden ze hem niet twintigduizend dollar voor niets.

De Bandits zagen het goed en stuurden iedereen behalve de twee safety's naar voren. Rick zag ze aankomen en wilde een check-off pass geven, maar hij wilde de play niet bederven. Tactiekwijzigingen in het Engels waren al lastig genoeg. Hij ging drie stappen terug en gooide vlug zijn pass, een keiharde bal naar de plaats waar Fabrizio geacht werd heen te rennen. Een linebacker van de blinde kant trof Rick hard in zijn rug en ze gingen samen tegen de vlakte. De pass was perfect, maar had te veel snelheid voor een tienyarder. Fabrizio sprong de lucht in, kreeg beide handen heel dicht bij de bal, maar kreeg hem toen hard in zijn borst. De bal stuiterde omhoog en was gemakkelijk door de sterke side safety te onderscheppen.

Daar gaan we weer, dacht Rick toen hij naar de zijlijn liep. Zijn eerste pass in Italië was exact hetzelfde als zijn laatste in Cleveland. De menigte zweeg. De Bandits juichten. Fabrizio strompelde buiten adem naar de bank.

'Veel te hard,' zei Sam, die daarmee geen enkele twijfel liet over de schuldvraag.

Rick zette zijn helm af en knielde op de zijlijn neer. De quarterback van de Naples Bandits, een kleine Amerikaanse jongen van Bowling Green, maakte zijn eerste vijf passes en had de Bandits binnen vijf minuten in de end zone.

Fabrizio bleef op de bank. Hij zat te mokken en wreef over zijn borst alsof hij zijn ribben had gekneusd. De reserve wide receiver was een brandweerman die Claudio heette, en Claudio had in de warming-up voor de wedstrijd ongeveer de helft van zijn passes gevangen, en op de trainingen nog minder. De tweede drive van de Panthers begon op hun eenentwintigyardlijn. Twee hand-offs naar Sly leverden vijftien yard op. Het was leuk om vanaf het veilige backfield naar hem te kijken. Hij was snel en kon geweldige schijnbewegingen maken.

'Wanneer krijg ik de bal?' vroeg Franco in de huddle. Tweede poging, nog vier yard te gaan, dus waarom niet? 'Nu,' zei Rick, en hij riep: 'Tweeëndertig *dive*.'

'Tweeëndertig dive?' vroeg Nino ongelovig. Franco schold in het Italiaans op hem en Nino schold terug, en toen ze de huddle verbraken, was de halve offense aan het mopperen.

Franco ving de bal na een snelle dive naar rechts, liet hem niet vallen, maar liet in plaats daarvan zien dat hij verbazingwekkend goed overeind kon blijven. Ze wilden hem tackelen, maar hij stormde door. Een linebacker deed een uithaal naar zijn knieën, maar die benen van hem bleven in beweging. Een safety kwam achter hem aan en Franco weerde hem af op een manier die indruk zou hebben gemaakt op de grote Franco Harris. Hij denderde verder, het midfield over. Mannen stuiterden op hem af, een corner back bereed hem als een stier, en toen werd een tackle hem te veel en klapten zijn enkels tegen elkaar. Vierentwintig yard veroverd. Toen Franco trots naar de huddle terugkwam, zei hij iets tegen Nino, die natuurlijk alle eer voor de yards opeiste omdat het allemaal een kwestie van blocking was.

Fabrizio draafde naar de huddle, een van zijn beroemde snelle recovery's. Rick besloot meteen iets met hem te doen. Hij riep een play action pass af, met Fabrizio op de achtergrond, en het werkte schitterend. Bij de eerste down stortte de defense zich op Sly. De sterke safety ging er hard tegenaan, en Fabrizio kwam hem met gemak voorbij. De pass was lang en zacht en perfect gemikt, en toen Fabrizio de bal op de vijftienyardlijn in volle sprint opving, was hij helemaal alleen.

Nog meer vuurwerk. Nog meer spreekkoren. Rick dronk snel een bekertje water en genoot van het kabaal. Hij genoot ook van zijn eerste touchdown pass in vier jaar. Het was een goed gevoel, of hij nu in Italië speelde of niet.

Toen de rust begon, had hij nog twee touchdowns gescoord en stonden de Panthers voor met 28-14. In de kleedkamer zeurde Sam over de penalty's, de offense was vier keer misgegaan, en hij zeurde ook over de zone coverage die de Bandits honderdtachtig yard had laten veroveren. Alex Oliveto klaagde over de defenselijn omdat er geen pass rush was geweest, niet één sack. Er werd veel geschreeuwd en met vingers gewezen, Rick wilde alleen maar dat iedereen tot bedaren kwam.

Als ze van de Bandits verloren, was het seizoen bedorven. Omdat de competitie uit maar acht wedstrijden bestond en Bergamo er weer klaar voor was om nummer één te worden, konden ze zich geen enkele slechte dag veroorloven.

Na twintig minuten van indrukwekkende beledigingen renden de Panthers het veld weer op. Rick had het gevoel alsof hij weer een NFL-rust had moeten doormaken.

In het derde quarter, met nog vier minuten te gaan, kwamen de Bandits gelijk, en de zijlijn van Parma werd zo fel als Rick in geen jaren had meegemaakt. Hij zei tegen iedereen: 'Ontspan je, ontspan je nou maar', maar misschien verstonden ze hem niet. De spelers keken allemaal naar hem, hun geweldige nieuwe quarterback.

Na drie kwartier was het voor zowel Sam als Rick duidelijk dat ze meer plays nodig hadden. De defense van de Bandits was op elke snap van Sly voorbereid en hield Fabrizio dubbel gedekt. Sam moest het als coach afleggen tegen de heel jonge coach van de Bandits, een vroegere assistent op Ball State. Toch zou de offense algauw een nieuw wapen ontdekken. Bij een derde poging, met nog vier yard te gaan, ging Rick een eindje terug om een pass te geven maar zag hij de linkercorner op hem af stormen. Omdat er niemand te blocken was, deed hij alsof hij een pass ging geven en zag hij de corner voorbij vliegen.

Toen liet hij de bal vallen en was de volgende drie seconden, een eeuwigheid, druk in de weer om hem op te rapen. Toen hij hem had, kon hij niets anders doen dan rennen. En rennen deed hij, net als in de goeie ouwe tijd op Davenport South. Hij rende om de pile heen, waar de linebackers werden afgeleid, en was meteen in de secondary. De menigte barstte in gejuich uit en Rick Dockery rende of zijn leven ervan afhing. Hij kwam met een schijnbeweging langs een corner en zwenkte naar het center, precies zoals Gale Sayers op de oude beelden. De laatste van wie hij hulp verwachtte, was Fabrizio, maar de jongen kwam in actie. Hij stelde de zwakke side safety lang genoeg buiten gevecht om Rick voorbij te laten sprinten, helemaal tot aan het beloofde land. Toen hij over de doellijn ging, gooide hij de bal naar de official, en onwillekeurig moest hij lachen om zichzelf. Hij had zojuist tweeënzeventig yard gerend voor een touchdown, de grootste afstand van zijn carrière. Zelfs op de middelbare school had hij niet van zo ver gescoord.

Op de bank grepen zijn teamgenoten hem vast en kwamen ze met alle mogelijke felicitaties, waarvan hij de meeste niet verstond. Sly grijnsde hem toe en zei: 'Dat duurde eeuwig.'

Vijf minuten later sloeg de rennende quarterback weer toe. Omdat hij plotseling graag wilde laten zien wat hij kon, rende hij de pocket uit en leek het erop dat hij weer over het hele veld ging draven. De hele secondary kwam uit dekking, en op het laatste moment, een halve meter voor de scrimmagelijn, gooide Rick een keiharde bal over dertig yard naar Fabrizio, die naar de end zone rende zonder dat iemand hem iets in de weg legde.

Wedstrijd afgelopen. Trey Colby benutte in het vierde quarter nog twee passes, en de Panthers wonnen met 48-28.

Ze kwamen in Polipo bij elkaar voor zoveel bier en pizza als ze maar wilden, op kosten van signor Bruncardo. Het werd een lange avond met obscene drinkliederen en schuine grappen. De Amerikanen – Rick, Sly, Trey en Sam – zaten aan het eind van een lange tafel bij elkaar en lachten om de Italianen tot lachen pijn deed.

Om één uur 's nachts e-mailde Rick zijn ouders:

Ma en pa: Vandaag onze eerste wedstrijd, versloegen Napels (Bandits) met 3 touchdowns. 18 voor 22, 310 yard, 4td's, één pick; ook run voor 98 yard, één td; deed me denken aan mijn schooltijd.
Leuk hier. Liefs, Rick.

En voor Arnie:

Onverslagen hier in Parma; eerste wedstrijd, 5 td's, 4 door de lucht, één op de grond. Fantastisch. Nee, ik ga onder geen beding arena football spelen. Heb je met Tampa Bay gepraat?

13

Het palazzo van Bruncardo was een imposant achttiende-eeuws gebouw aan de Viale Mariotti, een paar straten bij de Duomo vandaan en met uitzicht op de rivier. Rick liep er in tien minuten heen. Zijn Fiat stond in een zijstraat op een gunstige parkeerplek die hij niet graag wilde opgeven.

Het was zondagmiddag laat, de dag na de grote overwinning op de Bandits, en hoewel hij geen plannen voor die avond had, had hij absoluut geen zin in datgene wat hij ging doen. Terwijl hij door de Viale Mariotti heen en weer liep en onopvallend probeerde te kijken hoe het palazzo in elkaar zat, wanhopig op zoek naar de voordeur, vroeg hij zich voor de zoveelste keer af hoe hij zich dit had laten aanpraten.

Sam. Sam had hem onder druk gezet, met de hulp van Franco.

Ten slotte vond hij de deurbel. Een oude butler zonder glimlach deed open en liet hem met tegenzin binnen. De butler, in een zwart rokkostuum, keek vlug of Rick de juiste kleding droeg en vond blijkbaar van niet. Zelf vond Rick dat hij er niet slecht bijliep. Donkerblauw jasje, donkere broek, echte sokken, zwarte loafers, wit overhemd en das, allemaal gekocht in een van de winkels die Sam hem had aangewezen. Hij voelde zich bijna een Italiaan. Hij liep achter de oude kerel aan door een grote hal met een glanzende marmeren vloer en fresco's op het hoge plafond. Ze bleven voor een lange salon staan en signora Bruncardo kwam vlug naar voren. Haar Engels klonk sensueel. Ze heette Silvia.

Ze was aantrekkelijk, zwaar opgemaakt, alles leuk weggestopt, erg slank, een slankheid die werd geaccentueerd door een fonkelende zwarte japon die haar als gegoten zat. Ze was een jaar of vijfenveertig, twintig jaar jonger dan haar man, Rudolfo Bruncardo, die algauw verscheen en zijn quarterback de hand drukte. Rick kreeg meteen de indruk dat hij haar strak aan de lijn hield, en met reden. Ze had die blik in haar ogen. Altijd, overal.

Met een zwaar accent zei Rudolfo in het Engels hoe jammer hij het vond dat hij Rick niet eerder had ontmoet. Maar zaken hadden hem buiten de stad gehouden enzovoort. Hij was een druk bezet man met veel ijzers in het vuur. Silvia keek toe met grote bruine ogen waarin je gemakkelijk kon verdrinken. Gelukkig kwam Sam met Anna er aan; nu werd de conversatie minder moeizaam. Ze praatten over de zege van de vorige dag en vooral over het artikel op de sportpagina van de zondagseditie. De NFL-ster Rick Dockery had de Panthers in hun eerste wedstrijd naar een verpletterende overwinning geleid, en op de kleurenfoto zag je Rick de doellijn oversteken met zijn eerste rennende touchdown in tien jaar tijd.

Rick zei de dingen die van hem verwacht werden. Hij vond Parma prachtig. Het appartement en de auto waren geweldig. Het team was fantastisch. Hij stond te popelen om de Super Bowl te winnen. Franco en Antonella kwamen de kamer binnen en het ritueel van omhelzingen werd voltrokken. Een personeelslid bracht glazen met gekoelde prosecco.

Het was een klein gezelschap: de Bruncardo's, Sam en Anna, Franco en Antonella, en Rick. Na de drankjes en hapjes vertrokken ze te voet, de dames in japon en nertsjas en op hoge hakken, de mannen in donker pak. Allemaal praatten ze tegelijk in het Italiaans. Rick smeulde in stilte. Hij vervloekte Sam en Franco en de oude Bruncardo om de absurditeit van deze avond.

Hij had een boek in het Engels over de regio Emilia-Romagna gevonden, en hoewel het vooral over voedsel en wijn ging, was er ook een uitgebreid hoofdstuk over opera. Zwaar leesvoer.

Het Teatro Regio was in het begin van de negentiende eeuw gebouwd door een van Napoleons ex-vrouwen, Marie-Louise, die graag in Parma verbleef omdat ze daar ver bij de keizer vandaan was. Vijf verdiepingen van privéloges keken neer op het publiek, het orkest en het grote podium. De Parmezanen beschouwden het Teatro Regio als het mooiste operahuis ter wereld. Bovendien beschouwden ze opera als hun geboorterecht. Het waren aandachtige luisteraars en genadeloze critici, en een artiest die met applaus vertrok, kon de hele wereld aan. Een gebrekkig optreden of gemiste noot leidde vaak tot luidruchtige afkeuring.

De loge van de Bruncardo's bevond zich op de tweede verdieping, links van het toneel, uitstekende plaatsen, en toen het gezelschap was gaan zitten, was Rick onder de indruk van het rijk versierde interieur en de serieuze atmosfeer. De goed geklede menigte beneden hen gonsde van gespannen afwachting. Iemand wuifde. Het was Karl Korberg, de grote Deen die op de universiteit doceerde en als linker offensive tackle probeerde te fungeren. In de wedstrijd tegen de Bandits had hij maar liefst vijf zuivere blocks gemist. Karl droeg een modieuze smoking en zijn Italiaanse vrouw zag er schitterend uit. Rick keek vol bewondering naar de dames beneden.

Sam zat naast hem om de nieuweling door zijn eerste voorstelling heen te leiden. 'Deze mensen zijn gek op opera,' fluisterde hij. 'Het zijn fanaten.'

'En jij?' fluisterde Rick terug.

'Dit is de plaats waar je moet zijn. Of je het nu gelooft of niet, in Parma is opera populairder dan voetbal.'

'En populairder dan de Panthers?'

Sam lachte en knikte naar een adembenemende brunette die onder hen langs liep.

'Hoe lang duurt dit?' vroeg Rick, die zijn ogen uitkeek.

'Een paar uur.'

'Kunnen we er in de pauze niet tussenuit knijpen om ergens te gaan eten?'

'Sorry. En het diner wordt subliem.'

'Daar twijfel ik niet aan.'

Signor Bruncardo gaf hem een programma. 'Ik heb er een in het Engels gevonden,' zei hij.

'Dank u.'

'Ik zou het maar even doornemen,' zei Sam. 'Opera is soms moeilijk te volgen, in elk geval het verhaal.'

'Ik dacht dat het gewoon dikke mensen waren die zich de longen uit het lijf zongen.'

'Hoeveel opera's heb je in Iowa gezien?'

De lichten werden enigszins gedimd en het publiek werd stiller. Rick en Anna kregen de twee kleine fluwelen stoelen voor in de loge, erg dicht bij de rand, met een onbelemmerd zicht op het toneel. De rest zat dicht opeen achter hen.

Anna haalde een zaklantaarn ter grootte van een potlood tevoorschijn en wees daarmee in Ricks programma. Zachtjes zei ze: 'Dit is een voorstelling van *Otello*, een beroemde opera van Giuseppe Verdi, iemand hier uit de buurt, uit Bussetto.'

'Is hij er vanavond bij?'

'Nee,' zei ze glimlachend. 'Verdi is al honderd jaar dood. Bij zijn leven was hij de grootste componist van de wereld. Heb je veel Shakespeare gelezen?'

'Ja, dat gaat wel.'

'Goed.' De lichten werden nog meer gedimd. Anna bladerde in het programma en richtte het lichtje op bladzijde vier. 'Dit is de samenvatting van het verhaal. Kijk het vlug door. De opera is natuurlijk in het Italiaans en daardoor misschien een beetje moeilijk te volgen.'

Rick nam het zaklantaarntje over, keek op zijn horloge en deed wat hem was gezegd. Terwijl hij zat te lezen, kwam de menigte, die in het begin nogal luidruchtig was geweest, tot bedaren en zocht iedereen zijn stoel op. Toen het donker in het theater was, kwam de dirigent tevoorschijn. Hij kreeg een daverend applaus. Het orkest speelde.

Het gordijn ging langzaam omhoog. Van het publiek kwam geen geluid of beweging meer. Het podium was uitgebreid versierd. Het decor beeldde Cyprus uit. Een menigte wachtte op een schip, en op dat schip zat Otello, hun gouverneur, die met veel succes ergens aan het vechten was geweest. Plotseling stond Otello op het toneel. Hij zong iets als 'Vier feest, vier feest', en de hele stad zong in koor met hem mee.

Rick las de tekst vlug door en probeerde intussen niets te missen van het schouwspel op het toneel. De kostuums waren weelderig, de schmink was dik en theatraal, en de stemmen waren sensationeel. Hij vroeg zich af wanneer hij voor het laatst een theatervoorstelling had gezien. Tien jaar geleden had een vriendinnetje op Davenport South een hoofdrol gehad in de voorstelling van de hoogste klas. Lang geleden.

Otello's jonge vrouw Desdemona verscheen in het derde toneel en nu nam het schouwspel een andere wending. Desdemona was oogverblindend: lang donker haar, volmaakte trekken, grote bruine ogen die Rick op vijfentwintig meter afstand duidelijk kon zien. Ze was tenger en haar kostuum zat strak en liet geweldige rondingen zien.

Hij keek in het programma en vond haar naam: Gabriella Ballini, sopraan.

Zoals te verwachten was, trok Desdemona algauw de aandacht van een andere man, Roderigo, en dat leidde tot allerlei intriges en complotten. Tegen het eind van het eerste bedrijf zongen Otello en Desdemona een duet, een krachtige, romantische uitwisseling die Rick en de anderen in de Bruncardo-loge prima in de oren klonk maar waaraan anderen zich blijkbaar stoorden. Op de vijfde verdieping, de goedkope plaatsen, klonk zelfs boegeroep van een aantal toeschouwers.

Rick had ook veel boegeroep te horen gekregen, op veel plaatsen, en hij had het altijd gemakkelijk van zich af kunnen zetten, natuurlijk ook doordat die footballstadions zo immens groot waren geweest. Het hoorde gewoon bij de wedstrijd dat een paar duizend mensen boe riepen. Als daarentegen in een vol theater met maar duizend plaatsen vijf of zes luidruchtige toeschouwers boe riepen, leek het alsof er honderd mensen protesteerden. Wat wreed! Rick was gechoqueerd, en toen aan het eind van het eerste bedrijf het doek viel, zag hij Desdemona stoïcijns met haar hoofd omhoog staan, alsof ze doof was.

'Waarom wordt er boe geroepen?' fluisterde Rick tegen Anna toen het licht weer aanging.

'De mensen hier zijn erg kritisch. Ze had er moeite mee.'

'Had ze er moeite mee? Ze zong geweldig.' En ze zag er ook geweldig uit. Hoe konden ze boe roepen naar iemand die zo mooi was?

'Ze denken dat ze een paar noten miste. Het zijn rotzakken. Kom, we gaan.'

Beneden hen stond het hele publiek op om zich wat te vertreden. Zij deden dat ook. 'Vind je het tot nu toe mooi?' vroeg Anna.

'O, ja,' zei Rick, en dat was naar waarheid. Het was zo'n schitterende productie. Hij had nooit eerder zulke stemmen gehoord. Maar hij was geschrokken van dat boegeroep op de bovenste verdieping. Anna legde het uit: 'Er zijn maar zo'n honderd plaatsen beschikbaar voor het gewone publiek, en die zitten daarboven. Het zijn erg lastige fans. Ze nemen opera heel serieus en zullen snel hun enthousiasme maar ook hun ongenoegen tonen. Deze Desdemona was een controversiële keuze, en ze heeft het publiek nog niet voor zich gewonnen.'

Ze waren de loge uit en dronken een glas prosecco en zeiden mensen gedag die Rick nooit terug zou zien. Het eerste bedrijf duurde veertig minuten en de pauze daarna twintig.

Rick vroeg zich af hoe laat ze zouden gaan eten.

In het tweede bedrijf begon Otello te vermoeden dat zijn vrouw het met een zekere Cassio had aangelegd. Dat leidde tot een groot conflict, hetgeen natuurlijk gepaard ging met een prachtig lied. De schurken overtuigden Otello ervan dat Desdemona hem ontrouw was, en Otello, die buitengewoon lichtgeraakt was, nam zich ten slotte heilig voor zijn vrouw te vermoorden.

Het doek ging neer, en er was weer twintig minuten pauze. Gaat dit echt vier uur duren? vroeg Rick zich af. Inmiddels wilde hij heel graag meer van Desdemona zien. Als er nog meer boegeroep kwam, ging hij misschien naar de vijfde verdieping om iemand een blauw oog te slaan.

In het derde bedrijf verscheen ze een aantal keren zonder dat het tot boegeroep kwam. Allerlei verhaallijnen liepen door elkaar heen. Otello bleef naar de schurken luisteren en raakte er steeds meer van overtuigd dat hij zijn mooie vrouw moest vermoorden. Na negen of tien tonelen was het bedrijf voorbij en was het weer pauze.

Het vierde bedrijf speelde zich af in Desdemona's slaapkamer. Ze werd vermoord door haar man, die algauw besefte dat ze hem wel degelijk trouw was gebleven. Hevig ontzet, buiten zinnen, maar nog steeds in staat om schitterend te zingen, haalde Otello een indrukwekkende dolk tevoorschijn en stak zichzelf daarmee. Hij viel op het lijk van zijn vrouw, kuste haar drie keer en stierf toen op hoogst kleurrijke wijze. Rick kon het meeste daarvan wel volgen, maar nam zijn blik bijna nooit van Gabriella Ballini weg.

Vier uur nadat hij was gaan zitten, stond Rick tegelijk met de rest van het publiek op en applaudisseerde hij beleefd. Toen Desdemona verscheen, kwam het boegeroep weer opzetten, maar ditmaal leidde het tot woedende reacties van veel mensen in de zaal en de privéloges. Er werd met vuisten in de lucht gestompt, er werden gebaren gemaakt: het publiek keerde zich tegen de ontevreden fans op de goedkope plaatsen. Hun boegeroep werd nog harder, en de arme Gabriella Ballini zag zich gedwongen met een pijnlijke glimlach naar het publiek te buigen, alsof ze niets had gehoord.

Rick had bewondering voor haar moed en aanbad haar schoonheid.

En dan had hij gedacht dat de supporters in Philadelphia hard waren!

De eetkamer van het palazzo was groter dan Ricks hele appartement. Zes andere vrienden namen ook deel aan het feestmaal na de voorstelling, en de gasten waren nog diep onder de indruk van *Otello*. Ze praatten opgewonden, allemaal tegelijk, allemaal in rad Italiaans. Zelfs Sam, de enige andere Amerikaan, was net zo opgewonden als de anderen.

Rick glimlachte en deed alsof hij net zo diep getroffen was als de Italianen. Een vriendelijk personeelslid zorgde ervoor dat zijn wijnglas vol bleef, en voordat de eerste gang werd opgediend, was hij al erg mild gestemd. Zijn gedachten gingen uit naar Gabriella, de mooie kleine sopraan die niet op prijs gesteld werd.

Ze moest wel helemaal kapot zijn, op het suïcidale af. Zo mooi, zo emotioneel zingen, en dan toch niet op prijs gesteld worden. Ach, hij had indertijd al het boegeroep verdiend dat hij had gekregen. Maar Gabriella niet.

Er zouden nog twee voorstellingen komen, en dan was het seizoen voorbij. Rick, onder invloed van de wijn en met zijn gedachten alleen nog bij het meisje, wilde op de een of andere manier een kaartje bemachtigen en naar nog een voorstelling van *Otello* gaan.

14

De training van maandag bestond uit een halfslachtige poging om naar beelden van de wedstrijd te kijken terwijl het bier rijkelijk vloeide. Hun volgende tegenstanders, de Rhinos uit Milaan, waren de vorige dag moeiteloos ingemaakt door de Gladiators uit Rome, een team dat maar zelden voor de Super Bowl in aanmerking kwam. In tegenstelling tot wat coach Russo wilde, dachten ze een gemakkelijke week en een gemakkelijke overwinning tegemoet te gaan. Er dreigde een ramp. Om halftien stuurde Sam hen naar huis.

Rick parkeerde ver bij zijn appartement vandaan en liep toen door het centrum van de stad naar een trattoria die Il Tribunale heette, in een zijstraat van de Strada Farini en dicht bij het gerechtsgebouw waar de politie hem zo graag heen mocht brengen. Pietro wachtte daar al, samen met zijn nieuwe vrouw Ivana, die hoogzwanger was.

De Italiaanse spelers hadden hun Amerikaanse teamgenoten snel geadopteerd. Sly zei dat het elk jaar gebeurde. Ze vonden het een eer dat er echte professionals in hun team speelden en wilden ervoor zorgen dat Parma hen gastvrij ontving. Eten en wijn waren de sleutels tot de stad. Een voor een nodigden de Panthers de Amerikanen voor een etentje uit. Soms waren het langdurige maaltijden in fraaie appartementen, zoals dat van Franco, en soms waren het familiefeestmalen met ouders, ooms en tantes. Silvio, een boerse jongeman met gewelddadige trekjes die linebacker was en bij een tackle vaak zijn vuisten gebruikte, woonde tien kilometer buiten de stad op een boerderij. Zijn diner, op een vrijdagavond, in de opgeknapte ruïne van een oud kasteel, duurde vier uur en er waren eenentwintig bloedverwanten bij geweest, die geen van allen een woord Engels spraken. Aan het eind was Rick in een bed op een koude zolder gaan liggen. Hij was gewekt door een haan.

Later hoorde hij dat Sly en Trey met de auto waren weggebracht door een dronken oom die Parma niet kon vinden.

Dit was Pietro's diner. Hij had uitgelegd dat Ivana en hij op een nieuwer, groter appartement wachtten en dat de woning die ze nu hadden niet geschikt was voor het ontvangen van gasten. Hij verontschuldigde zich, maar hij was ook nogal gek op Il Tribunale, zijn favoriete restaurant in Parma. Hij werkte voor een bedrijf dat kunstmest en zaden verkocht, en zijn baas wilde dat hij hun activiteiten uitbreidde naar Duitsland en Frankrijk. Daarom was hij ijverig Engels aan het leren en oefende hij elke dag op Rick.

Ivana was geen Engels aan het leren, had dat ook nooit gedaan en had er ook geen behoefte aan het nu te leren. Ze zag er nogal gewoontjes uit, en ze was dik, maar ja, ze verwachtte dan ook een kind. Ze glimlachte veel en af en toe fluisterde ze haar man iets toe.

Na tien minuten kwamen Sly en Trey binnenslenteren en oogstten een paar van de gebruikelijke nieuwsgierige blikken van de andere gasten. Het was nog steeds ongewoon om in Parma een zwarte te zien. Ze gingen aan het kleine tafeltje zitten en luisterden hoe Pietro zijn Engels oefende. Er kwam een dik stuk parmigiano, alleen om op te knabbelen terwijl ze over hun bestelling nadachten, en algauw stonden er schalen met antipasti. Ze bestelden gebakken lasagna, ravioli gevuld met kruiden en pompoen, ravioli gesmoord in een roomsaus, fettuccini met paddenstoelen, fettuccini met een konijnensaus, en anolini.

Na een glas rode wijn keek Rick in het kleine restaurant om zich heen. Zijn blik viel op een mooie jongedame die een meter of zeven bij hen vandaan zat. Ze zat aan een tafel met een goed geklede jongeman, en wat ze ook bespraken, het was niet aangenaam. Zoals de meeste Italiaanse vrouwen was ze een brunette, al was er, zoals Sly hem meermalen had verteld, in het noorden van Italië geen tekort aan blondines. Haar donkere ogen waren heel mooi, en hoewel ze ondeugd uitstraalden, keken ze op dat moment helemaal niet gelukkig. Ze was tenger, modieus gekleed en...

'Waar kijk je naar?' vroeg Sly.

'Dat meisje daar,' zei Rick voor hij er erg in had.

Alle vijf de mensen aan hun tafel keken, maar de jongedame merkte het niet. Ze werd in beslag genomen door het onplezierige gesprek met haar tafelgenoot.

'Ik heb haar eerder gezien,' zei Rick.

'Waar dan?' vroeg Trey.

'In de opera, gisteravond.'

'Ben je naar de opera geweest?' vroeg Sly, klaar om toe te slaan.

'Natuurlijk ben ik naar de opera geweest. Ik heb jou daar niet gezien.'

'Ben je naar de opera geweest?' vroeg Pietro met bewondering.

'Ja, naar *Otello*. Het was spectaculair. Die dame daar speelde de rol van Desdemona. Ze heet Gabriella Ballini.'

Ivana verstond er genoeg van om een tweede blik op de jonge vrouw te werpen. Toen sprak ze tegen haar man, die het snel vertaalde. 'Ja, ze is het.' Pietro was erg trots op zijn quarterback.

'Is ze beroemd?' vroeg Rick.

'Niet zo erg,' zei Pietro. 'Ze is een sopraan, goed maar niet geweldig.' Hij legde dat aan zijn vrouw voor, die enkele opmerkingen maakte. Pietro vertaalde: 'Ivana zegt dat ze het moeilijk heeft.'

Er kwamen kleine salades met tomaten, en het gesprek kwam weer op football en wedstrijden in Amerika. Rick leverde zijn bijdrage aan de conversatie maar keek intussen naar Gabriella. Hij zag geen trouwring. Blijkbaar genoot ze niet bepaald van haar gezelschap, maar ze kenden elkaar heel goed, want het was een serieus gesprek. Ze raakten elkaar niet aan. De sfeer was zelfs nogal ijzig.

Halverwege een enorm bord met fettuccini en paddenstoelen zag Rick een traan uit Gabriella's linkeroog komen en over haar wang rollen. Haar metgezel veegde hem niet voor haar weg; het leek wel of het hem niet kon schelen. Ze raakte haar eten nauwelijks aan.

Die arme Gabriella. Haar leven was een ramp. Op zondagavond uitgejouwd door de beesten in het Teatro Regio, en op deze avond ruzie met haar vriend.

Rick kon zijn blik niet van haar wegnemen.

Hij leerde er steeds iets bij. De beste parkeerplekken kwamen vrij tussen vijf en zeven uur 's avonds, wanneer mensen die in het centrum van de stad werkten naar huis gingen. Rick reed vaak in het begin van de avond door de stad, in de hoop een plekje te vinden. Parkeren was een moeilijke sport, en hij dacht erover om een scooter te kopen of te huren.

Na tien uur 's avond was het bijna onmogelijk om in de buurt van zijn appartement zijn auto kwijt te raken, en het gebeurde vaak dat hij pas zes straten verderop terecht kon.

Hoewel er niet veel auto's werden weggesleept, gebeurde het

wel. Rechter Franco en signor Bruncardo konden aan wat touwtjes trekken, maar Rick wilde zich die moeilijkheden besparen. Na de training van maandag had hij zich gedwongen gezien ten noorden van de stad te parkeren, minstens vijftien minuten lopen van zijn appartement. En dan ook nog op een plek die gereserveerd was voor auto's die bestellingen kwamen afleveren. Na het eten in Il Tribunale ging hij vlug naar de Fiat terug, trof hem veilig en niet weggesleept aan en begon aan de frustrerende zoektocht naar een plek dichter bij huis.

Het was al bijna twaalf uur toen hij over de Piazza Garibaldi reed, uitkijkend naar een opening tussen twee auto's. Niets. De pasta werkte op hem in, evenals de wijn. Straks kon hij een lange nacht slapen. Hij reed door de smalle straten, allemaal met rijen auto's die bumper aan bumper stonden. Bij de Piazza Santa Fiora vond hij een oud straatje dat hij nog niet eerder had gezien. Er was een opening aan zijn rechterkant, een erg krappe plek, maar waarom niet? Hij ging naast de auto staan die ervoor geparkeerd stond en zag een paar voetgangers vlug voorbijlopen. Hij zette de auto in zijn achteruit, liet de koppeling opkomen, gooide het stuur naar rechts en waggelde min of meer de opening in om met zijn rechterachterband tegen de stoeprand te komen. Het was een lelijke misser en hij zou het nog een keer moeten proberen. Hij zag koplampen naderen, maar maakte zich daar niet druk om. In tegenstelling tot de Verenigde Staten, waar elk oponthoud tot woorden, opgestoken vingers en klappen kan leiden, waren de Italianen, vooral die in de binnenstad, opmerkelijk geduldig. Parkeren was voor iedereen een probleem.

Toen Rick de straat weer in draaide, dacht hij er even over om door te rijden. Het was een erg krappe plek en het zou tijd en moeite kosten om de Fiat erin te krijgen. Hij zou het nog één keer proberen. Hij schakelde, draaide aan het stuur en negeerde de koplampen die nu heel dicht achter hem waren. Op de een of andere manier gleed zijn voet van de koppeling. De auto maakte een sprongetje en de motor sloeg af. De andere automobilist drukte op de claxon, een hard schel toetergeluid van onder de motorkap van een glanzende bordeauxrode BMW. De auto van een keiharde man. Een man die haast had. Een bullebak die veilig achter afgesloten portieren zat en durfde te claxonneren naar iemand die het moeilijk had. Rick verstijfde, en heel even dacht hij er weer over om naar een andere straat te vluchten. Toen knapte er iets in hem. Hij gooide zijn portier open, stak zijn middelvinger op naar de BMW en liep erheen. Er werd nog steeds getoeterd. Rick liep naar het raampje aan de bestuurderskant, schreeuwde iets over uitstappen. De man bleeft toeteren. Aan het stuur zat een veertigjarige klootzak in een donker pak en een donkere winterjas. Hij droeg donkere leren autohandschoenen. Hij wilde Rick niet aankijken, maar drukte in plaats daarvan op de claxon en keek strak voor zich uit.

'Stap uit!' schreeuwde Rick. De claxon ging door. Nu stopte er nog een auto achter de BMW, en er kwam er nog een aan. Ze konden niet om de Fiat heen en de bestuurder daarvan was nog niet van plan om weg te rijden. De claxon ging door.

'Stap uit!' schreeuwde Rick opnieuw. Hij dacht aan rechter Franco. God zegene die man.

De auto achter de BMW toeterde nu ook, en voor de goede orde stak Rick zijn middelvinger ook in die richting op.

Hoe zou dit precies aflopen?

De bestuurder van de tweede auto, een vrouw, liet haar raampje opengaan en riep iets onaangenaams. Rick schreeuwde terug. Nog meer claxongeloei, nog meer geschreeuw, nog meer auto's die kwamen aanrijden in een straat die daarstraks nog helemaal verlaten was geweest.

Rick hoorde een autoportier dichtslaan, en toen hij zich omdraaide zag hij een jonge vrouw zijn Fiat starten, snel in zijn
achteruit zetten en perfect op de parkeerplek zetten. Eén vlotte
manoeuvre, zonder tikken of krassen, zonder tweede of derde
poging. Het leek hem fysiek onmogelijk. De Fiat kwam tot stilstand met dertig centimeter afstand tot zijn voorganger en evenveel afstand tot de auto die erachter stond.

De BMW raasde voorbij, evenals de andere auto's. Toen ze
voorbij waren, ging het portier aan de bestuurderskant van de
Fiat open. De jonge vrouw sprong eruit – pumps met open tenen, heel mooie benen – en liep weg. Rick keek even toe, zijn
hart nog bonkend van de confrontatie, zijn bloed pompend, zijn
vuisten gebald.

'Hé!' riep Rick.

Ze kromp niet ineen, aarzelde niet.

'Hé! Bedankt!'

Ze liep door, ging op in de duisternis. Rick keek naar haar
zonder in beweging te komen, gefascineerd door het wonder
dat zich voor zijn ogen had voltrokken. Haar figuur, haar ele-
gantie, haar haar kwamen hem bekend voor, en toen wist hij
het weer. 'Gabriella!' riep hij. Wat had hij te verliezen? Als zij
het niet was, zou ze toch niet blijven staan?

Maar ze bleef staan.

Hij liep naar haar toe en ze kwamen onder een straatlantaarn
bij elkaar. Hij wist niet wat hij moest zeggen en wilde het dus
maar proberen met zoiets doms als 'Grazie'. Maar zij zei:
'Wie bent u?'

Engels. Goed Engels. 'Ik heet Rick. Ik ben Amerikaan. Bedankt voor, eh, dat.' Hij wees onhandig in de richting van zijn
auto. Haar ogen waren groot en zacht en nog bedroefd.

'Hoe weet u mijn naam?' vroeg ze.

'Ik heb u gisteravond op het toneel gezien. U was geweldig.'

Ze keek verrast en glimlachte toen. Die glimlach deed het hem: volmaakte tanden, kuiltjes, fonkelende ogen. 'Dank u.'

Maar hij had de indruk dat ze niet vaak glimlachte.

'Ik, eh, wilde hallo zeggen.'

'Hallo.'

'Woont u hier ergens?' vroeg hij.

'Hier in de buurt.'

'Hebt u tijd om iets te drinken?'

Weer een glimlach. 'Ja.'

Het café was eigendom van een man uit Wales en trok Engelstaligen aan die in Parma verzeild waren geraakt. Gelukkig was het maandag en waren er niet veel mensen. Ze gingen aan een tafel bij het raam aan de voorkant zitten. Rick bestelde bier en Gabriella een Campari met ijs, een drankje waarvan hij nog nooit had gehoord.

'U spreekt heel goed Engels,' zei hij. Op dat moment was alles aan haar mooi.

'Ik heb zes jaar in Londen gewoond, na de universiteit,' zei ze. Hij had gedacht dat ze ongeveer vijfentwintig was, maar misschien zat ze dichter bij de dertig.

'Wat deed u in Londen?'

'Ik studeerde aan de London School of Music, en daarna werkte ik bij de London Opera.'

'Komt u uit Parma?'

'Nee, uit Florence. En u, meneer...'

'Dockery. Dat is een Ierse naam.'

'Komt u uit Parma?'

Ze lachten allebei en er viel iets van de spanning weg. 'Nee, ik kom uit Iowa in het middenwesten. Bent u in de Verenigde Staten geweest?'

'Twee keer, op tournee. Ik heb de meeste grote steden gezien.'

'Ik ook. Ik maakte ook een soort tournee.'

Rick was met opzet aan een klein, rond tafeltje gaan zitten. Ze zaten dicht bij elkaar, hun knieën niet te ver bij elkaar vandaan, en deden allebei hun best om een ontspannen indruk te maken.

'Wat voor tournee?'

'Ik speel professioneel football. Het gaat niet zo goed met mijn carrière, en dit seizoen speel ik voor de Panthers hier in Parma.' Hij had het gevoel dat haar carrière ook een beetje op een zijspoor was geraakt en vond het dus geen punt om helemaal eerlijk te zijn. Haar ogen moedigden hem daar ook toe aan.

'De Panthers?'

'Ja, er is een professionele footballcompetitie hier in Italië. Niet veel mensen weten daarvan. Het zijn vooral teams hier in het noorden: Bologna, Milaan, Bergamo, nog een paar steden.'

'Ik heb er nooit van gehoord.'

'American football is hier niet erg populair. Zoals u weet, is dit een voetballand.'

'O, ja.' Blijkbaar gaf ze niet veel om voetbal. Ze nam een slokje van de roodachtige vloeistof in haar glas. 'Hoe lang bent u hier?'

'Drie weken. En u?'

'Sinds december. Over een week is het operaseizoen afgelopen en ga ik naar Florence terug.' Ze wendde bedroefd haar ogen af. Blijkbaar was Florence niet de plaats waar ze wilde zijn. Rick nam een slokje bier en keek strak naar een oud dartbord aan de muur.

'Ik zag u gisteravond in een restaurant,' zei hij. 'In Il Tribunale. U was daar met iemand.'

Een snelle gemaakte grijns, en toen: 'Ja, dat is Carletto, mijn vriend.'

Weer een stilte. Rick ging er niet op in. Als ze over haar vriend wilde praten, deed ze dat wel uit zichzelf.

'Hij woont ook in Florence,' zei ze. 'We zijn al zeven jaar bij elkaar.'

'Dat is een hele tijd.'

'Ja. Hebt u iemand?'

'Nee. Ik heb nooit serieus een vriendin gehad. Veel meisjes, maar nooit serieus.'

'Waarom niet?'

'Moeilijk te zeggen. Ik genoot ervan om vrijgezel te zijn. Dat gaat vanzelf als je profsporter bent.'

'Waar hebt u leren autorijden?' gooide ze eruit, en ze lachten.

'Ik heb nooit een auto met een koppeling gehad,' zei hij. 'U blijkbaar wel.'

'Autorijden is hier anders, en parkeren ook.'

'U bent geweldig goed in parkeren en zingen.'

'Dank u.' Een mooie glimlach, een korte stilte, een slokje uit het glas. 'Bent u een operaliefhebber?'

Nu wel, zei Rick bijna. 'Gisteravond zag ik mijn eerste opera, en ik heb ervan genoten, vooral toen u op het toneel was, wat niet vaak genoeg gebeurde.'

'U moet nog eens komen.'

'Wanneer?'

'We treden woensdag op, en dan op zondag, de laatste voor-stelling van het seizoen.'

'We spelen zondag in Milaan.'

'Ik kan u aan een kaartje voor woensdag helpen.'

'Afgesproken.'

Het café ging om twaalf uur dicht. Rick bood aan haar naar

huis te brengen, en ze ging meteen akkoord. Haar hotelsuite was door het operagezelschap geregeld. Het was bij de rivier, een paar straten bij het Teatro Regio vandaan.

Ze namen afscheid met een knikje, een glimlach, de belofte elkaar de volgende dag weer te ontmoeten.

Ze lunchten met elkaar, aten salades en crêpes en praatten twee uur lang met elkaar. Haar dagindeling was niet veel anders dan die van hem: lang slapen, laat op de ochtend koffie en ontbijt, een uur of twee in de sportschool, dan een uur of twee werken. Als ze niet optraden, werd van de zangers en zangeressen verwacht dat ze bij elkaar kwamen en repeteerden. Net als footballers. Rick kreeg duidelijk de indruk dat een minder succesvolle sopraan meer verdiende dan een minder succesvolle quarterback, maar zo heel veel zou het niet schelen.

Over Carletto werd niet gepraat.

Ze praatten over hun carrières. Als jonge tiener was ze begonnen te zingen in Florence, waar haar moeder nog woonde. Haar vader was overleden. Op haar zeventiende won ze prijzen en deed ze audities. Haar stem ontwikkelde zich vroeg en ze had grote dromen. Ze werkte hard in Londen en veroverde de ene na de andere rol, maar toen greep de natuur in. Erfelijke factoren gingen meespelen en ze worstelde nu met het besef dat haar carrière – haar stem – over het hoogtepunt heen was.

Rick had in zijn carrière zoveel boegeroep gehoord dat het hem niets meer deed, maar het leek hem verschrikkelijk om als operazangeres op boegeroep onthaald te worden. Hij wilde weten waarom dat gebeurde, maar bracht het niet ter sprake. In plaats daarvan stelde hij vragen over *Otello*. Als hij de volgende avond opnieuw ging kijken, wilde hij alles begrijpen. Otello werd uitgebreid ontleed, en de lunch duurde maar voort. Ze hadden geen haast.

Na de koffie gingen ze een eindje wandelen en kochten ze wat bij een ijskraampje. Toen ze eindelijk afscheid hadden genomen, ging Rick regelrecht naar de sportschool, waar hij twee uur onbedaarlijk zweette en aan niets anders dan Gabriella dacht.

15

Door een conflict in de rugbywereld begon de training van woensdag om zes uur 's avonds. Het was nog veel erger dan op maandag. In een koude motregen werkten de Panthers dertig minuten lang ongeïnspireerde oefeningen en sprintjes af, en toen ze daarmee klaar waren, was het te nat voor iets anders. Het team ging vlug naar de kleedkamer terug, waar Alex de videoapparatuur installeerde en coach Russo een betoog over de Milan Rhinos probeerde te houden, een team dat het jaar daarvoor in de B-divisie speelde. Alleen al daarom vonden de Panthers het helemaal niet nodig hen als serieuze tegenstanders te beschouwen. Terwijl Sam de beelden liet zien, werden er grappen gemaakt en werd er veel gelachen. Ten slotte liet Sam de beelden van hun wedstrijd tegen Naples nog eens zien. Hij begon met een aantal gemiste blocks bij de offensivelijn, en algauw was Nino aan het kibbelen met Franco. Paolo, de linkertackle die in Texas had gestudeerd, stoorde zich aan iets wat Silvio, een linebacker, zei, en de stemming werd er niet beter op. De stekelige opmerkingen werden venijniger en verspreidden zich door de hele kleedkamer. De discussies werden op scherpere toon gevoerd. Alex, die de Italianen nu bespeelde, kwam met vernietigende kritiek op zo ongeveer iedereen die een zwarte trui droeg.

Rick zat diep in zijn kast. Hij genoot van de ruzies, maar wist ook wat Sam aan het doen was. Sam wilde moeilijkheden, onderlinge problemen, emoties. Vaak kon een vervelende training of een onplezierige filmsessie productief zijn. Het team was onverschillig en veel te zeker van zichzelf.

Toen de lichten aangingen, stuurde Sam iedereen naar huis. Onder het douchen en aankleden werd weinig gepraat. Rick sloop het stadion uit en ging vlug naar zijn appartement. Hij trok zijn beste Italiaanse kleren aan en zat om acht uur precies op de vijfde rij boven het orkest in het Teatro Regio. Hij kende *Otello* nu vanbinnen en vanbuiten. Gabriella had hem alles uitgelegd.

Hij onderging het eerste bedrijf tot aan het derde toneel, toen Desdemona voor het voetlicht verscheen en voor haar man, de gekke Otello, in het stof kroop. Rick keek aandachtig naar haar, en toen Otello over iets tekeerging, keek zij naar de vijfde rij om er zeker van te zijn dat hij daar zat. Toen zong ze; het lied ging heen en weer tussen haar en Otello. Dat was het einde van het eerste bedrijf.

Rick wachtte een seconde, misschien twee, en begon toen te applaudisseren. De omvangrijke signora rechts van hem schrok er eerst van, maar bracht toen langzaam haar handen naar elkaar toe en volgde zijn voorbeeld. Haar man deed hetzelfde, en het lichte applaus verspreidde zich. Degenen die een boegeroep hadden willen aanheffen, konden dat niet meer doen, en plotseling vond het publiek als geheel dat Desdemona iets beters verdiende dan wat ze had gekregen. Rick, die hierdoor moed vatte en zich toch al nergens veel van aantrok, zette een uitbundig 'Bravo!' in. Een man, twee rijen achter hem en ongetwijfeld evenzeer door Desdemona's schoonheid getroffen als Rick, deed hetzelfde. Enkele andere verlichte zielen vielen hen bij, en toen het gordijn viel, stond Gabriella midden op het toneel, haar ogen dicht maar met een nog net waarneembaar glimlachje.

Om één uur die nacht zaten ze weer in het café van de man uit Wales. Ze dronken en praatten over opera en football. De laatste voorstelling van *Otello* zou de volgende zondag worden gegeven, als de Panthers het in Milaan met de Rhinos uitvochten. Ze wilde een wedstrijd zien en Rick haalde haar over om nog een week in Parma te blijven.

Met Paolo als gids namen de drie Amerikanen de trein van vrijdagavond 10.05 uur naar Milaan, niet lang na de laatste training van de week. De rest van de Panthers ging naar het wekelijkse pizzafeest in Polipo.

De serveerwagen kwam langs en Rick kocht vier biertjes, het eerste rondje van vele. Sly zei dat hij weinig dronk, dat zijn vrouw het afkeurde, maar op dat moment was zijn vrouw in Denver, heel ver weg. Ze zou verder weg zijn naarmate de avond vorderde. Trey zei dat hij liever whisky dronk, maar een biertje ging er ook wel in. Paolo kon wel een heel vat op.

Een uur later reed de trein de lichten van de Milanese buitenwijken in. Paolo beweerde dat hij de stad goed kende en de jongen uit de provincie keek reikhalzend uit naar een weekend in de grote stad. Vier miljoen mensen, zei hij meer dan eens. Groter dan Rome of Parijs.

De trein stopte in het gigantische Milano Centrale, het grootste spoorwegstation van Europa, een gebouw waarvan Rick een maand eerder, toen hij er moest overstappen, ook al diep onder de indruk was geweest. Ze persten zich in een taxi en reden naar het hotel. Paolo had alles geregeld. Ze hadden een goed hotel genomen, niet te duur, in een deel van de stad dat bekendstond om zijn nachtleven. Geen culturele verkenning van het hart van het oude Milaan. Geen belangstelling voor geschiedenis of kunst. Vooral Sly had al genoeg kathedralen en doopkapellen en straatjes van kinderkopjes gezien. Ze namen hun intrek in Hotel Johnny in het noordwestelijk deel van Milaan. Het was een familie-albergo, met een beetje charme en weinig kamers. Tweepersoonskamers, Sly en Trey in de ene en Rick en Paolo in de andere. De smalle bedden stonden niet ver bij elkaar vandaan, en toen Rick zijn bagage uitpakte, vroeg hij zich af hoe gezellig het nog kon worden als beide kamergenoten geluk bij de meisjes hadden.

Voedsel was een prioriteit, tenminste wel voor Paolo, want de Amerikanen hadden misschien ook genoegen genomen met een broodje in de wandeling. Hij ging naar een restaurant dat Quattro Mori heette en deed dat vanwege de vis die ze daar hadden. Hij wilde eens iets anders dan de eindeloze pasta- en vleesgerechten in Parma. Ze aten verse snoek uit het Gardameer en gebakken baars uit het Comomeer, maar het lekkerst was een gebakken zeelt, gevuld met broodkruimels, Parmezaanse kaas en peterselie. Paolo gaf natuurlijk de voorkeur aan een langzame, echte maaltijd met wijn, gevolgd door dessert en koffie. De Amerikanen waren klaar voor de kroegentocht.

De eerste tent was een etablissement dat een discopub werd genoemd, een echte Ierse pub met een lang happy hour, gevolgd door kamerbreed dansen. Ze kwamen daar rond twee uur 's nachts aan en de hele pub daverde van een krijsende Britse punkband. Honderden jonge mannen en vrouwen dansten wild op de muziek. Ze dronken een paar biertjes en gingen naar enkele dames toe. De taal vormde nogal een barrière.

De tweede was een duurdere club die een couverttoeslag van tien euro in rekening bracht, maar Paolo kende iemand die iemand anders kende, en ze hoefden die toeslag niet te betalen. Ze zaten aan een tafel op de eerste verdieping en keken naar de band en de dansvloer beneden. Er arriveerde een fles Deense wodka met vier glazen vol ijs, en de avond nam een andere wending. Rick haalde een creditcard tevoorschijn en betaalde voor de drankjes. Sly en Trey hadden weinig te besteden, en Paolo ook, al wilde hij dat niet laten blijken. Rick, de quarterback van twintigduizend per jaar, wilde best de patser uithangen. Paolo liep weg en kwam terug met drie vrouwen, drie erg aantrekkelijke Italiaanse meisjes die bereid waren om de Amerikanen op zijn minst gedag te zeggen. Een van hen sprak gebroken Engels, maar na een paar minuten van stuntelig gebabbel praatten ze Italiaans tegen Paolo en werden de Amerikanen subtiel naar de zijlijn verdreven.

'Hoe pik je meisjes op als ze geen Engels spreken?' vroeg Rick aan Sly.

'Mijn vrouw spreekt Engels.'

Toen ging Trey met een van de meisjes naar de dansvloer. 'Die Europese meisjes,' zei Sly, 'vallen altijd op de zwarte jongens.'

'Wat erg voor jullie.'

Na een uur gingen de Italiaanse meisjes weg. De wodka was op.

Het feest begon na vier uur die nacht, toen ze in een afgeladen Beierse bierhal terechtkwamen, met een reggaeband op het podium. Engels was hier de voertaal, veel Amerikaanse studenten en twintigers. Toen hij met vier pullen bier op de terugweg van de tap was, werd Rick omsingeld door een stel vrouwen die aan hun accent te horen uit het zuiden van de Verenigde Staten kwamen.

'Uit Dallas,' zei een van hen. Het waren reisagentes, allemaal halverwege de dertig en waarschijnlijk getrouwd, al zag je nergens een trouwring. Rick zette het bier voor hen op hun tafel. Wat konden hem zijn teamgenoten schelen? Ze vormden geen broederschap. Binnen enkele ogenblikken danste hij met Beverly, een enigszins gezette roodharige vrouw met een prachtige huid, en als Beverly danste, deed ze dat innig. Het was vol op de dansvloer, mensen botsten tegen elkaar op, en om dichtbij te blijven hield Beverly haar handen op Rick. Ze omhelsde en duwde en tastte, en tussen twee nummers door stelde ze voor om samen in een hoekje te gaan zitten, ver van haar concurrentie. Ze was een plakker, en vastbesloten ook.

De andere Panthers waren nergens te bekennen.

Maar Rick bracht haar naar haar tafel terug, waar haar medereisagentes allerlei mannen belaagden. Hij danste met een van hen, Lisa uit Houston, wier ex-man ervandoor was gegaan met een collega van zijn advocatenkantoor enzovoort. Ze was saai, en van die twee gaf hij de voorkeur aan Beverly.

Paolo kwam kijken hoe het zijn quarterback verging. Hij sprak de dames met zijn Italiaanse accent toe en boeide hen met een verbijsterende serie leugens. Hij en Rick waren beroemde rugbyspelers uit Rome die met hun team de hele wereld bereisden, miljoenen verdienden en in grootse stijl leefden. Rick loog bijna nooit als hij vrouwen oppikte; dat was gewoon niet nodig. Maar het was grappig om de Italiaan aan het werk te zien.

Sly en Trey waren weg, zei Paolo tegen Rick toen hij naar een andere tafel ging. Ze waren weggegaan met twee blondjes die de taal spraken, zij het met een raar accent. Waarschijnlijk Iers, dacht hij.

Na de derde dans, misschien de vierde, haalde Beverly hem eindelijk over om weg te gaan. Om haar vriendinnen te vermijden namen ze een zijdeur, en daarna liepen ze een paar straten, raakten totaal verdwaald en namen een taxi. Ze betastten elkaar tien minuten op de achterbank tot ze voor het Regency stopten.

Ze had een kamer op de vierde verdieping. Toen Rick de gordijnen dichttrok, zag hij het licht van de dageraad.

In het begin van de middag deed hij één oog open, en meteen zag hij rode teennagels en besefte hij dat Bev nog sliep. Hij deed het oog dicht en zakte weg. Toen hij de tweede keer wakker werd, voelde zijn hoofd erger aan. Ze was niet in het bed maar onder de douche, en heel even zat hij erover te denken om te ontsnappen.

Hoewel het onhandige afscheid, het loskomen van elkaar, snel achter de rug zou zijn, had hij er toch een hekel aan. Dat had hij altijd. Was goedkope seks echt al die leugens aan het eind waard? 'Hé, je was geweldig, maar ik moet nu gaan.' 'Tuurlijk, ik bel je.'

Hoeveel keren had hij zijn ogen opengedaan, geprobeerd zich de naam van het meisje te herinneren, geprobeerd zich te herinneren waar hij haar had ontmoet, geprobeerd zich de details van de daad te herinneren, de gewichtige aangelegenheid waarvoor hij haar in het bed had gekregen?

De douche stroomde. Zijn kleren lagen op de vloer.

Hij voelde zich opeens ouder. Niet dat hij zich ook noodzakelijkerwijs volwassener voelde, maar hij had wel genoeg van de rol van grote versierder met de gouden arm. Alle vrouwen waren afdankertjes geweest, van de leuke cheerleaders tijdens zijn studie tot deze vrouw, in deze hotelkamer in een buitenlandse stad.

De tijden van de footballende dekhengst waren voorbij. Die waren met zijn laatste echte wedstrijd in Cleveland geëindigd.

Hij dacht aan Gabriella en wilde die gedachte meteen verdrijven. Wat vreemd dat hij zich schuldig voelde terwijl hij daar onder dunne lakens lag en water hoorde stromen over het lichaam van een vrouw wier achternaam hij niet eens kende!

Hij kleedde zich vlug aan en wachtte. De douchekraan werd dichtgedraaid, en Bev kwam in een badjas van het hotel de kamer in. 'Dus je bent wakker,' zei ze met een geforceerd glimlachje.

'Eindelijk,' zei hij. Hij stond op, wilde het zo gauw mogelijk afwerken. Hij hoopte dat ze niet plakkerig werd en niet op drankjes en een diner en nog een nacht aandrong. 'Ik moet weg.'

'Nou, dag,' zei ze, en toen ging ze abrupt de badkamer weer in en deed de deur dicht. Hij hoorde het slot klikken.

Heel fijn. Op de gang veronderstelde hij dat ze inderdaad getrouwd was en zich waarschijnlijk veel schuldiger voelde dan hij.

De vier amigo's waren met hun kater aan de pizza en het bier gegaan en wisselden verhalen uit. Tot zijn verbazing vond Rick die stoere praatjes belachelijk. 'Ooit van de regel van achtenveertig uur gehoord?' vroeg hij. En voordat iemand kon antwoorden, zei hij: 'Die hebben de meeste profclubs. Achtenveertig uur voor de wedstrijd geen alcohol.'

'De wedstrijd begint over twintig uur,' zei Trey.

'Daar gaat die regel,' zei Sly, en hij nam een slok bier.

'Ik stel voor dat we vanavond kalm aan doen,' zei Rick.

De drie anderen knikten, maar hielden zich er niet aan. Ze kwamen langs een halflege discopub en waren urenlang aan het darten, terwijl de tent volliep en een band zich in een hoek installeerde. Plotseling werd de pub overstroomd door Duitse studenten, voor het merendeel van het vrouwelijk geslacht en voor het merendeel van plan er een wilde nacht van te maken. De dartpijltjes werden vergeten en er werd gedanst.

Er werden nog veel meer dingen vergeten.

American football was in Milaan minder populair dan in Parma.

Iemand zei dat er honderdduizend Amerikanen in Milaan woonden, en blijkbaar hadden de meesten van hen een hekel aan football. Er kwamen een paar honderd fans naar de wedstrijd.

De Rhinos hadden een oud voetbalveld met een paar schamele kleine tribunes. Het team had jarenlang in divisie B gespeeld en was aan het eind van het vorige seizoen eindelijk gepromoveerd. Ze waren geen partij voor de machtige Panthers. Dat maakte het moeilijk te verklaren waarom ze in de rust met twintig punten voor stonden.

De eerste helft was Sams ergste nachtmerrie. Zoals hij had verwacht, speelden zijn spelers lusteloos en slordig. Hoe hij ook schreeuwde, ze waren niet te motiveren. Toen Sly vier keer met de bal had gerend, stond hij hijgend langs de zijlijn. De eerste en enige keer dat Franco de bal in handen kreeg, liet hij hem vallen. Zijn professionele quarterback was aan de trage kant en gooide passes die niet te vangen waren. In twee gevallen was het zo'n gestuntel dat de safety van de Rhinos de bal te pakken kreeg. Rick verknoeide een hand-off en vertikte het om met de bal te lopen. Zijn voeten voelden aan als bakstenen.

Toen ze in de rust het veld af draafden, ging Sam meteen op zijn quarterback af. 'Heb je een kater?' vroeg hij nogal luid, in elk geval zo luid dat de rest van het team het kon horen. 'Hoe lang ben je al in Milaan? Het hele weekend? Ben je het hele weekend dronken geweest? Je ziet er belabberd uit en je speelt ook belabberd!'

'Dank je, coach,' zei Rick, nog steeds dravend. Sam bleef stap voor stap naast hem, en de Italianen gingen opzij.

'Jij wordt geacht de leider te zijn, hè?'

'Dank je, coach.'

'En nu kom je hier met rode ogen aanzetten, met een kater van hier tot gunder, en je kunt met je passes nog geen huis raken. Ik ben kotsmisselijk van jou, weet je dat?'

'Dank je, coach.'

In de kleedkamer nam Alex Oliveto het in het Italiaans over, en het was niet mis. Veel Panthers keken woedend naar Rick en Sly, die met zijn tanden knarste en tegen de misselijkheid vocht. Trey had in de eerste helft geen grote fouten gemaakt, maar hij had ook zeker niets spectaculairs gedaan. Paolo had zich tot nu toe staande kunnen houden door in de massa op de scrimmage-lijn op te gaan.

Een flashback. De ziekenhuiskamer in Cleveland, de ESPN-beelden, en dat hij zijn hand naar de infuuszak wilde uitsteken om aan het kraantje te draaien opdat de vicodin vrijelijk door zijn bloed kon stromen en hem uit zijn ellende kon verlossen.

Waar waren de chemische middelen als je ze nodig had? En waarom hield hij eigenlijk van deze sport?

Toen Alex moe werd, vroeg Franco de coaches de kleedka-mer te verlaten, en dat deden ze maar al te graag. Vervolgens sprak de rechter zijn teamgenoten toe. Zonder zijn stem te ver-heffen smeekte hij om meer inspanning. Er was nog tijd genoeg. De Rhinos konden er niets van.

Dat alles zei hij in het Italiaans, maar Rick begreep wat hij be-doelde.

De comeback begon dramatisch en was meteen ook alweer voorbij. Bij de tweede play van de tweede helft rende Sly door de lijn en vloog hij vijfenzestig meter over het veld voor een makkelijke touchdown. Maar toen hij in de end zone kwam, had hij het voor de rest van de dag wel gehad. Hij kon nog net op de zijlijn terugkomen en knielde toen achter de bank neer en kotste voor een heel weekend aan uitspattingen over de grond. Rick hoorde het maar keek er liever niet naar.

Er ging een vlag omhoog, en na enige discussie werd de play herroepen. Nino had het gezichtsmasker van een linebacker weggetrokken en een knie in zijn kruis gepompt. Nino werd van het veld gestuurd, en terwijl de Panthers zich daarover opwonden, waren de Rhinos ook woedend. Er werd gevloekt en gescholden dat het niet mooi meer was, en Rick koos het verkeerde moment om een bootleg te maken en het op een lopen te zetten. Hij veroverde vijftien yard, en om te laten zien hoe vastbesloten hij was, liet hij zijn helm zakken. Hij werd afgeslacht door de halve Rhino-defense. Hij wankelde naar de huddle terug en riep een pass play naar Fabrizio af. De nieuwe center, een man van veertig die Sandro heette, verknalde de snap, de bal vloog uit de lijn en Rick zag kans om erop te vallen. Voor de goede orde werkte een grote, woedende tackle hem hardhandig tegen de grond. Bij de derde poging, met veertien yard te gaan, gooide hij een pass naar Fabrizio. De bal was veel te hard en trof de jongen op zijn helm, die hij prompt afzette en kwaad naar Rick toe gooide toen ze het veld af gingen.

Fabrizio hield het voor gezien. Het laatste wat ze van hem zagen, was dat hij naar de kleedkamer draafde.

Zonder running game en passing game kon Ricks offense maar een paar dingen doen. Franco stompte de bal keer op keer midden in de pile, wat nogal heroïsch was.

Aan het eind van het vierde quarter, met een achterstand van 34-0, zat Rick in zijn eentje op de bank en zag hij de spelers van de defense dapper strijden om nog iets van hun gezicht te redden. Pietro en Silvio, de twee psychopathische linebackers, gingen er als kannibalen tegenaan en schreeuwden tegen hun defense dat ze iedereen moesten vermoorden die de bal had.

Rick kon zich niet herinneren dat hij zich ooit aan het eind van een footballwedstrijd beroerder had gevoeld dan nu. Hij werd ook nog op de bank gezet. 'Neem wat rust,' siste Sam hem toe, en Alberto draafde naar de huddle. De drive duurde tien plays, allemaal op de grond, en nam in totaal vier minuten in beslag. Franco stampte door het midden en Andreo, de vervanger van Sly, zigzagde met weinig snelheid, weinig schijnbewegingen maar met grimmige vastbeslotenheid over het veld. Tien seconden voor het eind slaagden de Panthers, die alleen nog voor hun trots speelden, er eindelijk in om te scoren. Het lukte Franco namelijk eindelijk om in de end zone te komen. Het extra punt werd geblockt.

De busrit naar huis verliep langzaam en pijnlijk. Rick moest in zijn eentje zitten lijden. De coaches zaten voorin en ziedden van woede. Iemand met een mobiele telefoon kreeg het nieuws dat Bergamo een overwinning van 42-7 op Napels had behaald, in Napels zelf, en dat maakte het allemaal nog erger.

16

Gelukkig schreef de *Gazzetta di Parma* niets over de wedstrijd. Maandagmorgen vroeg las Sam de sportpagina's en deze ene keer was hij blij dat hij in voetballand was. Hij bladerde de krant door terwijl hij in zijn auto voor Hotel Maria Luigia op Hank en Claudelle Withers uit Topeka zat te wachten. Die zaterdag had hij hun de hoogtepunten van de Povlakte laten zien, en vandaag wilden ze nog meer zien.

Hij wilde dat hij de zondag ook met hen had kunnen doorbrengen, dus dat hij Milaan had kunnen overslaan.

Zijn mobieltje ging. 'Hallo.'

'Sam, met Rick.'

Sams hart sloeg een slag over. Hij dacht verschrikkelijke dingen en zei toen: 'Wat is er?'

'Waar ben je?'

'Ik ben vandaag gids. Hoezo?'

'Heb je even tijd?'

'Nee, zoals ik al zei: ik werk nu.'

'Waar ben je?'

'Voor Hotel Maria Luigia.'

'Ik ben er over vijf minuten.'

Even later kwam Rick de hoek om. Hij rende hard en zweette alsof hij dat al een uur deed. Sam stapte langzaam uit de auto en leunde ertegen.

Rick kwam bij hem, bleef op het trottoir staan, haalde een

paar keer diep adem en zei: 'Mooie auto.' Hij deed alsof hij de zwarte Mercedes bewonderde.

Sam had weinig te zeggen, dus hij zei: 'Hij is gehuurd.'

Rick haalde nog eens diep adem en kwam een stap dichterbij. 'Sorry van gisteren,' zei Rick, oog in oog met zijn coach.

'Voor jou is het misschien een feestje,' gromde Sam, 'maar het is mijn baan.'

'Je hebt het recht om kwaad te zijn.'

'Dank je.'

'Het zal nooit meer gebeuren.'

'Nee, dat zeker niet. Als je me dat nog eens flikt, vlieg je eruit. Ik verlies liever met Alberto en een beetje waardigheid dan met een primadonna die zich klem gezopen heeft. Je was walgelijk.'

'Toe maar. Zeg het maar. Ik heb het verdiend.'

'Je hebt gisteren meer dan een wedstrijd verloren. Je hebt je team verloren.'

'Ze waren niet echt klaar voor de wedstrijd.'

'Zeker, maar schuif de schuld nu niet door. Het draait om jou, of je dat nu leuk vindt of niet. Ze laten zich door jou inspireren, of tenminste, dat lieten ze.'

Rick keek naar een paar voorbijrijdende auto's en ging een stap terug. 'Het spijt me, Sam. Het zal niet meer gebeuren.'

'We zullen zien.'

Hank en Claudelle kwamen het hotel uit en zeiden hun gids goedemorgen. 'Tot straks,' snauwde Sam zijn quarterback toe, en hij stapte in de auto.

Gabriella's zondag was even rampzalig verlopen als die van Rick. In de laatste voorstelling van *Otello* had ze onverschillig en ongeïnspireerd gezongen, tenminste volgens haarzelf en blijkbaar ook volgens het publiek. Ze vertelde het met tegenzin onder een lichte lunch, en hoewel Rick wilde weten of er weer boegeroep was geweest, vroeg hij daar niet naar. Ze was somber en lusteloos, en Rick probeerde haar in een beter humeur te brengen door over zijn afschuwelijke wedstrijd in Milaan te vertellen. Verdriet houdt van gezelschap en hij dacht dat zijn prestaties nog slechter waren dan die van haar.

Het werkte niet. Midden onder de lunch vertelde ze hem bedroefd dat ze over een paar uur naar Florence vertrok. Ze moest naar huis, weg van Parma, weg van de druk van de opera.

'Je had beloofd dat je nog een week zou blijven,' zei hij. Hij deed zijn best om niet wanhopig over te komen.

'Nee, ik moet gaan.'

'Ik dacht dat je een footballwedstrijd wilde zien.'

'Dat wilde ik ook, maar nu niet meer. Het spijt me, Rick.'

Hij hield op met eten en probeerde ondersteunend en nonchalant te kijken, maar hij was gemakkelijk te doorzien.

'Het spijt me,' zei ze, maar hij twijfelde aan haar oprechtheid.

'Is het Carletto?'

'Nee.'

'Ik denk van wel.'

'Carletto is er altijd, ergens. Hij gaat niet weg. Daarvoor zijn we al te lang bij elkaar.'

Precies, veel te lang. Dump die zak en laten we plezier maken. Rick beet op zijn tong en wilde niet gaan bedelen. Ze waren al zeven jaar bij elkaar en hun relatie was beslist gecompliceerd. Als hij daar middenin kwam te zitten, of zelfs aan de rand, brandde hij zijn vingers. Hij schoof zijn bord van zich af en vouwde zijn handen. Haar ogen waren nat, maar ze huilde niet.

Ze was een wrak. Haar carrière als operazangeres balanceerde op de rand. Rick vermoedde dat Carletto haar meer tot last dan tot steun was, maar hoe kon hij dat ooit zeker weten?

En zo eindigde dit als de andere kortstondige romances die hij in de loop van de jaren had verknoeid. Een omhelzing op het trottoir, een onhandige kus, een traan of twee van haar, afscheid, beloften om te bellen en ten slotte een vluchtig wuiven. Maar toen hij haar door de straat weg zag lopen, wilde hij achter haar aan rennen en als een idioot voor haar op zijn knieën gaan. Hij hoopte vurig dat ze zou blijven staan, zich snel zou omdraaiden, naar hem terug kwam rennen.

Hij liep een paar straten om de verdoving van zich af te zetten, en toen dat niet lukte, trok hij zijn hardloopkleren aan en jogde naar het Stadio Lanfranchi.

Er was niemand in de kleedkamer, behalve Mateo de verzorger, die hem geen massage aanbood. Mateo was vriendelijk genoeg, maar hij was niet zo joviaal als anders. Hij wilde sportgeneeskunde studeren in de Verenigde Staten en gaf Rick daarom veel ongewenste aandacht. Dit keer was de jongen er niet met zijn gedachten bij en was hij ook algauw verdwenen.

Rick ging op een van de verzorgingstafels liggen, deed zijn ogen dicht en dacht aan het meisje. Toen dacht hij aan Sam, aan zijn plan om hem in alle vroegte, nog voor de training, te spreken te krijgen en kwispelstaartend weer eens te proberen de schade te herstellen. Hij dacht aan de Italianen en was bang dat ze niets meer van hem wilden weten. Gelukkig waren Italianen niet geneigd hun gevoelens op te kroppen, en hij nam aan dat ze na enkele prikkelbare confrontaties en harde woorden hun armen om elkaar heen zouden slaan en weer vrienden zouden zijn.

'Hé, maatje,' fluisterde iemand. Hij schrok ervan. Het was Sly, die een spijkerbroek en een jasje droeg en blijkbaar ergens heen ging.

Rick ging rechtop zitten en liet zijn voeten over de rand van de tafel bungelen. 'Wat is er?'

'Heb je Sam gezien?'

'Die is er nog niet. Waar ga je heen?'

Sly leunde op de andere verzorgingstafel, sloeg zijn armen over elkaar, fronste zijn wenkbrauwen en zei met gedempte stem: 'Naar huis, Ricky. Ik ga naar huis.'

'Neem je ontslag?'

'Noem het zoals je wilt. Op een gegeven moment nemen we allemaal ontslag.'

'Je kunt niet zomaar weglopen, Sly, niet na twee wedstrijden. Kom nou!'

'Ik heb alles al ingepakt en de trein vertrekt over een uur. Als ik morgen in Denver aankom, staat mijn mooie vrouw op het vliegveld te wachten. Ik moet weg, Ricky. Het is voorbij. Ik heb er genoeg van om een droom na te jagen die toch nooit uitkomt.'

'Ik denk dat ik dat wel begrijp, Sly, maar je loopt midden in een seizoen weg. Je laat mij achter met een backfield waarin niemand de veertig meter onder de vijf seconden kan lopen, behalve ik, en het is niet de bedoeling dat ik ga rennen.'

Sly knikte en keek om zich heen. Blijkbaar was het zijn bedoeling geweest om even naar binnen te glippen, enkele woorden met Sam te wisselen en er dan vandoor te gaan. Rick kon hem wel wurgen, want het idee dat hij twintig keer per wedstrijd een hand-off aan rechter Franco moest geven was niet bepaald aanlokkelijk.

'Ik heb geen keus, Rick,' zei hij, nog zachter, nog bedroefder. 'Mijn vrouw belde vanmorgen, zwanger en erg verrast door die zwangerschap. Ze heeft er genoeg van. Ze wil een echte echtgenoot, thuis. En wat doe ik hier eigenlijk? Achter de meiden aanzitten in Milaan alsof ik nog twintig ben? We maken onszelf iets wijs.'

'Je hebt toegezegd dat je dit seizoen zou spelen. Je laat ons achter zonder running game, Sly. Dat is niet eerlijk.'

'Zo gaan die dingen nu eenmaal.'

De beslissing was genomen en met argumenteren zou hij niets bereiken. Als Amerikanen in een vreemd land hadden ze een band met elkaar gehad. Ze waren er samen doorheen gekomen en hadden daar plezier aan beleefd, maar ze zouden nooit goede vrienden worden.

'Ze vinden wel iemand anders,' zei Sly. Hij ging rechtop staan, klaar om te vluchten. 'Ze pikken steeds weer spelers op.'

'Midden in het seizoen?'

'Ja. Wacht maar af. Sam heeft zondag weer een tailback.'

Rick ontspande een beetje.

'Ga je in juli naar huis?' vroeg Sly.

'Ja.'

'Probeer je dan bij een team te komen?'

'Dat weet ik niet.'

'Als je in Denver bent, moet je me bellen. Goed?'

'Ja.'

Een snelle mannelijke omhelzing, en Sly was weg. Rick zag hem vlug door de zijdeur lopen en wist dat hij hem nooit zou opzoeken. En Sly zou Rick, Sam en de Italianen ook nooit meer opzoeken. Hij zou uit Italië weggaan en nooit terugkomen.

Een uur later vertelde Rick het nieuws aan Sam, die een erg lange dag met Hank en Claudelle had gehad. Onder het spuien van de te verwachten stroom vloeken gooide Sam zelfs een tijdschrift tegen de muur. Toen hij tot bedaren was gekomen, zei hij: 'Ken jij running backs?'

'Ja, een heel grote. Franco.'

'Ha ha. Amerikanen, bij voorkeur collegespelers die heel hard kunnen lopen.'

'Niet zo uit mijn hoofd.'

'Kun je je agent bellen?'

'Ja, maar die is de laatste tijd niet zo vlot met het beantwoorden van telefoontjes. Ik denk dat hij me in feite heeft gedumpt.'

'Het zit je wel mee.'

'Ik heb het vreselijke naar mijn zin, Sam.'

17

Op maandagavond acht uur kwamen de Panthers naar het veld. De stemming was gedrukt. Ze schaamden zich voor de verloren wedstrijd, en het nieuws dat de helft van de offense er zojuist vandoor was gegaan was ook niet bepaald opbeurend. Rick zat met zijn rug naar iedereen toe op een kruk voor zijn kast, verdiept in het playboek. Hij voelde de kwade blikken en de afkeer, en hij wist dat hij vreselijk fout was geweest. Misschien was het maar een amateursport, maar winnen betekende iets. Iemands inzet betekende nog meer.

Hij sloeg langzaam de bladzijden om en staarde naar de X'en en O's. Degene die de plays had bedacht, ging ervan uit dat de offense een tailback had die kon rennen en een receiver die kon vangen. Rick kon de bal afgeven, maar als er niemand was om hem aan te nemen, haalde het niets uit.

Niemand had Fabrizio gezien. Zijn kast was leeg.

Sam vroeg om stilte en sprak enkele afgemeten woorden tegen het team. Het had geen zin dat hij ging schreeuwen. Zijn spelers voelden zich al beroerd genoeg. De wedstrijd van de dag ervoor was voorbij en over zes dagen was er weer een. Hij vertelde het nieuws over Sly, voor zover ze het nog niet hadden gehoord.

Hun volgende tegenstander was Bologna, van oudsher een sterk team dat vaak om de Super Bowl speelde. Sam praatte over de Warriors en zo te horen gingen die er hard tegenaan.

Ze hadden hun eerste twee wedstrijden moeiteloos gewonnen met een vernietigende grondaanval, geleid door een tailback die Montrose heette en ooit op Rutgers had gespeeld. Montrose was nieuw in de Italiaanse competitie en werd met de week een grotere legende. De vorige dag, tegen de Rome Gladiators, had hij de bal achtentwintig keer over het veld gedragen. In totaal had hij driehonderd yard en vier touchdowns gescoord.

Pietro zwoer met luide stem dat hij zijn been zou breken, en dat viel in goede aarde bij het team.

Na een lauwe peptalk liepen de spelers de kleedkamer uit en jogden ze het veld op. Op de dag na een wedstrijd hadden de meesten last van pijn en stijfheid. Alex liet hen voorzichtig een aantal lichte oefeningen doen, en daarna gingen de offense en defense uit elkaar.

Wat hun nieuwe offense betrof, stelde Rick voor dat Trey niet meer als free safety maar als wide receiver zou worden opgesteld, en dat hij de bal dertig keer per wedstrijd naar hem toe zou gooien. Trey had snelheid, geweldige handen, behendigheid, en hij had op de middelbare school als receiver gespeeld. Sam voelde weinig voor het idee, vooral omdat het van Rick kwam en hij op dat moment nauwelijks met zijn quarterback praatte. Maar halverwege de training vroeg Sam aan de spelers of iemand er iets voor voelde receiver te worden. Rick en Alberto gooiden een halfuur gemakkelijke passes naar een stuk of tien gegadigden, waarna de coach Trey bij zich liet komen en hem receiver maakte. Nu Trey in de offense zat, hadden ze een groot gat in de defense.

'Houden we ze niet tegen, dan winnen we misschien door punten te scoren,' mompelde Sam terwijl hij over zijn pet krabde.

'We gaan naar de film kijken,' zei hij, en hij blies op zijn fluit.

Maandagavond film kijken: dat was koud bier en een beetje lachen, precies wat het team nodig had. Er werden flesjes Peroni, het favoriete bier van Italië, uitgedeeld en de stemming ging er aanzienlijk op vooruit. Sam vertoonde de Rhinosbeelden maar niet en concentreerde zich op Bologna. De Warriors hadden over de hele linie een sterke defense en een goede safety die twee jaar arena football had gespeeld en er heel hard tegenaan kon gaan. Een koppensneller.

Dat ontbrak er nog maar aan, dacht Rick terwijl hij een grote slok bier nam. Weer een hersenschudding. Montrose leek aan de trage kant, en de rest van de Warriors-defense was nog trager, en algauw zagen Pietro en Silvio geen serieuze bedreiging meer in hem. 'We maken gehakt van hem,' zei Pietro in het Engels.

Het bier vloeide tot na twaalf uur, toen Sam de projector uitzette en hen wegstuurde met de gebruikelijke belofte van een zware training op woensdag. Rick en Trey bleven achter, en toen alle Italianen weg waren, trokken ze nog een flesje open met Sam.

'Meneer Bruncardo voelt er weinig voor om een nieuwe running back te laten komen,' zei Sam.

'Waarom?' vroeg Trey.

'Om het geld, denk ik, al weet ik het niet zeker. Het verlies van gisteren zit hem niet lekker. Als we toch geen kans op de Super Bowl maken, waarom zou hij er dan meer geld tegenaan gooien? Het team is toch al niet bepaald een melkkoe voor hem.'

'Waarom doet hij het?' vroeg Rick.

'Uitstekende vraag. Ze hebben hier in Italië rare belastingwetten, en hij kan een heleboel aftrekken omdat hij eigenaar van een sportteam is. Anders zou het geen enkele zin hebben.'

'Het antwoord is Fabrizio,' zei Rick.

'Vergeet hem maar.'

'Nee, echt. Met Trey en Fabrizio hebben we twee geweldige receivers. Geen enkel team in de competitie kan zich twee Amerikanen in de secondary veroorloven, en dus kunnen ze ons niet dekken. We hebben geen tailback nodig. Franco kan vijftig yard per wedstrijd scoren en de defense het nakijken geven. Met Trey en Fabrizio kunnen we vierhonderd yard scoren.'

'Ik heb genoeg van die jongen,' zei Sam, en Fabrizio kwam niet meer ter sprake.

Later, in een café, dronken Rick en Trey een glas op Sly en vervloekten ze hem tegelijk.

Hoewel ze het geen van beiden wilden toegeven, hadden ze heimwee en waren ze jaloers op Sly omdat hij weg was gegaan.

Op dinsdagmiddag kwamen Rick en Trey, samen met Alberto, de plichtsgetrouwe reserve, bij Sam op het veld en werkten ze drie uur aan precisieroutes, timing, handgebaren en een algehele reorganisatie van de offense. Nino kwam wat later. Sam vertelde hem dat ze voor de rest van het seizoen op een shotgunformatie overgingen, en hij werkte koortsachtig aan zijn snaps. Ze werden geleidelijk beter, in elk geval zo goed dat Rick niet meer over het backfield op ze hoefde te jagen.

Woensdagvond, toen ze in wedstrijdtenue trainden, verspreidde Rick de receivers, Trey en Claudio, en gooide hij passes in alle richtingen. Slants, hooks, posts, curls, elk pattern werkte. Hij gooide vaak genoeg naar Claudio om de verdediging wat te doen te geven, en elk tiende play stak hij Franco de bal toe om een beetje geweld bij de lijn te krijgen. Trey was niet te houden. Toen hij een uur door het veld had gesprint, had hij rust nodig. De offense, drie dagen eerder bijna helemaal uitgeschakeld door een zwak Milanees team, leek nu in staat om te scoren wanneer ze maar wilden. Het team ontwaakte uit zijn sluimering en kwam tot leven. Nino bespotte de defense, en algauw waren hij en Pietro op elkaar aan het schelden. Iemand gaf een stomp, het werd even knokken, en toen Sam daar een eind aan maakte, was hij de gelukkigste man in Parma. Hij zag wat iedere coach wilde: emotie, vuur en woede!

Hij stuurde hen om halfelf weg. De kleedkamer was een chaos. De vuile sokken vlogen door de lucht, samen met schuine grappen, beledigingen en dreigingen andermans vriendin te stelen. De sfeer was weer normaal. De Panthers waren klaar voor de oorlog.

Het telefoontje kwam op Sams mobieltje binnen. De man zei dat hij advocaat was en iets met sport en marketing deed. Hij sprak rad Italiaans en door de telefoon klonk het extra dringend. Sam kon zich vaak redden door te liplezen en op handgebaren te letten.

Ten slotte kwam de jurist ter zake. Hij vertegenwoordigde Fabrizio, en Sam dacht eerst dat de jongen in moeilijkheden verkeerde. Integendeel. De advocaat was ook agent van profsporters, met veel voetballers en basketballers onder zijn hoede. Hij wilde namens zijn cliënt over een contract onderhandelen.

Sams mond viel een paar centimeter open. Agenten? Hier in Italië?

Daar ging de sport.

'Die hufter is midden in een wedstrijd van het veld af gelopen,' zei Sam, althans ongeveer het Italiaanse equivalent daarvan.

'Hij was van streek. Het spijt hem. Het is duidelijk dat u zonder hem niet kunt winnen.'

Sam beet op zijn tong en telde tot vijf. Rustig blijven, zei hij tegen zichzelf. Een contract betekende geld, en daar had nog nooit een Italiaanse Panther om gevraagd. Er gingen geruchten dat sommige Italianen in Bergamo betaald werden, maar in de rest van de competitie was het ongehoord.

Speel het spelletje mee, dacht Sam. 'Aan wat voor contract dacht u?' vroeg hij zakelijk.

'Hij is een geweldig goede speler, weet u. Waarschijnlijk de beste Italiaan aller tijden, zou het niet? Ik denk dat hij tweeduizend euro per maand waard is.'

'Tweeduizend,' herhaalde Sam.

En toen de gebruikelijke agententruc. 'En we praten met andere teams.'

'Goed. Blijf daarmee praten. Wij zijn niet geïnteresseerd.'

'Misschien neemt hij genoegen met minder, maar niet veel minder.'

'Het antwoord is nee. En zeg tegen die jongen dat hij bij ons veld vandaan blijft. Hij zou een been kunnen breken.'

Zaterdagmiddag laat glipte Charley Cray van de *Cleveland Post* Parma binnen. Een van zijn vele lezers was op de website van de Panthers gestuit en vond het fascinerend dat de Grootste Geit Aller Tijden zich in Italië schuilhield.

Het verhaal was gewoon te mooi om het te laten liggen.

Op zondag stapte Cray bij zijn hotel in een taxi en probeerde hij uit te leggen waar hij heen wilde. De chauffeur kende geen *football Americano* en had geen idee waar het veld was. Geweldig, dacht Cray. Zelfs de taxichauffeurs kunnen het veld niet vinden. Het verhaal werd met het uur mooier.

Ten slotte kwam hij een halfuur voor de wedstrijd bij het Stadio Lanfranchi aan. Hij telde honderdvijfenveertig mensen op de tribune, eenenveertig Panthers in zwart en zilver, zesendertig

Warriors in wit en blauw, één zwarte in elk team. Toen de wedstrijd begon, schatte hij het publiek op achthonderdvijftig mensen.

Laat die avond was hij klaar met zijn verhaal en stuurde hij het over de halve wereld naar Cleveland, ruimschoots op tijd voor het sportkatern van maandagmorgen. Hij kon zich niet herinneren ooit zoveel plezier te hebben gehad. Het artikel had de volgende tekst:

PRIMADONNA IN DE PIZZACOMPETITIE

(Parma, Italië). In zijn rampzalige NFL-carrière volbracht Rick Dockery 16 passes voor 241 yard, en dat was in vier jaar tijd bij zes verschillende teams. Tegenwoordig, nu hij voor de Parma Panthers speelt in de Italiaanse versie van de NFL, heeft Dockery die cijfers overtroffen. In de eerste helft!
21 completions, 275 yard, 4 touchdowns en wat vooral zo ongelooflijk is: geen onderschepte ballen.
Is dit dezelfde quarterback die in zijn eentje de AFC-titelwedstrijd verspeelde? Dezelfde onbekende figuur die aan het eind van het vorige seizoen om nog steeds duistere redenen een contract van de Browns kreeg en momenteel beschouwd wordt als de Grootste Geit uit de geschiedenis van het professionele football?
Ja, dit is signor Dockery. En op deze mooie lentedag in de Povlakte was hij gewoonweg meesterlijk. Hij gooide prachtige ballen, stond dapper in de pocket, overzag de defense (het woord wordt hier in ruime zin gebruikt), en geloof het of niet, hij rende voor yards als het nodig was. Rick Dockery heeft eindelijk zijn niveau gevonden. Hier tussen de volwassen schooljongens is hij dé man.

179

Voor een luidruchtig publiek van nog geen duizend mensen, en op een rugbyveld van 90 yard lang, speelden de Parma Panthers thuis tegen de Bologna Warriors. Beide teams zouden geen schijn van kans maken tegen Slippery Rock, maar wat maakt het uit? De Italiaanse voorschriften houden in dat elk team maximaal drie Amerikanen mag hebben. Dockery's favoriete receiver van vandaag was Trey Colby, een nogal magere jongeman die ooit op Ole Miss speelde en die de secondary van Bologna telkens weer te vlug af was.

Colby rende waar hij wilde. In de eerste tien minuten scoorde hij drie touchdowns!

De overige Panthers zijn onstuimige mannen die op latere leeftijd deze sport als hobby hebben genomen. Niet één van hen zou kunnen uitkomen voor een vijfde klas van een middelbare school in Ohio. Ze zijn blank, traag, klein en spelen football omdat ze niet kunnen voetballen of rugbyen. (O ja, rugby, basketbal, volleybal, zwemmen, motorrijden en wielrennen zijn in dit deel van de wereld allemaal populairder dan *football Americano*.)

Maar de Warriors zijn geen watjes. Hun quarterback speelde op Rhodes (waar? Memphis, D-3) en hun tailback liep eens met de bal (58 keer in drie jaar) op Rutgers. Ray Montrose heet hij, en vandaag scoorde hij 200 yard en drie touchdowns, waaronder de winnende punten, een minuut voor het eind.

Jazeker, zelfs hier in Parma ontkomt Dockery niet aan zijn verleden. In de rust stond Parma met 27-7 voor, maar het lukte Dockery opnieuw om de wedstrijd verloren te laten gaan. Toch moet worden gezegd dat het niet helemaal zijn schuld was. In de eerste play van de tweede helft sprong Trey Colby te hoog naar een afgedwaalde pass (verrassing, verrassing) en kwam hij lelijk terecht. Hij werd van het veld gedragen met een gecompliceerde breuk in zijn linkeronderbeen. De offense ging de mist in, en Montrose liep over het veld heen en weer. Tegen het eind van de wedstrijd kwamen de Warriors met een dramatische drive en uiteindelijk wonnen ze met 35-34.

Rick Dockery en zijn Panthers hebben hun afgelopen twee wedstrijden verloren, en omdat ze nog maar vijf wedstrijden te spelen hebben, is de kans dat ze de play-offs halen niet groot. In juli is er een Italiaanse Super Bowl, en blijkbaar dachten de Panthers dat Dockery hen zover zou kunnen brengen.

Ze hadden de Brown-supporters om raad moeten vragen. Wij zouden ze hebben verteld dat ze die schooier meteen aan de kant moeten zetten en een echte quarterback moeten zoeken, iemand van een junior college. En snel ook, voordat Dockery passes naar de tegenpartij gaat gooien.

Wij weten wat deze scherpschutter werkelijk vermag. Arme Parma Panthers.

18

Rick en Sam zaten als aanstaande vaders achter in een gang op de eerste verdieping van het ziekenhuis te wachten. Het was zondagavond halftwaalf en Trey lag al sinds kort na acht uur op de operatietafel. De play was een pass van 30 yard in het middenveld geweest, dicht bij de bank van de Panthers. Sam had het kraken van het kuitbeen gehoord. Rick niet. Hij had wel het bloed gezien, en het bot dat door de sok heen stak.

Ze zeiden weinig en doodden de tijd met het lezen van tijdschriften. Sam was van mening dat ze nog steeds de play-offs konden halen als ze de overige vijf wedstrijden wonnen, hetgeen een hele opgave was, want Bergamo was een van die vijf tegenstanders. En Bolzano was weer sterk; dat team had met maar twee punten verschil van Bergamo verloren. Een overwinning van Parma was onwaarschijnlijk. Ze hadden bijna geen offense meer over en er stond geen enkele Amerikaan in de secondary om passes te onderscheppen.

Het was leuker om niet aan football te denken en in tijdschriften te kijken.

Een zuster riep hen en bracht hen naar een soort privékamer op de tweede verdieping, waar Trey voor die nacht werd neergelegd. Zijn rechterbeen zat dik in het gips. Er liepen slangetjes uit zijn arm en neus. 'Hij slaapt de hele nacht door,' zei een andere zuster.

Ze zei dat volgens de dokter alles prima was verlopen, geen

extra problemen, een tamelijk routinematige gecompliceerde breuk. Ze vond een deken en een kussen en Rick installeerde zich op een vinylstoel naast het bed. Sam beloofde maandagmorgen vroeg terug te komen om te kijken hoe het ging.

Er werd een gordijn dichtgetrokken en Rick bleef alleen achter met de laatste zwarte Panther, een heel sympathieke plattelandsjongen uit Mississippi die nu als gebroken koopwaar naar zijn moeder in Amerika teruggestuurd zou worden. Treys linkerbeen was onbedekt en Rick keek ernaar. De enkel was erg dun, veel te dun om het geweld van professioneel football te kunnen weerstaan. Hij was te mager en had moeite zijn gewicht op peil te houden, al was hij in zijn laatste jaar op Ole Miss als een van de beste spelers beschouwd.

Wat ging hij nu doen? Wat deed Sly nu? Wat deden ze allemaal als ze eenmaal onder ogen zagen dat hun footballcarrière voorbij was?

De zuster kwam om een uur of een langs en dimde het licht. Ze gaf Rick een blauw pilletje en zei: 'Om te slapen.' Twintig minuten later was hij net zo uitgeteld als Trey.

Sam had koffie en croissants bij zich. Ze vonden twee stoelen op de gang en bogen zich daar over hun ontbijt. Trey had een uur eerder veel kabaal gemaakt, genoeg om de zusters te laten komen.

'Ik heb net een kort gesprek met meneer Bruncardo gehad,' zei Sam. 'Hij begint de week graag met een uitbrander om zeven uur maandagmorgen.'

'En vandaag was het jouw beurt.'

'Blijkbaar. Hij verdient geen geld aan de Panthers, maar hij wil ook zeker geen geld verliezen. Of wedstrijden. Hij heeft een nogal groot ego.'

'Dat is vreemd voor een eigenaar.'

'Hij had een slechte dag. Hij heeft ook een voetbalteam in een lagere divisie, en dat heeft ook verloren. Zijn volleybalteam verloor eveneens. En zijn dierbare Panthers, met een echte NFL-quarterback, verloor voor de tweede keer op rij. Bovendien denk ik dat hij geld verliest aan elk team.'

'Misschien moet hij overstappen op onroerend goed, of wat hij ook maar doet.'

'Ik heb hem geen raad gegeven. Hij wil weten hoe het met de rest van het seizoen gesteld is. En hij zegt dat hij niet nog meer geld wil uitgeven.'

'Het is heel eenvoudig, Sam,' zei Rick, en hij zette zijn koffiekopje op de vloer. 'Gisteren scoorden we in de eerste helft zonder probleem vier touchdowns. Waarom? Omdat ik een receiver had. Met mijn arm en een goed stel handen zijn we niet tegen te houden en zullen we niet opnieuw verliezen. Ik garandeer je dat we elke wedstrijd veertig punten kunnen scoren, sterker nog, elke helft.'

'Je receiver ligt daarbinnen met een gebroken been.'

'Ja. Neem Fabrizio. Die jongen is geweldig. Hij is sneller dan Trey en heeft betere handen.'

'Hij wil geld. Hij heeft een agent.'

'Een wát?'

'Je hebt me goed verstaan. Vorige week kreeg ik een telefoontje van een gladjanus van een advocaat hier. Hij zei dat hij de fabelachtige Fabrizio vertegenwoordigde en ze willen een contract.'

'Footballagenten hier in Italië?'

'Ik ben bang van wel.'

Rick krabde over zijn ongeschoren wangen en liet dit ontmoedigende nieuws op zich inwerken. 'Heeft er ooit een Italiaan geld gekregen?'

'Volgens de geruchten worden sommige jongens van Bergamo betaald, maar ik weet niet of dat waar is.'

'Hoeveel wil hij?'

'Tweeduizend euro per maand.'

'Hoeveel zal hij accepteren?'

'Weet ik niet. Zover zijn we niet gekomen.'

'We moeten onderhandelen, Sam. Zonder hem zijn we dood.'

'Bruncardo geeft niet nog meer geld uit, Rick, dat zei ik toch? Ik stelde voor nog een Amerikaanse speler te laten overkomen en hij sprong zowat uit zijn vel.'

'Haal het van mijn salaris af.'

'Doe niet zo stom.'

'Ik meen het. Ik lever vier maanden duizend euro per maand in om Fabrizio te krijgen.'

Sam nam peinzend een slokje van zijn koffie, zijn ogen neergeslagen. 'Hij is in Milaan het veld af gelopen.'

'Ja, dat klopt. Hij is een branieschopper, dat weten we allemaal. Maar jij en ik lopen nog vijf keer met de staart tussen de benen het veld af als we niet iemand hebben die een bal kan vangen. En, Sam, hij kan niet weglopen als hij onder contract staat.'

'Reken daar maar niet op.'

'Betaal hem, en ik durf te wedden dat hij zich als een prof gedraagt. Ik oefen urenlang met hem en dan zijn we zo goed op elkaar ingespeeld dat niemand ons kan tegenhouden. Als je Fabrizio erbij haalt, verliezen we niet meer. Dat garandeer ik.'

Een zuster knikte in hun richting en ze gingen vlug naar Trey toe. Hij was wakker en voelde zich helemaal niet goed. Hij probeerde te glimlachen en een grap te maken, maar hij had medicijnen nodig.

Tegen het eind van de middag belde Arnie. Na een kort gesprek over het voor en tegen van arenafootball ging hij over op de echte reden waarom hij belde. Hij vond het erg dat hij slecht nieuws moest doorgeven, zei hij, maar Rick moest er toch van weten. Kijk maar op de website van de *Cleveland Post*, het sportkatern van maandag. Een lelijk verhaal.

Rick las het, stootte de gebruikelijke krachttermen uit en maakte toen een lange wandeling door de binnenstad van Parma, een stad waarvoor hij plotseling meer waardering had dan ooit tevoren.

Hoeveel dieptepunten kan één carrière hebben? Drie maanden nadat hij Cleveland was ontvlucht, vraten ze nog steeds aan zijn karkas.

Rechter Franco trad op namens het team. De onderhandelingen vonden plaats op een terras aan de rand van de Piazza Garibaldi. Rick en Sam zaten in de buurt een biertje te drinken en hielden het bijna niet meer uit van nieuwsgierigheid. De rechter en Fabrizio's agent bestelden koffie.

Franco kende de agent en had een hekel aan hem. Van tweeduizend euro kon geen sprake zijn, legde Franco uit. Veel Amerikanen verdienden niet eens zoveel. En het was een gevaarlijk precedent om de Italianen te gaan betalen, want het team speelde natuurlijk toch al amper quitte. Nog meer salarissen en ze konden de tent wel sluiten.

Franco bood vijfhonderd euro voor drie maanden, april, mei en juni. En een premie van duizend euro als het team in juli naar de Super Bowl ging.

De agent glimlachte beleefd en zei dat het aanbod veel te laag was. Fabrizio was een fantastische speler enzovoort. Sam en Rick zaten daar met hun bier, maar konden er geen woord van horen. De Italianen pingelden in een levendig gesprek heen en weer. Beiden reageerden geschokt op het standpunt van de ander en grinnikten dan weer om een punt van ondergeschikt belang. De onderhandelingen maakten een beleefde maar gespannen indruk, maar toen schudden ze elkaar plotseling de hand en knipte Franco met zijn vingers naar de ober. Breng twee glazen champagne.

Fabrizio zou spelen voor achthonderd euro per maand.

Signor Bruncardo stelde Ricks aanbod om een bijdrage te leveren op prijs, maar hij wees het van de hand. Hij was een man van zijn woord en wilde het salaris van een speler niet verlagen.

Toen de training van woensdagavond begon, kenden de teamleden de details van Fabrizio's terugkeer al. Om rancune de kop in te drukken zorgde Sam ervoor dat Nino, Franco en Pietro hun receiver van tevoren ontmoetten en hem een paar dingen uitlegden. Vooral Nino deed het woord en verzekerde Fabrizio tot in details dat het tot botbreuken zou komen als Fabrizio weer een stunt uithaalde en het team in de steek liet. Fabrizio ging blijmoedig akkoord met alles, inclusief de botbreuken. Er zouden zich geen problemen voordoen. Hij wilde erg graag weer spelen en had alles voor zijn dierbare Panthers over.

Voor de training sprak Franco het team in de kleedkamer toe. Hij bevestigde de geruchten. Fabrizio werd inderdaad betaald. Dat viel niet in goede aarde bij de meeste Panthers, al protesteerde niemand. Enkelen stelden zich onverschillig op; als die jongen wat geld kan verdienen, waarom dan niet?

Het zal tijd kosten, zei Sam tegen Rick. Als ze wonnen, veranderde alles. Als ze de Super Bowl wonnen, zouden de spelers Fabrizio verafgoden.

In de kleedkamer werden discreet papieren doorgegeven. Rick had gehoopt dat het gif van Charley Cray in de Verenigde

Staten zou blijven, maar dankzij internet vergiste hij zich. Het verhaal was opgemerkt, gekopieerd en werd nu door zijn teamgenoten gelezen.

Op verzoek van Rick bracht Sam de kwestie ter sprake. Hij zei tegen de spelers dat ze zich er niets van moesten aantrekken. Het was maar het prutswerk van een derderangs Amerikaanse journalist die iets bijzonders te melden wilde hebben. Toch werden de spelers erdoor verontrust. Ze hielden van football en bedreven de sport voor hun plezier – waarom moesten ze dan belachelijk gemaakt worden?

De meesten maakten zich drukker om hun quarterback. Het was al oneerlijk dat ze hem uit de NFL hadden gegooid en het land uit hadden gejaagd, maar het was wel heel erg wreed dat ze hem nu ook nog naar Parma waren gevolgd.

'Rot voor je, Rick,' zei Pietro toen ze de kleedkamer uit liepen.

Van de twee teams in Rome waren de Lazio Marines meestal het zwakste. Ze hadden hun eerste drie wedstrijden met gemiddeld twintig punten verschil verloren en weinig enthousiasme aan de dag gelegd. De Panthers hunkerden naar een overwinning en de zes uur durende busrit naar het zuiden verliep dan ook in opperbeste stemming. Het was de laatste zondag van april, een koele, bewolkte dag, ideaal voor een footballwedstrijd.

Het veld, ergens in de onmetelijke buitenwijken van de oude stad, kilometers en eeuwen verwijderd van het Colosseum en andere prachtige ruïnes, zag er niet naar uit dat het ooit gebruikt werd voor iets anders dan trainingen in de regen. Het gras was dun en onregelmatig, met harde stukken grijze aarde. De yardlijnen waren getrokken door iemand die óf dronken óf kreupel was. Op twee schamele tribunes zaten een stuk of tweehonderd supporters.

Fabrizio verdiende zijn aprilsalaris in de eerste quarter terug. Lazio had hem niet op video gezien, wist niet wie hij was, en toen ze hun secondary op orde hadden, had hij al drie lange passes gevangen en stonden de Panthers met 21-0 voor. Met zo'n voorsprong blitzte Sam elke play en zakte de offense van de Marines in elkaar. Hun quarterback, een Italiaan, voelde de druk voor elke snap.

Rick werkte uitsluitend vanuit de shotgunformatie en werd voortreffelijk beschermd. Hij keek naar de dekking, gaf Fabrizio's route met handgebaren aan, ging rustig de pocket in en wachtte tot de jongen alle registers opentrok. Het leek wel een oefenpartijtje. In de rust stonden de Panthers met 38-0 voor en was het leven plotseling weer goed. Ze lachten en dolden in de minuscule kleedkamer en trokken zich niets aan van Sam, die over het een of ander wilde gaan klagen. In de vierde quarter runde Alberto de offense en denderde Franco over het veld. Alle eenenveertig spelers kwamen onder de modder te zitten.

Tijdens de busrit naar huis hervatten ze hun beledigingen aan het adres van de Bergamo Lions. Het bier vloeide rijkelijk en de drinkliederen werden luidruchtiger. De machtige Panthers deden arrogante voorspellingen over hun eerste Super Bowl.

Charley Cray had tussen de Lazio-fans op de tribune gezeten en naar zijn tweede wedstrijd *football Americano* gekeken. Zijn verhaal over de wedstrijd van de week daarvoor tegen Bologna was in Cleveland zo goed ontvangen dat zijn hoofdredacteur hem had gevraagd een week te blijven en nog een verhaal te schrijven. Zwaar werk, maar het moest nu eenmaal gebeuren. Hij had op kosten van de krant vijf geweldige dagen in Rome doorgebracht en zou die nu moeten rechtvaardigen met een nieuwe kleinering van zijn favoriete geit. Zijn verhaal:

190

(Rome, Italië). Achter de verrassend accurate arm van Rick Dockery herstelden de woeste Parma Panthers zich van twee verloren wedstrijden. In weer een cruciale wedstrijd in Italiës versie van de NFL lieten ze de ongelukkige Lazio Marines alle hoeken van het veld zien. De eindstand: 62-12.

Spelend op een soort aangeharkte grindgroeve, en voor 261 niet-betalende fans, scoorden de Panthers en Dockery alleen al in de eerste helft bijna vierhonderd yard met passes. Dockery maakte gehakt van een defensieve secondary, die traag, verward en duidelijk bang voor harde confrontaties was. Hij stal de show met zijn keiharde arm en de geweldige bewegingen van een begaafde receiver, Fabrizio Bonozzi. Minstens twee keer maakte Bonozzi zo'n geraffineerde schijnbeweging dat de deep safety een schoen verloor. Dat is het niveau van het footballspel hier in Italië.

In het derde quarter was Bonozzi blijkbaar moe van al die lange touchdowns. Zes, om precies te zijn. En de grote Dockery had aan al die worpen blijkbaar een pijnlijke arm overgehouden.

Het zal Browns-fans verbazen dat Dockery nu al voor de tweede week op rij geen bal naar het andere team heeft gegooid. Verbijsterend, nietwaar? Maar ik zweer het. Ik heb het allemaal gezien.

Met deze overwinning zijn de Panthers weer in de strijd om het kampioenschap van Italië. Niet dat iemand hier in Italië zich daar druk om maakt.

Browns-fans mogen blij zijn dat er zulke competities bestaan. Dankzij deze competities kunnen prutsers als Rick de sport bedrijven op plaatsen die ver verwijderd zijn van waar het echt telt.

Waarom o waarom heeft Dockery deze competitie niet een jaar eerder ontdekt? Bij die pijnlijke vraag moet ik bijna huilen. Ciao.

19

Even na drie uur in de nacht van zondag op maandag reed de bus het parkeerterrein van het Stadio Lanfranchi op. De meeste spelers werden over een paar uur op hun werk verwacht. Sam uitte een schreeuw om iedereen wakker te maken en gaf het team toen een week vrij. Het volgende weekend was er geen wedstrijd. Ze strompelden de bus uit, pakten hun bagage en gingen naar huis. Rick gaf Alberto een lift en reed daarna door de binnenstad van Parma zonder een andere auto te zien. Hij parkeerde drie straten bij zijn appartement vandaan.

Om twaalf uur uur werd hij wakker van zijn mobieltje. Het was Arnie, abrupt als altijd. 'Een déjà vu-effect, jongen. Heb je de *Cleveland Post* gezien?'

'Nee. Gelukkig wordt die hier niet bezorgd.'

'Ga dan op de website kijken. Dat onderkruipsel was gisteren in Rome.'

'Nee.'

'Dus wel.'

'Weer een verhaal?'

'Ja, en net zo gemeen.'

Rick wreef over zijn hoofd en probeerde zich het publiek in Lazio te herinneren. Een erg klein publiek, enigszins verspreid over een paar oude tribunes. Nee, hij had niet de tijd genomen om de toeschouwers te bestuderen, en trouwens, hij wist niet hoe Charley Cray eruitzag. 'Oké, ik zal het lezen.'

'Sorry, Rick. Het is echt schofterig. Als ik dacht dat je er wat aan zou hebben, zou ik de krant bellen en stampij maken. Maar ze vinden het veel te grappig. We moeten ons er maar niets van aantrekken.'

'Als hij weer in Parma opduikt, breek ik zijn nek. Ik ben hier goede maatjes met een rechter.'

'Zo mag ik het horen. Dag.'

Rick pakte een cola light, nam een snelle koele douche en zette toen zijn computer aan. Twintig minuten later reed hij met zijn Punto door het verkeer. Hij schakelde moeiteloos, soepel, als een echte Italiaan. Treys appartement bevond zich net ten zuiden van de binnenstad, op de eerste verdieping van een semimodern gebouw dat tot doel had een heleboel mensen op zo weinig mogelijk vierkante meters te huisvesten.

Trey zat op de bank, met zijn been op kussens. De kleine huiskamer deed aan een vuilstortplaats denken: vuile borden, lege pizzadozen, bier- en frisdrankblikjes. De televisie vertoonde oude *Rad van Fortuin*-afleveringen en uit de stereo in de enige slaapkamer kwam oude Motown.

'Ik heb een sandwich voor je meegebracht,' zei Rick, en hij zette een zak op de rommelige salontafel. Trey zwaaide met de afstandsbediening en de televisie verstomde.

'Dank je.'

'Hoe gaat het met je been?'

'Geweldig,' zei hij met een nors gezicht. Er kwam drie keer per dag een verpleegster om hem te verzorgen en van pijnstillers te voorzien. Hij had veel last gehad en klaagde over de pijn.

'Hoe hebben we het gedaan?'

'Makkelijke wedstrijd. Met vijftig punten verschil gewonnen.'

Rick ging op een stoel zitten en deed zijn best om de rommel te negeren.

'Dus jullie hebben me niet gemist.'

'Lazio is niet erg goed.'

De ongedwongen glimlach en zorgeloze houding waren weg. Ze hadden plaatsgemaakt voor een chagrijnige stemming en een vrachtwagenlading zelfbeklag. Die uitwerking heeft een gecompliceerde breuk op een jonge sporter. De carrière, of hoe Trey het ook wilde noemen, was voorbij en nu zou de volgende fase van zijn leven beginnen. Zoals de meeste jonge sporters had Trey nooit veel over die volgende fase nagedacht. Als je zesentwintig bent, blijf je eeuwig spelen.

'Zorgt de verpleegster goed voor je?' vroeg Rick.

'Jazeker. Ik krijg woensdag nieuw gips en donderdag vertrek ik. Ik moet naar huis. Ik word hier gek.'

Ze keken een hele tijd naar de geluidloze televisie. Sinds Trey uit het ziekenhuis was, kwam Rick elke dag, en het piepkleine appartement werd steeds kleiner. Misschien kwam het door al die rommel die zich ophoopte, en de vuile was, en de ramen die potdicht zaten, met gordijnen ervoor. Misschien kwam het doordat Trey steeds dieper in zijn somberheid wegzakte. Rick was blij met het nieuws dat Trey binnenkort weg zou gaan.

'Ik ben in de defense nooit gewond geraakt,' zei Trey, starend naar de tv. 'Ik ben een defensive back, nooit gewond geraakt. Toen zette jij me in de offense, en hier zit ik dan.' Hij tikte op het gips om zijn woorden kracht bij te zetten.

'Geef je mij de schuld van je beenbreuk?'

'In de defense ben ik nooit gewond geraakt.'

'Dat is gelul. Bedoel je dat alleen spelers in de offensive gewond raken?'

'Ik heb het alleen over mezelf.'

Rick maakte zich kwaad en wilde tegen hem uitvallen, maar hij haalde diep adem, slikte, keek naar het gips en ging er niet op in. Na een paar minuten zei hij: 'Zullen we vanavond pizza gaan eten bij Polipo?'

'Nee.'

'Zal ik je een pizza brengen?'

'Nee.'

'Een sandwich, een steak, iets anders?'

'Nee.' Trey pakte de afstandsbediening, drukte op een knop, en een blij huisvrouwtje kocht een klinker.

Rick kwam uit de stoel en liep stilletjes het appartement uit.

Hij ging in de late middagzon op een terrasje zitten en dronk Peroni uit een beslagen glas. Hij rookte een Cubaanse sigaar en keek naar de vrouwen die voorbijliepen. Hij voelde zich erg alleen en vroeg zich af hoe hij in godsnaam die hele vrije week zou doorkomen.

Arnie belde opnieuw, ditmaal met enige opwinding in zijn stem. 'De Rat is terug,' maakte hij triomfantelijk bekend. 'Hij is gisteren als hoofdcoach door Saskatchewan aangenomen. Het eerste wat hij deed, was mij bellen. Hij wil jou, Rick, nu meteen.'

'Saskatchewan?'

'Ja. Tachtigduizend.'

'Ik dacht dat Rat jaren geleden was gestopt.'

'Dat is zo. Hij ging op een boerderij in Kentucky wonen, schepte een paar jaar paardenstront en kreeg er genoeg van. Saskatchewan heeft vorige week iedereen ontslagen, en ze hebben Rat overgehaald om weer te gaan werken.'

Rat Mullins was in dienst van meer profteams geweest dan Rick. Twintig jaar geleden had hij een idiote mitrailleuroffense bedacht met een pass in elke play en met golven van receivers die alle kanten op renden. Hij was een tijdje berucht geweest, maar in de loop van de jaren raakte hij uit de gratie omdat zijn teams niet konden winnen. Hij was de coördinator van de offense in Toronto geweest toen Rick daar speelde, en ze hadden goed met elkaar overweg gekund. Als Rat de hoofdcoach was geweest, zou Rick elke wedstrijd vanaf het begin hebben meegemaakt en zou hij vijftig keer hebben geworpen.

'Saskatchewan,' mompelde Rick. Hij zag de stad Regina voor zich, en de enorme tarwevelden daaromheen. 'Hoe ver is dat bij Cleveland vandaan?'

'Een miljoen kilometer. Ik koop een atlas voor je. Hé, ze trekken een publiek van vijftigduizend, Rick. Het is geweldig goed football, en ze bieden je tachtigduizend. Nu meteen.'

'Ik weet het niet,' zei Rick.

'Doe niet zo stom, jongen. Tegen de tijd dat je hier bent, heb ik er honderd van gemaakt.'

'Ik kan niet zomaar weglopen, Arnie. Kom nou.'

'Natuurlijk kun je dat wel.'

'Nee.'

'Ja. Natuurlijk. Dit is je comeback. Het begint op dit moment.'

'Ik heb hier een contract, Arnie.'

'Luister nou, jongen. Denk aan je carrière. Je bent achtentwintig en deze kans komt niet terug. Rat wil je in de pocket. Hij wil dat je met die geweldige arm van je keiharde ballen over heel Canada afvuurt. Het is schitterend.'

Rick nam een slokje bier en veegde zijn mond af.

Arnie was goed op dreef. 'Pak je bagage, rij naar het station, parkeer de auto, laat de sleutels op de stoel liggen en zeg *adios*. Wat kunnen ze doen, tegen je procederen?'

'Het is niet goed.'

'Denk aan jezelf, Rick.'

'Dat doe ik.'

'Ik bel je over twee uur.'

Rick zat naar de televisie te kijken toen Arnie opnieuw belde. 'Ze zitten nu op negentigduizend, jongen, en ze willen het nu weten.'

'Is het in Saskatchewan opgehouden met sneeuwen?'

'Ja, het is daar prachtig. De eerste wedstrijd is over zes weken. De machtige Rough Riders. Die speelden vorig jaar om de Grey Cup, weet je nog wel? Een geweldige organisatie en ze zijn er helemaal klaar voor, jongen. Rat staat op zijn kop om je daar te krijgen.'

'Ik wil er een nachtje over slapen.'

'Jij denkt te veel na, jongen. Dit is niet ingewikkeld.'

'Ik wil er een nachtje over slapen.'

20

Maar hij kon niet slapen. Hij schuifelde door het donker, keek televisie, probeerde te lezen, probeerde het verdovende schuldgevoel van zich af te zetten dat elke gedachte om weg te gaan dreigde te smoren. Het zou zo gemakkelijk zijn om te vertrekken, en hij kon het op een zodanige manier doen dat hij Sam, Franco, Nino en de rest nooit meer onder ogen hoefde te komen. Hij kon bij het krieken van de dag ontsnappen en hoefde dan nooit meer achterom te kijken. Tenminste, dat zei hij tegen zichzelf.

Om acht uur 's morgens reed hij naar het station, parkeerde de Fiat en liep naar binnen. Hij wachtte een uur op zijn trein.

Drie uur later kwam hij in Florence aan. Een taxi bracht hem naar Hotel Savoy, met uitzicht op de Piazza della Repubblica. Hij schreef zich in, liet zijn tas in de kamer achter en ging aan een tafel op een van de vele terrassen op de drukke piazza zitten. Hij toetste Gabriella's mobiele nummer in, kreeg een opname in het Italiaans en sprak geen boodschap in.

Onder de lunch belde hij haar opnieuw. Zo te horen was ze redelijk blij zijn stem te horen, misschien ook een beetje verrast. Ze stamelde een beetje, maar onder het praten werd ze steeds hartelijker. Ze was op haar werk, al vertelde ze niet wat ze deed. Hij stelde haar voor iets te gaan drinken bij Gilli's, een populair café tegenover zijn hotel, volgens zijn gids heel geschikt voor laat op de middag. Ja, zei ze uiteindelijk, om vijf uur.

Hij wandelde door de straten rondom de piazza, met de stroom mensen mee, en bekeek de eeuwenoude gebouwen. In de Duomo werd hij bijna geplet door een massa Japanse toeristen. Hij hoorde Engels, veel Engels, vooral afkomstig van troepen Amerikaanse studenten, bijna allemaal van het vrouwelijk geslacht. Hij keek in de winkels op de Ponte Vecchio, de eeuwenoude brug over de Arno. Nog meer Engels. Nog meer studentes.

Toen Arnie belde, zat hij met een espresso voor zich in zijn gids te kijken op een terras aan de Piazza della Signoria, bij de Uffizi, waar drommen toeristen in de rij stonden om de grootste schilderijenverzameling ter wereld te bekijken. Hij had besloten niet aan Arnie te vertellen waar hij was.

'Goed geslapen?' begon Arnie.

'Als een baby. Ik doe het niet, Arnie. Ik loop niet midden in het seizoen weg. Misschien volgend jaar.'

'Er komt geen volgend jaar, jongen. Het is nu of nooit.'

'Er is altijd een volgend jaar.'

'Voor jou niet. Rat zal een andere quarterback aannemen, dat begrijp je toch wel?'

'Ik begrijp dat beter dan jij, Arnie. Ik heb het allemaal meegemaakt.'

'Doe niet zo stom, Rick. Geloof me.'

'Hoe zit het dan met loyaliteit?'

'Loyaliteit? Wanneer is een team voor het laatst loyaal ten opzichte van jou geweest, jongen? Je bent er al zo vaak uitgegooid...'

'Voorzichtig, Arnie.'

Een korte stilte, en toen: 'Rick, als je dit niet aanneemt, kun je een andere agent gaan zoeken.'

'Dat verwachtte ik al.'

'Kom nou, jongen. Luister naar me.'

Rick deed een dutje in zijn kamer toen zijn agent opnieuw belde. Het antwoord 'Nee' was voor Arnie alleen maar een tijdelijke tegenslag. 'Hé, ik heb ze op honderdduizend gekregen. Ik werk me hier uit de naad, Rick, en ik krijg niets van jouw kant. Niets.'

'Bedankt.'

'Geen dank. De deal is als volgt. Het team koopt een ticket voor je, en je neemt het vliegtuig en praat met Rat. Vandaag, morgen, gauw. Heel gauw. Wil je dat dan tenminste voor me doen?'

'Ik weet het niet...'

'Je hebt een week vrij. Toe nou, Rick, doe het voor mij. Dat heb ik toch echt wel verdiend.'

'Ik zal erover nadenken.'

Hij zette langzaam de telefoon uit terwijl Arnie nog praatte.

Een paar minuten voor vijf ging hij aan een tafel op het terras van Gilli's zitten. Hij bestelde Campari met ijs en deed zijn best om niet naar iedere vrouw te kijken die over de piazza liep. Ja, gaf hij zichzelf toe, hij was nerveus, maar ook opgewonden. Hij had Gabriella in twee weken niet gezien en ook niet door de telefoon met haar gesproken. Geen e-mails. Geen enkel contact. Deze kleine ontmoeting zou beslissend zijn voor de toekomst van hun relatie, als er al een toekomst was. Het kon een innige hereniging worden, het ene drankje na het andere, of het kon stijf en moeizaam verlopen, de definitieve dosis realiteit.

Aan een andere tafel streek een stel studentes neer. Ze praatten allemaal tegelijk, de helft in mobiele telefoons, de andere helft op volle kracht. Amerikaans. Accenten uit het zuiden.

Het waren er acht, zes blondines. Vooral spijkerbroeken, maar ook een paar heel korte rokjes. Gebruinde benen. Geen enkel studieboek of schrift te zien. Ze schoven twee tafels tegen elkaar aan, trokken stoelen bij, zetten tassen neer, hingen jasjes op en terwijl ze al die dingen deden om zich op het terras te installeren, praatten ze gewoon door.

Rick dacht erover om ergens anders te gaan zitten, maar veranderde toen van gedachten. De meeste meisjes zagen er leuk uit en het deed hem goed om Engels te horen, al kwam het in stromen op hem af. In Gilli's trok een van de obers het korte strootje. Hij kwam naar voren om hun bestelling op te nemen, vooral wijn. Niemand van hen bestelde iets in het Italiaans.

Een van hen zag Rick, en toen keken er nog drie. Twee staken een sigaret op. Op dat moment was er geen mobiele telefoon in gebruik. Het was nu tien over vijf.

Tien minuten later belde hij Gabriella's mobiele nummer en kreeg weer dat bandje te horen. De meisjes uit het zuiden praatten onder andere over Rick en vroegen zich af of hij Italiaans of Amerikaans was. Kon hij hen zelfs wel verstaan? Het kon ze niet schelen.

Hij bestelde nog een Campari, en daaruit bleek volgens een van de brunettes heel duidelijk dat hij geen Amerikaan was. Opeens praatten ze niet meer over hem, want iemand begon over de schoenenuitverkoop bij Ferragamo.

Het was al na halfzes en Rick maakte zich zorgen. Als ze was verhinderd, zou ze hem vast bellen, maar misschien niet als ze opzettelijk weg bleef.

Een van de brunettes in minirok kwam naar zijn tafel en ging vlug op de stoel tegenover hem zitten. 'Hallo,' zei ze met een glimlach vol kuiltjes. 'We hebben een weddenschap.' Ze keek even naar haar vriendinnen, en Rick deed dat ook. Ze keken nieuwsgierig terug. Voordat hij iets kon zeggen, ging ze verder: 'Wacht je op een man of een vrouw? Aan onze tafel is het fifty-fifty. De verliezers betalen voor de drankjes.'

'En jij heet?'

'Livvy. Jij?'

'Rick.' Gedurende een milliseconde durfde hij bijna zijn naam niet te gebruiken. Dit waren Amerikanen. Zouden ze zich de naam van de Grootste Geit uit de geschiedenis van de NFL herinneren?

'Waarom denken jullie dat ik op iemand wacht?' vroeg Rick.

'Dat is nogal duidelijk. Je kijkt op je horloge, belt een nummer, zegt niets, kijkt naar het plein, kijkt weer op je horloge. Het is duidelijk dat je op iemand wacht. Het is maar een domme weddenschap. Kies er een: man of vrouw.'

'Texas?'

'Warm. Georgia.'

Ze zag er echt goed uit: zachte blauwe ogen, hoge jukbeenderen, zijdezacht donker haar dat bijna op haar schouders viel. Hij wilde praten. 'Toeriste?'

'Uitwisselingsstudente. En jij?'

Een interessante vraag met een gecompliceerd antwoord. 'Voor zaken,' zei hij.

De meesten van haar vriendinnen, snel verveeld, praatten weer, ditmaal over een nieuwe disco waar Franse jongens kwamen.

'Wat denk je, man of vrouw?' vroeg hij.

'Misschien je vrouw?' Ze had haar ellebogen op de tafel gezet en boog zich dichter naar hem toe. Ze genoot van het gesprek.

'Nooit gehad.'

'Dat dacht ik al. Ik zou zeggen dat je op een vrouw wacht. Het

203

is na kantoortijd. Je lijkt me geen zakentype. Je bent beslist geen homo.'

'Dat is duidelijk te zien, hè?'

'O, zeer duidelijk.'

Als hij toegaf dat hij op een vrouw wachtte, zou hij overkomen als een sukkel die vergeefs wachtte. Als hij zei dat hij op een man wachtte, zou hij stom overkomen als Gabriella toch nog kwam. 'Ik wacht niet op iemand,' zei hij.

Ze glimlachte omdat ze de waarheid kende. 'Dat betwijfel ik.'

'Nu, waar gaan Amerikaanse studentes in Florence naartoe als ze uitgaan?'

'Ach, dat verschilt.'

'Misschien verveel ik me straks nog.'

'Wil je met ons mee?'

'Zeker.'

'Er is een club die...' Ze zweeg en keek naar haar vriendinnen, die nu over een dringende aangelegenheid praatten: het volgende rondje. Intuïtief vertelde Livvy het niet. 'Geef me je mobiele nummer, dan bel ik je straks wel, als we plannen hebben gemaakt.'

Ze wisselden nummers uit. Ze zei 'Ciao' en ging naar haar tafel terug, waar ze aan de anderen mededeelde dat er geen winnaars en geen verliezers waren. Rick daar wachtte op niemand.

Nadat hij drie kwartier had gewacht, betaalde hij voor zijn drankjes, knipoogde naar Livvy en ging op in de menigte. Nog één telefoontje naar Gabriella, nog één poging, en toen hij het bandje weer te horen kreeg, vloekte hij en klapte hij de telefoon dicht.

Een uur later keek hij in zijn kamer naar de tv toen zijn telefoon ging. Het was niet Arnie. Het was niet Gabriella.

'Het meisje kwam niet opdagen, hè?' begon Livvy opgewekt.

'Nee, ze kwam niet.'

'Dus je bent alleen.'

'Helemaal alleen.'

'Wat zonde. Ik dacht aan een etentje. Heb je een date nodig?'

'Ja, zeker.'

Ze spraken af bij Paoli, een klein eindje lopen bij het hotel vandaan. Het was een eeuwenoud pand, met een lange eetruimte onder een gewelfd plafond met middeleeuwse fresco's. Het zat stampvol en Livvy bekende opgewekt dat ze het een en ander had moeten regelen om een tafel te krijgen. Het was een klein tafeltje en ze zaten heel dicht bij elkaar.

Ze dronken witte wijn en werkten de inleidende onderwerpen af. Ze was derdejaars aan de universiteit van Georgia en deed haar laatste semester in het buitenland. Haar hoofdvak was kunstgeschiedenis. Ze studeerde niet zo hard en had nog geen zin om naar huis te gaan.

Er was een jongen in Georgia, maar hij was tijdelijk. Niet onmisbaar.

Rick zwoer dat hij geen vrouw, geen verloofde, geen vaste relatie had. Het meisje dat niet was komen opdagen, was operazangeres, en daarmee nam het gesprek natuurlijk een heel andere wending. Ze bestelden salades, pappardelle met konijn en een fles chianti.

Na een flinke slok wijn klemde hij zijn kaken op elkaar en bracht hij zijn footballcarrière ter sprake. De goede tijden (college), de slechte tijden (de nomadische proftijd) en de lelijke tijden (zijn korte optreden bij de Cleveland Browns in januari).

'Ik mis football niet,' zei ze, en Rick zou haar wel willen omhelzen. Ze vertelde dat ze sinds september in Florence was. Ze wist niet wie de SEC of het landskampioenschap had gewonnen en eigenlijk kon het haar ook niet schelen. Ze interesseerde zich ook niet voor proffootball. Op school was ze cheerleader geweest en toen had ze genoeg football meegemaakt voor de rest van haar leven.

Eindelijk, een cheerleader in Italië.

Hij gaf een korte beschrijving van Parma, de Panthers, de Italiaanse competitie, en bracht het gesprek toen weer op haar. 'Blijkbaar zijn er veel Amerikanen hier in Florence,' zei hij.

Ze rolde met haar ogen alsof Amerikanen haar de strot uitkwamen. 'Ik zat te popelen om in het buitenland te gaan studeren, droomde er jaren van, en nu woon ik hier met drie van mijn medestudentes uit Georgia, die geen van allen ook maar enigszins geïnteresseerd zijn in de taal of de cultuur van het land. Ze praten alleen maar over shoppen en disco's. Er zijn hier duizenden Amerikanen en ze leven op een kluitje.' Ze zou net zo goed in Atlanta kunnen zijn. Ze ging vaak alleen op reis om het land te zien en even van haar vriendinnen verlost te zijn.

De salades werden geserveerd en de chianti ging open.

Haar vader was een vooraanstaande chirurg die een verhouding had, wat weer een langdurige scheidingsprocedure tot gevolg had. Thuis was het niet zo gezellig en ze vond het helemaal niet leuk dat ze over drie weken, als het semester was afgelopen, uit Florence weg moest. 'Sorry,' zei ze toen ze een tijdje over haar familie had gepraat.

'Hindert niet.'

'Ik zou graag de hele zomer in Italië willen reizen, eindelijk verlost van mijn vriendinnen, en weg van de studenten die elke avond dronken worden, en heel ver weg van mijn familie.'

'Waarom niet?'

'Papa betaalt de rekeningen en papa zegt dat ik naar huis moet komen.'

Hij had geen plannen voor na het seizoen, dat zich tot in juli zou kunnen uitstrekken. Om de een of andere reden had hij het over Canada, misschien om indruk op haar te maken. Als hij daar speelde, zou het seizoen tot november duren. Dat maakte geen indruk.

De ober kwam met schalen pappardelle met konijn, een machtige vleessaus die goddelijk rook en smaakte. Ze praatten over eten en wijn in Italië, over Italianen in het algemeen, over de plaatsen waar ze al was geweest en de plaatsen op haar verlanglijst.

Ze aten langzaam, zoals iedereen bij Paoli, en toen ze klaar waren met de kaas en de port, was het elf uur geweest.

'Ik heb eigenlijk geen zin om naar een club te gaan,' gaf ze toe. 'Ik wil je er best een paar laten zien, maar ik ben nu niet in de stemming. We gaan zo vaak uit.'

'Wat zou je dan willen?'

'*Gelato.*'

Ze liepen over de Ponte Vecchio en zagen een ijssalon die vijftig smaken te bieden had. Daarna bracht hij haar naar haar appartement en gaf haar een afscheidskus.

21

'Het is hier vijf uur in de morgen,' begon Rat vriendelijk. 'Waarom ben ik klaarwakker en bel ik jou om vijf uur in de morgen? Waarom? Geef me daar eens antwoord op, dombo.'

'Hallo, Rat,' zei Rick. In gedachte wurgde hij Arnie omdat die zijn telefoonnummer had doorgegeven.

'Jij bent niet goed bij je hoofd, weet je dat? Een eersteklas idioot, maar ja, dat wisten we vijf jaar geleden al, hè? Hoe gaat het met je, Ricky?'

'Goed, Rat. En met jou?'

'Super, fenomenaal: het seizoen is nog niet begonnen en ik ga er al keihard tegenaan.' Rat Mullins praatte altijd op hoge snelheid en wachtte zelden op een antwoord voordat hij zijn volgende verbale aanval inzette. Rick moest glimlachen. Die stem, die hij in geen jaren had gehoord, riep dierbare herinneringen bij hem op aan een van de weinige coaches die in hem hadden geloofd. 'We gaan winnen, jongen, we gaan vijftig punten per wedstrijd scoren, en het andere team veertig, maar dat kan me niet schelen, want ze halen ons nooit in. Gisteren zei ik nog tegen de baas dat we een nieuw scorebord nodig hebben, het oude kan de stand niet snel genoeg bijhouden voor mij, mijn offense en mijn geweldige quarterback, Dombo Dockery. Ben je daar nog?'

'Ik luister, Rat. Zoals altijd.'

'Nou, de deal is als volgt. De baas heeft al een retourticket voor je gekocht, eerste klas ook nog, dat deed hij niet voor mij, ik moest achterin zitten. Je vertrekt morgenvroeg om acht uur uit Rome, non-stop naar Toronto, en dan naar Regina, weer eerste klas, Air Canada, een geweldige maatschappij trouwens. Als je daar morgen om precies één uur twintig landt, staat er een auto voor je klaar, en morgenavond zitten we te eten en bedenken we gloednieuwe, nooit eerder vertoonde passroutes.'

'Niet zo snel, Rat.'

'Ik weet het, ik weet het. Jij bent soms erg traag. Dat weet ik nog heel goed, maar...'

'Hoor eens, Rat, ik kan nu niet van mijn team weglopen.'

'Team? Zei je team? Ik heb over je team gelezen. Die kerel in Cleveland, hoe heet hij, Cray, die volgt je op de voet. Duizend toeschouwers bij een thuiswedstrijd. Wat is het, touch football?'

'Ik heb een contract getekend, Rat.'

'En ik heb ook een contract voor je. Een veel groter contract, met een echt team in een echte competitie met echte stadions waarin echte supporters zitten. Televisie. Sponsors. Schoenencontracten. Fanfares en cheerleaders.'

'Ik voel me hier gelukkig, Rat.'

Er volgde een stilte waarin Rat zijn adem inhield. Rick kon zich hem in de kleedkamer voorstellen, in de rust, driftig heen en weer lopend en druk pratend, zijn handen wild zwaaiend, om plotseling even lucht te happen en daarna de volgende tirade in te zetten.

Een octaaf lager en in een poging gekwetst over te komen, zei hij: 'Hoor eens, Ricky, doe me dit niet aan. Ik neem een groot risico. Na wat er in Cleveland is gebeurd, nou...'

'Hou op, Rat.'

'Oké, oké. Sorry. Maar wil je dan met me komen praten? Wil je persoonlijk met me komen praten? Wil je dat niet voor je oude coach doen? Geen verplichtingen. De ticket is al gekocht, geen geld terug, alsjeblieft, Ricky.'

Rick deed zijn ogen dicht, wreef over zijn voorhoofd en zei met tegenzin: 'Oké, coach. Alleen een bezoek. Geen verplichtingen.'

'Je bent niet zo dom als ik dacht. Ik hou van je, Ricky. Je zult er geen spijt van krijgen.'

'Wie heeft het vliegveld van Rome uitgezocht?'

'Je bent toch in Italië?'

'Ja, maar...'

'Voor zover ik weet, ligt Rome in Italië. Nou, ga naar dat vliegveld toe en kom me opzoeken.'

Voordat het vliegtuig opsteeg, sloeg hij snel twee bloody mary's achterover, en daarna sliep hij het grootste deel van de acht uur die de vlucht naar Toronto duurde. Hij voelde zich gespannen bij het idee dat hij in Noord-Amerika zou landen, hoe belachelijk zulke gedachten ook waren. In Toronto, waar hij op zijn vlucht naar Regina moest wachten, belde hij Arnie om hem te vertellen waar hij was. Arnie was heel trots. Hij e-mailde zijn moeder, maar zei niet waar hij was. Hij e-mailde Livvy om haar vlug gedag te zeggen. Hij keek op de website van de *Cleveland Post* om zich ervan te vergewissen dat Charley Cray op andere mikpunten was overgegaan. Er was een mailtje van Gabriella: 'Rick, het spijt me zo, maar het zou niet verstandig van me zijn om je te ontmoeten. Alsjeblieft, vergeef me.'

Hij sloeg zijn ogen neer en stuurde geen antwoord. Hij belde naar Treys mobiele nummer, maar er werd niet opgenomen.

De twee jaar dat hij in Toronto had gezeten, waren niet onaangenaam geweest. Het leek zo lang geleden, en hij had het gevoel dat hij toen zoveel jonger was geweest. Net van college gekomen en met grote dromen over een lange carrière. Hij had toen gedacht dat hij onoverwinnelijk was. Hij was werk in uitvoering, een nieuweling met alle mogelijkheden, en hij hoefde alleen nog maar wat te worden bijgeschaafd om in de NFL te komen.

Rick wist niet of hij er nog steeds van droomde om in de NFL te spelen.

In een aankondiging werd Regina genoemd. Hij liep naar een monitor en zag dat zijn vlucht was vertraagd. Hij informeerde bij de gate en kreeg te horen dat de vertraging met het weer te maken had. 'Het sneeuwt in Regina,' zei de baliemedewerkster.

Hij ontdekte een koffiebar met draadloze internettoegang en bestelde een cola light. Hij keek hoe het in Regina was, en inderdaad, er was daar sneeuw, een heleboel sneeuw. 'Een zeldzame sneeuwstorm in eind april', aldus een beschrijving.

Om de tijd te doden keek hij op de website van een krant uit Regina, *The Leader-Post*. Er was footballnieuws. Rat was druk bezig. Hij had een defensive coordinator aangenomen, blijkbaar iemand met heel weinig ervaring. Hij had een tailback ontslagen, zodat gespeculeerd werd dat een running game niet nodig zou zijn. Het aantal verkochte seizoenkaarten was op een record van vijfendertigduizend gekomen. Een columnist, het type dat vier keer per week aan zijn bureau gaat zitten om zeshonderd woorden uit zijn toetsenbord te rammelen, al dertig jaar lang, hoe morsdood de sport in Saskatchewan of ergens anders ook was, presenteerde een roddelachtige potpourri van dingen 'die ik op straat heb gehoord'. Een hockeyspeler wilde zich niet voor het eind van het seizoen laten opereren. Een ander woonde niet meer bij zijn vrouw, die een verdacht gebroken neus had.

Laatste alinea: Rat Mullins bevestigde dat de Rough Riders in gesprek waren met Marcus Moon, een quarterback met een snelle arm. Moon had de afgelopen twee seizoenen bij de Pac-

212

kers onder contract gestaan en '... stond te popelen om meteen te gaan spelen'. En Rat Mullins weigerde te bevestigen of te ontkennen dat het team in gesprek was met Rick Dockery, die '... voor het laatst werd gezien toen hij fantastische onderschepte ballen voor de Cleveland Browns gooide'.

Rat had met een bars 'Geen commentaar' op het gerucht over Dockery gereageerd.

En toen gaf de sportjournalist met een knipoog nog een stukje informatie dat te mooi was om eraan voorbij te gaan. Door het tussen haakjes te zetten schiep hij enige distantie tot zijn eigen roddels: (Ga voor meer over Dockery naar charliecray@clevelandpost.org).

Geen commentaar? Is Rat te bang of te beschaamd om commentaar te geven? Rick stelde die vraag hardop en het leverde hem een paar blikken op. Hij deed langzaam zijn laptop dicht en maakte een lange wandeling door de vertrekhal.

Toen hij twee uur later aan boord van de Air Canada 737 ging, was hij niet op weg naar Regina, maar naar Cleveland. Daar nam hij een taxi naar de stad. De *Cleveland Post* was gevestigd in een nietszeggend modern gebouw aan Slate Avenue. Vreemd genoeg stond het vier straten ten noorden van de wijk Parma.

Rick betaalde de taxichauffeur en vroeg hem om een straat verderop te wachten. Op het trottoir hield hij maar even de pas in om erbij stil te staan dat hij weer in Cleveland, Ohio, was. Hij had vrede kunnen sluiten met de stad, maar de stad wilde per se hem het leven zuur maken.

Als hij twijfelde of hij wel moest doen wat hij ging doen, kon hij zich dat later niet herinneren.

In de hal van het gebouw stond een bronzen beeld van een onherkenbare persoon met een pretentieus citaat over waarheid en

213

vrijheid. Daarachter bevond zich een bewakingspost. Alle gasten moesten zich registreren. Rick droeg een honkbalpet van de Cleveland Indians, die hij voor tweeëndertig dollar op het vliegveld had gekocht, en toen de bewaker 'Meneer?' zei, antwoordde Rick vlug: 'Charley Cray.'

'En uw naam?'

'Roy Grady. Ik speel voor de Indians.'

De bewaker was aangenaam verrast en schoof zijn klembord naar Rick toe voor een handtekening. Roy Grady was volgens de website van de Indians de nieuwste werper van de Indians, een jonge speler die net van AAA was gekomen en tot nu toe met gemengde resultaten in drie innings had geworpen. Cray zou de naam waarschijnlijk wel kennen, maar misschien niet het gezicht.

'Eerste verdieping,' zei de bewaker met een brede glimlach.

Hij nam de trap omdat hij van plan was ook over de trap te vertrekken. De redactiezaal op de eerste verdieping was zoals hij had verwacht, een enorme open ruimte met hokjes en werkstations en overal stapels papieren. Langs de randen bevonden zich kleine kamers, en Rick liep rond en keek naar de namen op de deur. Zijn hart bonkte en het kostte hem moeite om zich nonchalant voor te doen.

'Roy,' riep iemand van opzij en Rick ging die kant op. De man was een jaar of vijfenveertig, kalend met een paar lange slierten vettig grijs haar net boven de oren, ongeschoren, met een goedkope leesbril die tot halverwege de neus was afgezakt, en te dik. Hij had het soort lichaam dat op de middelbare school nooit mee kon komen, nooit een tenue aankreeg, nooit de cheerleader kreeg. Een verfomfaaide sportfanaat die op het veld niet presteerde en nu de kost verdiende door kritiek uit te oefenen op degenen die wel presteerden. Hij stond in de deuropening van

214

zijn kleine, rommelige kamer en keek met gefronste wenkbrauwen naar Roy Grady. Blijkbaar vertrouwde hij het niet helemaal.

'Meneer Cray?' zei Rick, op anderhalve meter afstand en snel dichterbij komend.

'Ja.' Hij zei het een beetje spottend, maar keek toen geschrokken.

Rick duwde hem vlug de kamer in en gooide de deur dicht. Met zijn linkerhand trok hij de pet van zijn hoofd en met zijn rechterhand greep hij Cray bij de keel. 'Ik ben het, klootzak, Rick Dockery, je favoriete geit.' Crays ogen gingen wijd open; zijn bril viel op de grond.

Het zou maar één stomp worden, had Rick na lang nadenken besloten. Een harde rechtse tegen het hoofd, een stomp die Cray kon zien aankomen. Geen gemene dingen, geen schop in het kruis, niets van dien aard. Oog in oog, van man tot man, huid op huid, zonder gebruik van enig wapen. En hopelijk ook zonder botbreuk en bloed.

Het was geen directe en geen hoekstoot, gewoon een harde rechtse die maanden geleden was begonnen en nu over de oceaan naar Cray toe was gebracht. Zonder tegenstand – want Cray was te zacht en te bang en had te veel tijd aan zijn toetsenbord verscholen gezeten – kwam de stomp precies op de linkerkaak terecht, met een mooi knarsend geluid waaraan Rick in de komende week nog vaak met genoegen zou terugdenken. De man ging om als een zak oude aardappelen, en heel even kwam Rick in de verleiding hem in zijn ribben te schoppen.

Hij had gedacht aan wat hij zou kunnen zeggen, maar had niets goeds kunnen bedenken. Dreigementen zouden niet serieus genomen worden – Rick was gek genoeg om naar Cleveland te gaan, maar zou dat heus geen tweede keer doen. Als hij op Cray ging schelden, zou de man daar juist blij mee zijn en zou alles wat Rick zei in de krant komen. En dus liet hij hem daar liggen, verkreukeld op de vloer, zijn mond wijd open van angst, half bewusteloos van de stomp. Rick had beslist geen medelijden met die hufter, zelfs geen moment.

Hij ging de kamer uit, knikte een paar journalisten toe die een opvallende gelijkenis met Cray vertoonden en liep naar de trap. Hij rende de treden af naar het souterrain en vond na een paar minuten zoeken een deur naar een laadplatform. Vijf minuten na de stomp zat hij weer in de taxi.

Hij vloog weer met Air Canada naar Toronto terug, en toen Rick op Canadese bodem landde, ontspande hij. Zo'n drie uur later was hij op weg naar Rome.

22

Aan het eind van de zondagochtend woedde er een hevige regenbui boven Parma. De regen viel recht en hard omlaag en de wolken zagen eruit alsof ze daar nog een week zouden blijven. De donder maakte Rick uiteindelijk wakker, en het eerste wat zijn gezwollen ogen zagen, waren rode teennagels. Niet de rode teennagels van die laatste vrouw in Milaan, en ook niet de roze, oranje of bruine van talloze, naamloze anderen. O, nee. Dit waren de zorgvuldig gemanicuurde (niet door de eigenares) en geverfde (Chanel Midnight Red) teennagels van de elegante, sensuele en spiernaakte Livvy Galloway uit Savannah, Georgia, woonachtig in een dispuuthuis in Athens en sinds kort in een vol appartement in Florence. Op dit moment bevond ze zich in een enigszins minder vol appartement in Parma, op de tweede verdieping van een oud huis in een stille straat, ver van haar verstikkende huisgenotes en heel ver van haar ruziemakende familie.

Rick deed zijn ogen dicht en trok haar onder de lakens dicht tegen zich aan.

Ze was donderdagavond laat met een trein uit Florence aangekomen, en na een heerlijk diner waren ze naar zijn kamer gegaan voor een lange sessie in bed, hun eerste. En hoewel Rick er beslist klaar voor was geweest, was Livvy even gretig als hij. Eigenlijk was hij van plan geweest zo ongeveer die hele vrijdag in bed te blijven liggen, maar zij had heel andere ideeën. In de trein had ze een boek over Parma gelezen. Ze wilde de geschiedenis van de stad bestuderen.

Met haar camera en haar aantekeningen maakten ze een wandeling door het centrum van de stad en keken ze aandachtig naar het interieur van gebouwen waarop Rick eigenlijk nooit goed had gelet. Het eerste was de Duomo – Rick was een keer uit nieuwsgierigheid naar binnen geweest – waar Livvy in een zenachtige meditatieve staat om zich heen keek en hem van hoek naar hoek sleepte. Hij wist niet wat ze dacht, maar af en toe hielp ze hem op weg met zinnen als: 'Het is een van de fraaiste voorbeelden van romaanse bouwkunst in de Povlakte.'

'Wanneer is het gebouwd?' vroeg hij altijd.

'De Duomo is in 1106 door paus Paschalis ingewijd en in 1117 door een aardbeving verwoest. Ze begonnen opnieuw in 1130 en zoals je dan vaak ziet, werkten ze er zo'n driehonderd jaar aan. Schitterend, hè?'

'Ja.' Hij deed zijn best om geïnteresseerd te doen, maar Rick had al ontdekt dat hij voor het bekijken van een kathedraal niet veel tijd nodig had. Livvy daarentegen was in een andere wereld. Hij sjokte mee, bleef dicht bij haar, dacht nog steeds aan hun eerste nacht met elkaar, keek af en toe naar haar fraaie achterste en maakte al plannen voor een sessie die middag.

Op het middenpad keek ze recht omhoog en zei ze: 'De dom is in de jaren twintig van de zestiende eeuw door Correggio van een fresco voorzien, de Hemelvaart van Maria. Adembenemend.' Ver boven hen, in het gewelfde plafond, had die ouwe Correggio op de een of andere manier kans gezien een extravagant tafereel te schilderen van Maria omringd door engelen. Livvy keek ernaar alsof haar emoties haar elk moment te veel konden worden. Rick keek er met pijn in zijn nek naar.

Ze schuifelden door het schip van de kerk, de crypte, de vele nissen, en ze keken ernstig naar de tombes van oude heiligen. Na een uur hunkerde Rick naar zonlicht.

Naast de Duomo stond het baptisterium, een mooi achthoekig gebouw. Ze stonden een hele tijd roerloos voor het noordelijke portaal, het Portaal van de Maagd. Gedetailleerd beeldhouwwerk boven de deur liet gebeurtenissen uit het leven van Maria zien. Livvy keek in haar aantekeningen, maar wist blijkbaar alles uit haar hoofd.

'Ben je hier geweest?' vroeg ze.

Als hij de waarheid sprak en 'Nee' zei, zou ze hem een boerenkinkel vinden. Als hij loog en 'Ja' zei, zou het er niet toe doen, want Livvy stond al op het punt een ander gebouw te bekijken. In werkelijkheid was hij er wel honderd keer langs gekomen en wist hij dat het een baptisterium was. Hij wist niet precies waarvoor een baptisterium tegenwoordig werd gebruikt, maar deed alsof hij dat wel wist.

Ze praatte zacht, vooral in zichzelf. Eigenlijk had ze net zo goed alleen kunnen zijn. 'Vier verdiepingen in rood Veronees marmer. Begonnen in 1196, overgang van romaans naar gotisch.' Ze maakte foto's van de buitenkant en leidde hem toen naar binnen, waar ze opnieuw naar een koepel keken. 'Byzantijns, dertiende eeuw,' zei ze. 'Koning David, de vlucht uit Egypte, de tien geboden.' Hij knikte maar wat. Zijn nek deed weer pijn.

'Ben je katholiek, Rick?' vroeg ze.

'Lutheraans. En jij?'

'Eigenlijk niets. Mijn familie was van oudsher protestants. Maar dit vind ik prachtig, de geschiedenis van het christendom en de oorsprong van de vroege kerk. Ik hou van deze kunst.'

'Er zijn hier veel oude kerken,' zei hij. 'Allemaal katholiek.'

'Dat weet ik.' En dat wist ze inderdaad. Voor de lunch bekeken ze de renaissancekerk van Francesco del Prato. Volgens Livvy was het 'een van de opmerkelijkste voorbeelden van franciscaanse gotische architectuur in Emilia'. Het enige wat Rick interessant vond, was het feit dat de prachtige kerk ooit als gevangenis was gebruikt.

Om één uur wilde hij lunchen. Ze gingen naar Sorelle Picchi aan de Strada Farini, en terwijl hij het menu bestudeerde, maakte Livvy nog meer aantekeningen. Bij de anolini, volgens Rick de beste in de stad, en een fles wijn praatten ze over Italië en de plaatsen waar ze was geweest. In de acht maanden sinds ze in Florence was aangekomen, had ze elf van de twintig regio's van het land bezocht. Vaak had ze in de weekends in haar eentje gereisd, omdat haar huisgenoten te lui of ongeïnteresseerd waren of een kater hadden. Ze had alle regio's willen bezoeken, maar daar had ze geen tijd voor gehad. Over twee weken waren de tentamens, en dan kwam er een eind aan haar lange vakantie.

Ze gingen geen dutje doen, maar bestudeerden de kerken van San Pietro Apostolo en San Rocco, en daarna wandelden ze door het Parco Ducale. Livvy maakte foto's en aantekeningen en nam de geschiedenis en kunst in zich op, terwijl Rick als een soort slaapwandelaar met haar mee sjokte. Hij liet zich in het warme gras van het park vallen, met zijn hoofd op haar schoot terwijl zij een plattegrond van de stad bestudeerde. Toen hij wakker werd, kon hij haar eindelijk overhalen naar zijn appartement te gaan en een dutje te doen.

Toen ze op vrijdagavond na de training naar Polipo gingen, was Livvy de hoofdattractie. Hun quarterback had een mooi Amerikaans meisje leren kennen, nog een vroegere cheerleader ook, en de Italiaanse jongens deden allemaal hun best om indruk op haar te maken. Ze zongen schunnige liedjes en dronken sloten bier.

Het verhaal van Ricks snelle reis naar Cleveland om Charley Cray tegen de vlakte te slaan, had legendarische proporties aangenomen. Het verhaal, de wereld in gebracht door Sam en in feite ondersteund door Rick met zijn weigering om erover te praten, was vrij dicht bij de feiten gebleven. Opvallend afwezig was het feit dat Rick uit Parma was vertrokken om de mogelijkheden van een nieuw contract te onderzoeken, een contract dat hem zou hebben genoodzaakt de Panthers midden in het seizoen te verlaten, maar dat wist niemand in Italië en ze zouden het ook nooit te weten komen.

De slechte Charley Cray was naar hun Italië gereisd om lelijke dingen over hun team en hun quarterback te schrijven. Hij had hen beledigd, en Rick had hem, blijkbaar tegen aanzienlijke kosten, opgespoord en hem een dreun verkocht en was daarna vlug naar Parma teruggegaan, waar hij veilig was. Reken maar dat hij daar veilig was. Iedereen die 'Riek' op hun terrein iets wilde doen, zou dat bezuren.

Het feit dat Rick nu voortvluchtig was, omgaf hem met het waas van lef en romantiek waar de Italianen zo gek op waren. In een land waar wetten met voeten werden getreden en waar degenen die dat deden vaak roem oogstten, was de achtervolging door de politie het voornaamste gespreksonderwerp wanneer twee of meer Panthers bij elkaar waren. Het verhaal gonsde het team door en kreeg er steeds details bij.

In werkelijkheid was Rick niet achtervolgd. Er was een arrestatiebevel tegen hem uitgevaardigd wegens mishandeling, maar volgens zijn nieuwe advocaat in Cleveland zat er niemand met handboeien achter hem aan. De autoriteiten wisten waar hij was, en als hij ooit nog eens naar Cleveland ging, zouden ze stappen tegen hem ondernemen.

Evengoed was Rick voortvluchtig, en de Panthers moesten

hem beschermen, zowel op het veld als daarbuiten.

De zaterdag was even leerzaam als de vrijdag. Livvy leidde hem door het Teatro Regio, een gebouw waarvan hij met buitengewoon veel trots kon zeggen dat hij er al was geweest, het Diocesaans Museum, de kerk van San Marcellino, de kapel van San Tommaso Apostolo. 's Middags aten ze een pizza op het terrein van het Palazzo della Pilotta.

Rick gaf zijn nederlaag toe. 'Ik zet geen voet meer in een kerk.' Hij lag languit in het gras, genietend van de zon.

'Ik wil graag naar de Galleria Nazionale,' zei ze, terwijl ze tegen hem aan ging liggen, haar gebruinde benen overal.

'Wat is daar?'

'Veel schilderijen, uit heel Italië.'

'Nee.'

'Ja, en dan het archeologisch museum.'

'En wat dan?'

'Dan ben ik moe. We gaan naar bed, doen een dutje, denken na over het diner.'

'Ik heb morgen een wedstrijd. Wil je me soms vermoorden?'

'Ja.'

Na twee dagen van vlijtig toerisme was Rick eraan toe om te footballen, weer of geen weer. Hij wilde dolgraag langs al die oude kerken naar het veld rijden om daar een tenue aan te trekken en dat modderig te maken. Misschien zou hij zelfs iemand tegen de grond lopen.

'Maar het regent,' zei Livvy onder de lakens.

'Dat is dan pech, cheerleader. De wedstrijd gaat gewoon door.'

Ze draaide zich om en sloeg haar been over zijn buik.

'Nee,' zei hij vol overtuiging. 'Niet voor een wedstrijd. Mijn knieën zijn toch al verzwakt.'

'Ik dacht dat je een dekhengst van een quarterback was.'

'Nu even alleen een quarterback.'

Ze trok haar been weg en zwaaide het uit het bed. 'Tegen wie spelen de Panthers vandaag?' vroeg ze. Ze stond op en draaide zich verleidelijk om.

'De Rome Gladiators.'

'Wat een naam. Kunnen ze spelen?'

'Ze zijn vrij goed. Kom, we gaan.'

Hij zette haar op de thuistribune, waar een uur voor de wedstrijd nog geen tien toeschouwers zaten. Ze had een poncho om en zat onder een paraplu en werd dus min of meer tegen de stromende regen beschermd. Hij had bijna medelijden met haar. Twintig minuten later stond hij in vol tenue op het veld. Hij deed strekoefeningen, maakte grappen met zijn teamgenoten en hield Livvy in de gaten. Hij was weer op college, of misschien zelfs de middelbare school, en speelde uit liefde voor de sport, voor de roem van de overwinning, maar ook voor een heel lief meisje op de tribune.

De wedstrijd was een modderbende; aan de regen kwam geen eind. In het eerste quarter liet Franco twee keer de bal vallen, en Fabrizio miste twee glibberige passes. De Gladiators kwamen ook vast te zitten in de modder. Een minuut voor de rust scramblede Rick uit de pocket en sprintte hij dertig yard voor de eerste punten in de wedstrijd. Fabrizio verprutste de snap en bij de rust was de stand 6-0. Sam, die twee weken niet de kans had gehad om tegen hen te razen en te tieren, trok in de kleedkamers van leer en iedereen voelde zich beter.

In het vierde quarter stond het water in grote plassen op het veld en werd de wedstrijd een moddergevecht op de scrimmagelijn. Bij een tweede poging, met nog twee yard te gaan, maakte Rick schijnbewegingen naar achtereenvolgens Franco en Giancarlo, de derde tailback, en gaf toen een lange zachte pass naar Fabrizio. De bal vloog een heel eind over het veld. Fabrizio greep eerst mis, maar kreeg hem toen te pakken en rende twintig yard zonder dat iemand hem iets deed. Met een voorsprong van twee touchdowns begon Sam te blitzen in elke play, en de Gladiators konden niet aan een eerste touchdown komen. Ze scoorden in de hele wedstrijd maar vijf punten.

Die zondagavond nam hij op het station afscheid van Livvy. Met zowel verdriet als opluchting keek hij de Eurostar na. Hij had niet beseft hoe eenzaam hij was. Hij was er vrij zeker van geweest dat hij vrouwelijk gezelschap erg miste, maar Livvy had hem het gevoel gegeven dat hij weer een jongen van twintig was. Tegelijk was ze ook niet bepaald gemakkelijk in het onderhoud. Ze eiste zijn aandacht op en was geneigd tot hyperactiviteit. Hij had rust nodig.

's Avonds laat kwam er een e-mail binnen van zijn moeder:

Lieve Ricky,
Je vader wil toch niet naar Italië gaan. Hij is kwaad op je vanwege die stunt in Cleveland. Het was allemaal al erg genoeg, maar nu bellen er steeds verslaggevers op die naar de mishandeling vragen. Ik heb de pest aan die mensen. Zo langzamerhand begrijp ik waarom je die arme man in Cleveland hebt neergeslagen. Evengoed had je ook even bij ons langs kunnen gaan toen je toch in Amerika was. We hebben je sinds Kerstmis niet meer gezien. Ik zou graag in mijn eentje komen, maar mijn diverticulose kan weer gaan opspelen. Ik

kan beter thuis blijven. Alsjeblieft, vertel me dat je over een maand of zo thuis bent. Gaan ze je echt arresteren? Veel liefs, mam.

Ze behandelde haar diverticulose als een actieve vulkaan: altijd wanneer van haar verwacht werd dat ze iets deed wat ze niet wilde, zat die kwaal in haar darm op een uitbarsting te wachten. Zij en Randall hadden vijf jaar geleden de fout gemaakt met een groep gepensioneerden naar Spanje te gaan, en ze klaagden nog steeds over de kosten, de vliegreizen, de onbeschoftheid van alle Europeanen, de schokkende onwetendheid van mensen die geen Engels konden spreken.

Rick wilde hen ook liever niet in Italië hebben.

E-mail aan zijn moeder:

Lieve mam,
Wat jammer dat jullie niet kunnen komen, maar het weer is hier afschuwelijk geweest. Ik word niet gearresteerd. Ik heb advocaten die eraan werken, het was alleen maar een misverstand. Zeg tegen pa dat hij zich niet druk moet maken, het komt allemaal wel goed. Het leven is hier prima, maar ik heb heimwee. Liefs, Rick.

Zondagavond laat een e-mail van Arnie:

Beste sukkel,
De advocaat heeft een regeling getroffen: je bekent schuld, betaalt een boete en krijgt een uitbrander. Maar als je schuld bekent, kan Cray dat in een civiele

procedure tegen je gebruiken. Hij beweert dat hij een gebroken kaak heeft en roept dat hij een proces gaat aanspannen. Heel Cleveland zit hem natuurlijk op te jutten. Zou je graag tegenover een jury in Cleveland willen staan? Ze zouden je de doodstraf geven voor die mishandeling. En ze zouden Cray een miljard dollar schadevergoeding toekennen in een civiel proces. Ik werk eraan, al weet ik niet waarom.

Rat heeft me gisteren voor het laatst de huid volgescholden, hoop ik. Tiffany is voortijdig bevallen en het kind schijnt van gemengd ras te zijn; dat zal jou wel vrijpleiten.

Ik verlies nu officieel geld als jouw agent. Het is maar dat je het weet.

E-mail aan Arnie:

Ik hou van je, man. Je bent geweldig, Arn. Ga door met de aasgieren op een afstand houden. De machtige Panthers waren vandaag op dreef. We hebben de Rome Gladiators ondergeschoffeld. Ondergetekende deed het geweldig goed.

Als Cray een gebroken kaak heeft, heeft hij er twee nodig. Zeg maar tegen hem dat als hij tegen me procedeert ik mijn eigen faillissement ga aanvragen. In Italië! Laat zijn advocaten daar maar eens over nadenken.

Het eten en de vrouwen hier blijven me verbazen. Nog veel dank dat je me zo handig naar Parma hebt geloodst. RD

226

E-mail aan Gabriella:

Dank je voor je mailtje van een paar dagen geleden.
Maak je geen zorgen over die episode in Florence.
Dat is me al zo vaak gebeurd. Je hoeft je geen zorgen
te maken over toekomstig contact.

23

De mooie stad Bolzano ligt in het bergachtige noordoosten van het land, in de regio Trento-Alto-Adige, een recente aanwinst van Italië, in 1919 door de geallieerden van Oostenrijk afgesneden als beloning voor Italië, dat tegen de Duitsers had gevochten. De streek heeft een gecompliceerde voorgeschiedenis. De grenzen zijn telkens veranderd door wie er op een bepaald moment maar het grootste leger had. Veel inwoners beschouwen zich als Duitsers en zien daar ook zeker naar uit. De meesten spreken in de eerste plaats Duits en in de tweede plaats Italiaans, vaak met tegenzin. Andere Italianen fluisteren: 'Die mensen zijn geen echte Italianen.' Pogingen om de bevolking Italiaans, Duits of homogeen te maken zijn allemaal jammerlijk mislukt, maar in de loop van de tijd is er een plezierige wapenstilstand tot ontwikkeling gekomen, en het leven is er goed. De cultuur is zuiver alpien. De mensen zijn conservatief, gastvrij, welvarend, en ze houden van hun land.

Het landschap is adembenemend: ruige bergtoppen, wijngaarden en olijfbossen op meeroevers, dalen met appelboomgaarden en duizenden vierkante kilometers beschermde bossen.

Rick had dat alles in zijn gids gelezen, maar Livvy kende nog veel meer details. Omdat ze nog niet in die regio was geweest, was ze al van plan geweest die reis te maken. De tentamens hadden dat verhinderd, en bovendien duurde de treinreis van Florence naar Bolzano minstens zes uur. En dus had ze haar opdrachten nu in een serie hoogdravende e-mails opgestuurd. Rick keek er even naar toen ze in de loop van de week bij hem binnenkwamen en liet ze op de keukentafel liggen. Hij maakte zich drukker om football dan om de ellende die Mussolini in de tijd tussen de twee wereldoorlogen over de regio heen had laten komen.

En hij had alle reden om zich zorgen te maken over football. De Bolzano Giants hadden nog maar één keer verloren: van Bergamo en met maar twee punten. Sam en hij hadden twee keer naar de film van de wedstrijd gekeken en waren het erover eens dat Bolzano had moeten winnen. Een slechte snap bij een gemakkelijke field goal had dat verhinderd.

Bergamo. Bergamo. Nog ongeslagen, nu al zesenzestig wedstrijden achtereen. Alles wat de Panthers deden, had iets met Bergamo te maken. Hun tactiek tegen Bolzano werd beïnvloed door hun volgende wedstrijd tegen Bergamo.

De busrit duurde vier uur, en halverwege veranderde het landschap. In het noorden verschenen de Alpen. Rick zat bij Sam voorin, en als ze niet sliepen, praatten ze over het buitenleven: voettochten door de Dolomieten, skiën en kamperen in het merengebied. Sam en Anna, die geen kinderen hadden, maakten elk najaar wekenlange tochten door het noorden van Italië en het zuiden van Oostenrijk.

De wedstrijd tegen de Giants.

Als Rick Dockery zich uit zijn jammerlijk korte NFL-tijd één wedstrijd herinnerde, dan was het die tegen de Giants, op een nevelige zondagavond in het Meadowlands-stadion, op de landelijke televisie en in het bijzijn van tachtigduizend luidruchtige supporters. Hij speelde toen voor Seattle, in zijn gebruikelijke rol van quarterback nummer drie. Nummer één was in de eerste helft uitgeschakeld en nummer twee gooide ballen die onderschept werden, als hij de bal al niet liet vallen. Het derde quarter was al een heel eind op gang toen de Seahawks twintig punten achterstonden. In hun wanhoop gooiden ze de handdoek in de ring en riepen ze om Dockery. Hij gooide zeven passes, allemaal naar zijn teamgenoten, en die leverden vijfennegentig yard op. Twee weken later had hij een nieuw contract.

Hij kon het oorverdovende gebulder in het Giants-stadion nog steeds horen.

Het stadion in Bolzano was veel kleiner en veel stiller, maar ook veel mooier. Met de Alpen op de achtergrond verschenen de teams in het bijzijn van tweeduizend fans op het veld. Er waren spandoeken, een mascotte, spreekkoren en vuurpijlen.

In de tweede play vanaf de scrimmage begon de nachtmerrie. Die heette Quincy Shoal, een dikke tailback die ooit op Indiana State had gespeeld. Na de gebruikelijke seizoenen in Canada en in arena football was Quincy tien jaar geleden in Italië aangekomen en was hij daar ingeburgerd. Hij had een Italiaanse vrouw en Italiaanse kinderen. Bijna alle Italiaanse footballrecords voor running stonden op zijn naam.

Quincy rende achtenzeventig yard voor een touchdown. Voor zover op de wedstrijdfilm te zien was, raakte niemand hem aan. De menigte werd gek; nog meer vuurpijlen en zelfs een rookbom. Rick probeerde zich rookbommen in het Meadowlands-stadion voor te stellen.

Omdat Bergamo de volgende tegenstander zou zijn, en omdat Sam wist dat ze verkenners naar Bolzano hadden gestuurd, hadden Rick en hij besloten met de bal te rennen en Fabrizio een beetje achter te houden. Het was een riskante strategie, maar Sam hield daar wel van. Ze waren er allebei van overtuigd dat de offense vrij spel zou hebben, maar ze wilden liever iets bewaren voor Bergamo.

Aangezien Franco zo ongeveer elke wedstrijd zijn eerste hand-off liet vallen, riep Rick een pitch-out naar Giancarlo, een jonge tailback die het seizoen als tweede reserve was begonnen maar elke week beter werd. Rick mocht hem vooral zo graag omdat hij een zwak voor tweede reserves had. Giancarlo had een unieke runningstijl. Hij was klein, een kilo of tachtig, en helemaal niet gespierd, en hij vond het niet prettig als ze tegen hem op liepen. Hij had als jonge tiener aan zwemmen en duiken gedaan en had snelle, lichte voeten. Wanneer er lichamelijk contact dreigde, sprong Giancarlo vaak omhoog en naar voren en veroverde hij daarmee extra yards. Zijn runs waren spectaculair, vooral de sweeps en pitch-outs waarmee hij vaart opbouwde voordat hij over tackelende tegenstanders heen sprong.

Sam had hem het advies gegeven dat iedere jonge runner in de zevende klas krijgt: vergeet je voeten niet! Laat je hoofd zakken, bescherm de bal en bescherm vooral je knieën, maar vergeet je voeten niet! Aan duizenden collegecarrières was plotseling een eind gekomen door een opzichtige sprong over de pile. Honderden professionele running backs waren voor het leven invalide geraakt.

Giancarlo wilde niet van zulke wijsheid weten. Hij vond het prachtig om door de lucht te vliegen en was niet bang voor een harde landing. Hij rende acht yard naar rechts en vloog er dan nog eens drie door de lucht. Twaalf naar links, inclusief vier van een half-gainer. Rick bootlegde voor vijftien en riep toen een dive naar Franco.

'Niet laten vallen!' gromde hij terwijl hij bij het verbreken van de huddle Franco's masker vastgreep. Franco, met woeste ogen en psychotisch, greep dat van Rick vast en zei iets boosaardigs in het Italiaans. Wie grijpt er nou het masker van de quarterback vast?

Hij liet de bal niet vallen, maar sjouwde er tien yard mee, waarna de halve defense hem op de veertigyardlijn van de Giants begroef. Zes plays later vloog Giancarlo de end zone in en was de stand gelijk.

Quincy had alle vier de plays nodig om weer te scoren. 'Laat hem maar rennen,' zei Rick tegen Sam aan de zijlijn. 'Hij is vierendertig.'

'Ik weet hoe oud hij is,' snauwde Sam. 'Maar ik houd hem in de eerste helft graag onder de vijfhonderd yard.'

De defense van Bolzano had zich op een pass voorbereid en werd in verwarring gebracht door de run. Fabrizio raakte de bal pas aan toen het al bijna rust was. Bij een tweede poging, met nog zes yard te gaan, maakte Rick een schijnbeweging naar Franco, bootlegde en gooide de bal naar zijn receiver, die gemakkelijk kon scoren. Een mooie wedstrijd; elk team had twee touchdowns in elk quarter. Het luidruchtige publiek had volop genoten.

In de rust zijn de eerste vijf minuten in een kleedkamer gevaarlijk. De spelers zijn verhit en bezweet. Sommigen zijn bebloed. Ze gooien met hun helm, vloeken, kritiseren, schreeuwen, sporen elkaar aan om er harder tegenaan te gaan en te doen wat nog niet gedaan is. Als de adrenaline geleidelijk tot bedaren komt, ontspannen ze een beetje. Ze drinken wat water. Misschien doen ze hun schoudervullingen af. Wrijven over een paar wonden.

Het was in Italië hetzelfde als in Iowa. Rick was nooit een emotionele speler geweest en bleef liever op de achtergrond. Hij liet het aan de heethoofden over om het team op te hitsen. Nu ze gelijk stonden tegen Bolzano, maakte hij zich helemaal geen zorgen. Quincy Shoal had zijn kruit bijna verschoten, en Rick en Fabrizio moesten hun spel nog spelen.

Sam wist wanneer hij moest binnenkomen, en na vijf minuten kwam hij de kleedkamer in en nam hij het schreeuwen over. Quincy gaf hun het nakijken: honderdzestig yard, vier touchdowns. 'Wat een geweldige strategie!' riep Sam. 'Laat hem rennen tot hij erbij neervalt!' 'Dat heb ik nooit eerder gehoord!' 'Jullie zijn briljant!' Enzovoort.

In de loop van het seizoen was Rick steeds meer onder de indruk gekomen van Sams uitbranders. Hij, Rick, was uitgescholden door veel experts, en hoewel Sam hem meestal met rust liet, gaf hij blijk van een groot talent als hij het op de anderen voorzien had. En het was ook indrukwekkend dat hij dat in twee talen kon.

Maar de tirade in de kleedkamer had weinig effect. Quincy, die twintig minuten had kunnen uitrusten en zich snel had laten masseren, ging gewoon verder waar hij gebleven was. De Giants scoorden hun vijfde touchdown in de eerste drive van de tweede helft, en nummer zes volgde een paar minuten later na een run van vijftig yard.

Een heroïsche prestatie, maar net niet genoeg. Of het nu door de ouderdom kwam (vierendertig jaar), of door te veel pasta, of gewoon doordat hij te veel van zijn krachten had gevergd: Quincy was op. Hij bleef tot het eind in de wedstrijd, maar hij was te moe om zijn team te redden. In het vierde quarter voelde de defense van de Panthers aan dat hij het niet meer kon bolwerken en kwamen ze tot leven. Toen Pietro hem bij een derde poging, met twee yard te gaan, tegen de grond werkte, was de wedstrijd voorbij.

Met Franco in het midden en Giancarlo met zijn hoge sprongen op de flanken, kwamen de Panthers tien minuten voor het eind gelijk te staan. Een minuut later scoorden ze opnieuw, toen

Karl de Deen een gevallen bal opraapte en dertig yard over het veld waggelde voor misschien wel de lelijkste touchdown uit de Italiaanse geschiedenis. Twee kleine Giants hingen de laatste tien meter als insecten op zijn rug.

Voor de goede orde, en om scherp te blijven, werkten Rick en Fabrizio drie minuten voor het eind met een lange pass. De eindstand was 56-41.

Na de wedstrijd heerste er in de kleedkamer een heel andere sfeer. Juichend omhelsden ze elkaar en sommigen leken op het punt te staan in tranen uit te barsten. Het team, dat nog maar enkele weken eerder een lusteloze indruk had gemaakt, kwam plotseling dicht bij een geweldig seizoen. Het machtige Bergamo was nu aan de beurt, maar de Lions moesten naar Parma komen.

Sam feliciteerde zijn spelers en gaf ze nog precies één uur om van de zege te genieten. 'Dan zetten jullie hem uit jullie hoofd en denken jullie alleen nog aan Bergamo,' zei hij. 'Zevenenzestig overwinningen op rij, acht Super Bowltitels op rij. Een team dat we in geen tien jaar hebben verslagen.'

Rick zat in een hoek op de vloer, met zijn rug tegen de muur. Hij zat te hannessen met zijn schoenveters en luisterde naar Sam die in het Italiaans sprak. Hoewel hij zijn coach niet kon verstaan, wist hij precies wat hij zei. Bergamo dit en Bergamo dat. Zijn teamgenoten hingen aan Sams lippen; hun spanning liep al op. Er ging een lichte golf van nerveuze energie door Rick heen, en hij moest glimlachen.

Hij was geen huurling meer, geen buitenstaander die uit het wilde Westen was gehaald om de offense te leiden en wedstrijden te winnen. Hij droomde niet meer van NFL-glorie en rijkdom. Die dromen had hij achter zich gelaten, en ze verbleekten snel. Hij was wat hij was, een Panther, en toen hij in de volle en zweterige kleedkamer om zich heen keek, was hij volkomen tevreden over zichzelf.

24

Die maandag werd er tijdens de filmsessie veel minder bier gedronken. Er waren minder grappen, beledigingen, lachsalvo's te horen. De stemming was niet somber, ze waren nog steeds trots op hun overwinning van de vorige dag, maar het was niet typisch het filmavondje op maandag. Sam liet de hoogtepunten van de wedstrijd tegen Bolzano snel de revue passeren en ging toen over op een collage van Bergamoclips waaraan hij en Rick de hele dag hadden gewerkt.

Ze waren het eens over wat duidelijk was: Bergamo was een goed gecoacht, goed gefinancierd en goed georganiseerd team dat op sommige posities, zij het beslist niet over de hele linie, iets boven de rest van de competitie uitstak. Hun Amerikanen waren een trage quarterback van San Diego State, een sterke safety die er hard tegenaan ging en zou proberen Fabrizio in een vroeg stadium van de wedstrijd buiten gevecht te stellen, en een cornerback die de outside running game kon stuiten maar die volgens geruchten zijn achillespees had verrekt. Bergamo was het enige team in de competitie met twee van hun drie Amerikanen in de defense. Maar hun topspeler was geen Amerikaan. De middle linebacker was een Italiaan die Maschi heette, een flamboyante showman met lang haar en witte schoenen en een 'ik eerst'-mentaliteit die hij had nageaapt van de NFL, waar hij zelf vond dat hij thuishoorde. Maschi, snel en sterk, had een geweldig instinct, mocht graag hitten, hoe later hoe beter, en was meestal de oorzaak van een pile. Met zijn honderd kilo was hij groot genoeg om onheil te stichten in Italië en had hij voor de meeste Division I-scholen in de Verenigde Staten kunnen spelen. Hij droeg nummer 56 en stond erop 'LT' te worden genoemd, naar zijn idool Lawrence Taylor.

Bergamo had een sterke defense, maar was niet al te indrukwekkend met de bal. Tegen Bologna en Bolzano – al die dodelijke B's – sleepten ze zich voort tot aan het vierde quarter en hadden ze gemakkelijk kunnen verliezen. Rick was ervan overtuigd dat de Panthers een beter team waren, maar Sam was al zo vaak door Bergamo verslagen dat hij niet optimistisch wilde zijn, in elk geval niet als hij met Rick alleen was. Na acht Super Bowltitels achtereen hadden de Bergamo Lions een aura van onoverwinnelijkheid die minstens tien punten per wedstrijd waard was.

Sam draaide de videoband nog eens af en hamerde op de zwakke punten van Bergamo's offense. Hun tailback was snel bij de lijn, maar voelde er weinig voor om zijn hoofd te laten zakken en een pass te geven. De Lions gaven alleen een pass als het echt moest, vooral omdat ze geen goede receiver hadden. De offenselijn was groot en fundamenteel goed, maar vaak te langzaam om de blitz op te pikken.

Toen Sam klaar was, sprak Franco het team toe. Met het vuur van een advocaat spoorde hij hen emotioneel aan om de hele komende week hard en toegewijd aan het werk te gaan, met een daverende overwinning als eindresultaat. Tot slot stelde hij voor dat ze tot aan zaterdag elke avond zouden trainen. Het voorstel werd unaniem aangenomen. Toen nam Nino, die niet voor Franco onder wilde doen, het woord en maakte hij bekend dat hij, om te laten zien dat het hem ernst was, zou stoppen met roken tot na de wedstrijd, dus tot nadat ze Bergamo verpletterend hadden verslagen. Dat werd warm begroet, want blijkbaar had Nino dit al vaker gedaan en was Nino, verstoken van nicotine, een monster op het veld. Toen zei hij dat ze zaterdagavond getrakteerd zouden worden op een teamdiner in Café Montana. Carlo werkte al aan het menu.

De Panthers waren opgewonden. Rick dacht terug aan de wedstrijd tegen Davenport Central, de belangrijkste wedstrijd van het jaar voor Davenport South. Vanaf maandag had de school de hele week op de wedstrijd afgestemd en werd er in het stadje over weinig anders gepraat. Op vrijdagmiddag waren de spelers zo gespannen geweest dat sommigen misselijk werden en uren voor de wedstrijd overgaven.

Rick betwijfelde of een Panther ooit zoveel last van de zenuwen zou krijgen, maar het was zeker mogelijk.

Met plechtige vastbeslotenheid verlieten ze de kleedkamer. Dit was hun week. Dit was hun jaar.

Op donderdagmiddag arriveerde Livvy in volle glorie en met verrassend veel bagage. Rick was met Fabrizio en Claudio op het veld geweest, waar ze genadeloos aan precisieroutines en snelle commando's werkten. Toen hij even pauze nam, keek hij op zijn mobiele telefoon. Ze zat al in de trein.

Toen ze van het station naar zijn appartement reden, hoorde hij dat ze (1) klaar was met haar tentamens, (2) genoeg had van haar huisgenoten, (3) erover dacht om de laatste tien dagen van haar buitenlandse semester niet naar Florence terug te keren, (4) walgde van haar familie, (5) met niemand meer sprak in haar familie, zelfs niet met haar zus, iemand met wie ze al sinds de kleuterschool vetes had uitgevochten en die nu veel te diep betrokken was bij de scheiding van hun ouders, (6) onderdak voor een paar dagen nodig had, vandaar die bagage, (7) zich zorgen maakte over haar visum omdat ze voor onbepaalde tijd in Italië wilde blijven, en (8) heel veel zin had om het bed in te duiken. Ze zeurde niet en vroeg ook niet om medelijden. Integendeel, ze somde haar problemen op met een kalme zakelijkheid die Ricks bewondering oogstte. Ze had iemand nodig, en ze was naar hem toe gevlucht.

Hij sjouwde de opvallend zware tassen drie trappen op en deed dat met gemak en energie. Hij deed het graag. Het appartement was te stil, bijna levenloos, en Rick had onwillekeurig steeds meer tijd buiten het appartement doorgebracht. Hij liep door de straten van Parma, dronk koffie en bier op terrasjes, keek op de vleesmarkt en in de wijnwinkels, liep zelfs weleens door eeuwenoude kerken, alles liever dan de verdovende levenloosheid van zijn lege woning. En hij was altijd alleen. Sly en Trey waren vertrokken en zijn e-mails aan hen werden zelden beantwoord. Het was nauwelijks de moeite waard. Sam had het meestal druk, en bovendien was hij getrouwd en leidde hij een ander leven. Franco, zijn favoriete teamgenoot, lunchte soms met hem, maar had een veeleisende baan. Alle Panthers werkten; ze moesten wel. Ze konden het zich niet veroorloven om tot twaalf uur 's middags te slapen, een paar uur in de sportschool bezig te zijn en dan door Parma te zwerven om de tijd te doden. Ze moesten geld verdienen.

Toch was Rick niet in de markt voor een fulltime partner. Dat bracht complicaties en verplichtingen met zich mee waaraan hij eigenlijk niet eens wilde denken. Hij had nooit met een vrouw samengewoond, had in het algemeen sinds Toronto niet met iemand samengewoond en wilde dat ook niet.

Toen ze haar spullen uitpakte, vroeg hij zich voor het eerst af hoe lang ze precies wilde blijven.

Ze stelden het liefdesspel tot na de training uit. Het zou een lichte training worden, geen vol tenue, maar toch wilde hij zijn benen en voeten graag optimaal kunnen gebruiken.

Livvy zat op de tribune een pocket te lezen terwijl de jongens hun oefeningen en tactieken afwerkten. Er zat nog een handvol andere echtgenotes en vriendinnen. Er waren zelfs een paar kleine kinderen die de tribunes op en af renden.

Donderdagavond om halfelf kwam er een gemeenteambtenaar naar Sam toe. Het was zijn taak de lichten uit te doen.

Er waren kastelen te bezichtigen. Rick hoorde dat nieuws voor het eerst om een uur of acht 's morgens, maar slaagde erin zich om te draaien en weer in slaap te vallen. Livvy trok haar spijkerbroek aan en ging op zoek naar koffie. Toen ze na een halfuur met twee grote bekers meeneemkoffie terugkwam, zei ze dat er kastelen moesten worden bezichtigd en dat ze met het kasteel in Fontanellato wilde beginnen.

'Het is erg vroeg,' zei Rick. Hij ging rechtop in bed zitten, nam een slokje en probeerde aan het vreemde uur te wennen.

'Ooit in Fontanellato geweest?' vroeg ze. Ze trok de spijkerbroek uit, pakte een gids met haar aantekeningen op en ging weer aan haar kant van het bed liggen.

'Ik heb er nooit van gehoord.'

'Ben je ooit uit Parma weg geweest sinds je hier aankwam?'

'Ja. We hadden wedstrijden in Milaan, Rome en Bolzano.'

'Nee, Ricky, ik bedoel, of je ooit in je koperkleurige Fiatje bent gesprongen om buiten de stad wat rond te rijden.'

'Nee, waarom...'

'Ben je dan helemaal niet nieuwsgierig naar je nieuwe woonomgeving?'

'Ik heb geleerd me niet aan nieuwe woonomgevingen te hechten. Ze zijn allemaal tijdelijk.'

'Dat is mooi gezegd. Hé, ik blijf niet de hele dag hier binnen, met elk uur seks en niets anders in gedachten dan de lunch en het diner.'

'Waarom niet?'

'Ik ga op excursie. Of jij rijdt, of ik neem een bus. Er is te veel te zien. We zijn nog niet klaar met Parma.'

Een halfuur later gingen ze op weg en reden ze in noordwestelijke richting naar Fontanellato, een vijftiende-eeuws kasteel dat Livvy erg graag wilde bekijken. Het was een warme, zonnige dag. Ze hadden de raampjes opengedaan. Ze droeg een korte spijkerrok en een katoenen bloes, en de wind streek mooi door alles heen en hield hem bezig. Hij betastte haar benen en ze duwde hem met één hand weg terwijl ze in haar andere hand de gids vasthield waarin ze las.

'Ze maken hier elk jaar honderdtwintigduizend ton Parmezaanse kaas,' zei ze terwijl ze naar het landschap keek. 'Hier op deze boerderijen.'

'Dat geloof ik graag. Deze mensen doen het in hun koffie.'

'Vijfhonderd melkveehouderijen, allemaal dicht om Parma heen. Het is bij wet geregeld.'

'Ze maken er ijs van.'

'En tien miljoen parmahammen per jaar. Dat is moeilijk te geloven.'

'Niet als je hier woont. Ze zetten het op je tafel voordat je gaat zitten. Waarom praten we over eten? Je had zo'n haast dat we geen ontbijt hebben gehad.'

Ze legde haar boek neer en zei: 'Ik ben uitgehongerd.'

'Wat zou je zeggen van wat kaas en ham?'

Ze reden over een smal weggetje met weinig verkeer en kwamen algauw in het dorp Barganzola, waar ze naar een café gingen voor koffie en croissants. Ze wilde erg graag haar Italiaans oefenen, en hoewel het Rick goed genoeg in de oren klonk, haalde de signora van het café haar schouders op. 'Een dialect,' zei Livvy toen ze naar de auto liepen.

Het fort, de Rocca, van Fontanellato was zo'n vijfhonderd jaar geleden gebouwd en zag er onneembaar uit. Het werd omringd door een gracht en bezat vier kolossale torens met brede openingen waardoor je kon kijken of schieten. Vanbinnen daarentegen was het een schitterend paleis met muren vol kunst en opmerkelijk ingerichte kamers. Na een kwartier had Rick genoeg gezien, maar zijn vriendin kwam nog maar net op gang.

Toen hij haar eindelijk weer in de auto had, reden ze op haar instructie naar het plaatsje Soragna in het noorden. Dat bevond zich op een vruchtbare vlakte op de linkeroever van de rivier de Stirone en had volgens de historica in hun auto, die de details niet snel genoeg kon verwerken, in vroeger eeuwen vele veldslagen meegemaakt. Terwijl ze ze opsomde, dwaalden Ricks gedachten af naar de Bergamo Lions en vooral signor Maschi, de watervlugge middle linebacker die in Ricks ogen de sleutel tot het spel was. Hij dacht aan alle plays en tactieken die door briljante coaches waren uitgedacht om een uitblinkende middle linebacker onschadelijk te maken. Ze werkten bijna nooit.

Het kasteel Soragna (nog steeds bewoond door een echte edelman!) dateerde pas uit de zeventiende eeuw, en na een snelle rondleiding luchten ze in een klein cafetaria. Toen naar San Seconda, tegenwoordig beroemd om spalla, een gekookte ham. Het kasteel van het stadje, in de vijftiende eeuw als fort gebouwd, speelde een rol bij veel belangrijke veldslagen. 'Waarom vochten die mensen zoveel?' vroeg Rick op een gegeven moment.

Livvy gaf hem een kort antwoord, maar had niet veel belangstelling voor de oorlogen. Ze voelde meer voor de kunst, het meubilair, de marmeren haarden enzovoort. Rick glipte weg en deed een dutje onder een boom.

Ten slotte gingen ze naar Colorno, ook wel 'het kleine Versailles van de Po' genoemd. Het was een majestueus fort dat verbouwd was tot een schitterend huis, compleet met immense tuinen en binnenplaatsen. Toen ze daar aankwamen, was Livvy nog net zo opgewonden als toen ze zeven uur eerder bij het eerste kasteel arriveerden, dat Rick zich nog maar nauwelijks kon herinneren. Hij liep braaf met de uitgebreide rondleiding mee en gaf het toen op.

'Ik zie je in de bar,' zei hij, en hij liet haar alleen in de gigantische hal, waar ze naar de fresco's hoog boven haar keek en helemaal opging in een andere wereld.

Op zaterdag protesteerde Rick, en toen hadden ze even ruzie. Het was hun eerste conflict en er bleef geen rancune achter: een goed teken.

Ze wilde door het wijnland naar Langhirano in het zuiden rijden, waar maar een paar belangrijke kastelen te bekijken waren. Hij dacht zelf aan een rustige dag, een beetje luieren, waarbij hij zijn best zou doen zich meer op Bergamo en minder op haar benen te concentreren. Ze kwamen tot een compromis. Ze zouden in de stad blijven en daar een paar kerken afwerken.

Hij was fit en goed uitgerust, vooral omdat het team dit keer het vrijdagse ritueel van pizza en emmers bier bij Polipo oversloeg. Ze hadden in korte broek een snelle training gedaan, naar de zoveelste tactiekbespreking van Sam geluisterd, nog een emotionele toespraak aangehoord, ditmaal van Pietro, en waren ten slotte vrijdagavond om tien uur uit elkaar gegaan. Ze hadden genoeg geoefend.

Op zaterdagavond kwamen ze in Café Montana bij elkaar om

op de vooravond van de wedstrijd met elkaar te eten. Het werd een drie uur durend gastronomisch festijn met Nino op het voortoneel en Carlo bulderend in de keuken. Signor Bruncardo was ook aanwezig en sprak zijn team toe. Hij bedankte hen voor een sensationeel seizoen, dat echter pas compleet zou zijn als ze de volgende dag Bergamo hadden ingemaakt.

Er waren geen vrouwen bij – met alleen de spelers zat het kleine restaurant al stampvol – en dat leidde tot het voordragen van twee schunnige gedichten. Tot slot bracht de lyrische Franco op hysterische wijze een ode vol obsceniteiten ten gehore.

Sam stuurde hen voor elf uur naar huis.

25

Bergamo reisde in stijl. Het team bracht een indrukwekkend aantal supporters mee, die vroeg en luidruchtig arriveerden, spandoeken uitrolden, met toeters en spreekkoren oefenden en in het algemeen deden of ze in het Stadio Lanfranchi volkomen thuis waren. Na acht Super Bowls achtereen hadden ze het recht om overal in NFL-Italië het stadion in bezit te nemen. Hun cheerleaders droegen minuscule goudkleurige rokjes en kniehoge zwarte laarzen, en de Panthers werden daar in de langdurige warming-up die aan de wedstrijd voorafging nogal door afgeleid. Hun concentratie was weg, of ze waren in elk geval tijdelijk afgeleid. De meisjes rekten zich in alle richtingen uit om hun spieren los te maken voor de grote wedstrijd.

'Waarom hebben wij geen cheerleaders?' vroeg Rick aan Sam toen die voorbij kwam lopen.

'Hou je kop.'

Sam liep om het veld heen en gromde naar de spelers, net zo nerveus als een NFL-coach voor een grote wedstrijd. Hij praatte even met een verslaggever van de *Gazzetta di Parma*. Een cameraploeg maakte wat beelden, evenveel van de cheerleaders als van de spelers.

De supporters van de Panthers lieten zich ook niet onbetuigd. Alex Oliveto had in de afgelopen week de spelers uit de jeugdteams gemobiliseerd en die zaten nu dicht opeen aan een kant van de thuistribune en schreeuwden algauw naar de Bergamo-supporters. Er waren ook veel ex-Panthers met familie en vrien-den. Iedereen met ook maar enige belangstelling voor *football Americano* zat al lang voor het begin van de wedstrijd op zijn plaats.

De sfeer in de kleedkamer was gespannen en Sam deed geen enkele poging zijn spelers te kalmeren. Football is een spel van emotie, voor het merendeel gebaseerd op angst, en iedere coach wil dat zijn team om geweld schreeuwt. Hij gaf de gebruikelijke waarschuwingen voor penalty's, turnovers en stomme fouten en liet hen toen op het veld los.

Toen de teams klaarstonden voor het begin van de wedstrijd, was het stadion vol en luidruchtig. Het was aan Parma om te re-ceiven, en Giancarlo vloog met de return langs de verre zijlijn tot hij bij de eenendertigyardlijn tegen de bank van Bergamo werd gedrukt. Rick kwam met zijn offense. Hij was ogenschijn-lijk kalm, maar had een harde knoop onder in zijn maag.

De eerste drie plays verliepen volgens het script en waren niet opgezet om te scoren. Rick riep een quarterback sneak en er was geen vertaling nodig. Nino beefde van woede en nicotinedepri-vatie. Zijn bilspieren stonden strak, maar de snap was snel en hij dook als een raket op Maschi af, die zich tegen hem verweerde en de play stopzette nadat er één yard was veroverd.

'Leuk gedaan, Geit,' riep Maschi met een zwaar accent. Die bijnaam zou Rick in de eerste helft nog vele malen naar het hoofd geslingerd krijgen.

De tweede play was weer een quarterback sneak. Hij ging nergens heen, en dat was ook de bedoeling. Maschi blitzte hard bij elke derde poging, en altijd langdurig, en sommige van zijn sacks waren pure wreedheid. Daarentegen had hij, uit gebrek aan ervaring of misschien om te showen, de neiging om hoog te blitzen. In de huddle noemde Rick hun speciale play: 'Kill

Maschi'. De offense had die play de hele week geoefend. In de shotgun, zonder tailback en met drie wide-outs. Franco stond dicht achter Karl de Deen op linker tackle. Hij zat gehurkt om onopgemerkt te blijven. Bij de snap werden de tackles dubbel door de offensive bezet, zodat er een groot gat ontstond waar signor L.T. Maschi doorheen kon stormen, recht op Rick af. Hij hapte toe en zijn snelheid werd bijna zijn ondergang. Rick dook diep ineen om een pass te geven, in de hoop dat de play zou werken voordat de linebacker hem te lijf ging. Toen Maschi door het midden kwam aanrennen, groot en zelfverzekerd en blij met de kans dat hij Rick zo vroeg in de wedstrijd te grazen kon nemen, dook rechter Franco plotseling uit het niets op en veroorzaakte een daverende botsing tussen twee spelers die ieder honderd kilo wogen. Franco's helm trof nauwkeurig doel, net onder Maschi's masker. Maschi's kinriem scheurde en de gouden Bergamo-helm vloog hoog de lucht in. Maschi ging onderuit, zijn voeten gingen zijn helm achterna, en toen hij op zijn hoofd terechtkwam, dacht Sam dat ze hem buiten gevecht hadden gesteld. Het was een klassieke onthoofding, een typisch hoogtepunt, het soort play dat talloze malen in Amerikaanse sportprogramma's zou worden herhaald. Volkomen legitiem, volkomen beestachtig.

Rick zag het niet, want hij had de bal en stond er met zijn rug naartoe. Hij hoorde het wel, het kraken en knerpen van een buitengewoon harde hit, even gewelddadig als in de echte NFL.

In de loop van de play werden de dingen steeds ingewikkelder, en aan het eind hadden de scheidsrechters vijf minuten nodig om het allemaal uit te zoeken. Er was minstens vier keer gevlagd, en die spelers lagen voor dood in het gras.

Maschi bewoog niet, en niet ver bij hem vandaan Franco ook niet. Maar er volgde geen penalty op dat deel van de play. De eerste vlag ging neer in de secondary. De safety was een kleine vechtersbaas die McGregor heette, een yankee van Gettysburg College, die zichzelf tot de moordenaarsschool van de safety's rekende. In een poging om terrein af te bakenen, te intimideren, te koeioneren en de wedstrijd gewoon in de juiste sfeer te laten beginnen, stootte hij keihard tegen de adamsappel van Fabrizio, die rustig door het veld rende, ver van de actie. Gelukkig zag een scheidsrechter het. Nino zag het ook, en toen Nino naar McGregor toe rende en hem tegen de vlakte sloeg, werd er nog meer gevlagd. Coaches renden het veld op en konden een knokpartij nog maar net voorkomen.

De laatste vlaggen gingen neer in de zone waar Rick was getackeld, nadat hij vijf yard had veroverd. De cornerback, met de bijnaam de Professor, had in zijn jeugd nu en dan op Wake Forest gespeeld. Hij was halverwege de dertig, had al meerdere academische graden behaald en studeerde nu Italiaanse literatuur. Als hij niet studeerde of lesgaf, was hij speler en coach van de Bergamo Giants. De Professor was bepaald geen softe academicus: hij mikte op het hoofd en schuwde geen enkele gemene truc. Als hij last van zijn achillespees had, was dat niet te merken. Na een harde hit op Rick, schreeuwde hij als een krankzinnige: 'Goeie run, Geit! En nu een pass naar mij!' Rick gaf hem een por, de Professor porde terug, en er werd gevlagd.

Terwijl de officials druk met elkaar overlegden en blijkbaar niet wisten wat ze moesten doen, gingen de verzorgers naar de gewonden toe. Franco stond als eerste op. Hij draafde naar de zijlijn waar hij door zijn teamgenoten werd omhelsd. 'Kill Maschi' was perfect verlopen. Maschi lag op de grond, maar omdat zijn benen bewogen, was het publiek enigszins opgelucht. Toen boog hij zijn knieën. De verzorgers stonden op en Maschi sprong overeind. Hij liep naar de zijlijn, ging op de bank

250

zitten en nam zuurstof. Hij zou terugkomen, en gauw ook, al zou hij de rest van de wedstrijd niet meer zo gauw blitzen.

Sam schreeuwde tegen de scheidsrechters dat ze McGregor eruit moesten sturen, en dat was terecht. Maar dan zou Nino er ook uit moeten vanwege die stomp. Het compromis was een vijftienyardpenalty tegen de Lions, first down Panthers. Toen Fabrizio zag dat de plaats voor de penalty werd aangewezen, kwam hij langzaam overeind en liep hij naar de bank.

Geen blijvend letsel. Iedereen zou het veld weer in gaan. Beide zijlijnen waren woedend; de coaches schreeuwden in een verhitte mengeling van talen tegen de officials.

Rick was nog woedend van de confrontatie met de Professor en riep zijn nummer dus weer af. Hij zwenkte naar rechts, rende naar het eind en ging recht op de Professor af. Het was een indrukwekkende botsing, vooral voor Rick, de niet-hitter, en toen hij vlak voor de Panther-bank de Professor ramde, juichten zijn teamgenoten van pret. Zeven yard veroverd. De testosteronspiegel was hoger dan ooit. Zijn hele lichaam trilde van de twee frontale botsingen. Maar zijn hoofd was helder en hij merkte niets van een hersenschudding. Zelfde play, quarterback naar rechts. Claudio blockte de Professor, en toen hij zich bliksemsnel omdraaide, kwam Rick op volle snelheid aanrennen, zijn hoofd gebogen, zijn helm op zijn borst gericht. Weer een indrukwekkende botsing. Rick Dockery, koppensneller.

'Wat doe je toch?' blafte Sam toen Rick voorbij kwam draven.

'De bal verplaatsen.'

Als hij niet zou zijn betaald, zou Fabrizio naar de kleedkamer zijn gegaan en het verder voor gezien hebben gehouden, maar het salaris bracht verantwoordelijkheid met zich mee en de jongen was zo volwassen daarnaar te handelen. Bovendien wilde hij nog steeds collegefootball in de Verenigde Staten spelen. Als hij de wedstrijd op zou geven, kwam die droom niet dichterbij. Hij draafde samen met Franco het veld op en de offense was weer intact.

En Rick had genoeg van het hardlopen. Nu Maschi op de bank zat, manoeuvreerde Rick door het midden met Franco, die op het graf van zijn moeder had gezworen dat hij de bal niet zou laten vallen, en gooide hij de bal naar Giancarlo. Hij maakte twee keer een bootleg en veroverde daarmee veel terrein. Bij de tweede poging, nog twee yard van de negentienyardlijn vandaan, maakte hij een schijnbeweging naar Franco, toen naar Giancarlo, en daarna maakte hij weer een bootleg naar rechts. Hij bleef bij de lijn staan en gooide de bal naar Fabrizio in de end zone. McGregor was dichtbij, maar niet dichtbij genoeg.

'Wat denk je?' vroeg Sam aan Rick toen ze naar de teams keken die zich opstelden voor de nieuwe aftrap.

'Let op McGregor. Hij gaat Fabrizio's been breken, dat garandeer ik je.'

'Heb je al dat gezeur over ''Geit'' gehoord?'

'Nee, Sam, ik ben doof.'

Bergamo's tailback, de speler van wie het scoutingrapport zei dat hij niet graag mocht hitten, greep de bal in de derde play en zag kans alle leden van de Pather-defense keihard te hitten in een prachtige run van vierenzeventig yard. De fans waren buiten zinnen en Sam kreeg een woede-uitbarsting.

Na de aftrap kwam Maschi het veld op, zij het met minder veerkrachtige tred. Hij was uiteindelijk toch niet buiten gevecht gesteld. 'Ik grijp hem,' zei Franco. Waarom niet? dacht Rick. Hij riep een dive play, gaf de bal aan Franco en zag tot zijn afgrijzen dat die hem liet vallen. De bal werd door een of ander verwoed schoppend been weggetrapt en zeilde hoog over de scrimmagelijn. In de mêlee die daarop volgde raakte de helft van de spelers op het veld de losse bal aan, die van pile tot pile stuiterde en ten slotte, zonder in iemands bezit te zijn gekomen, out of bounds ging. Toch hadden de Panthers zestien yard veroverd.

'Misschien wordt dit onze dag,' mompelde Sam tegen niemand in het bijzonder.

Rick reorganiseerde de offense, stuurde Fabrizio naar links en gooide hem de bal toe voor acht yard op een down and out. McGregor duwde hem out of bounds, maar het was geen overtreding. Weer naar rechts, zelfde play, voor nog eens acht yard. De tactiek van korte passes werkte om twee redenen: Fabrizio was te snel voor strak tegenspel, zodat McGregor ruimte moest prijsgeven, en Ricks arm was zo sterk dat zijn korte passes niet gestopt konden worden. Hij en Fabrizio hadden uren aan de timing van patterns besteed: de quick-outs, slants, hooks, curls.

Het ging er nu maar om hoe lang Fabrizio bereid was van McGregor op zijn donder te krijgen nadat hij Ricks passes had gevangen.

De Panthers scoorden laat in het eerste quarter, toen Giancarlo over een golf van tackelers heen sprong, op zijn voeten belandde en tien yard naar de end zone sprintte. Het was een verbijsterende, gedurfde, acrobatische manoeuvre, en de Parma-getrouwen werden helemaal wild. Sam en Rick schudden hun hoofd. Dit kon alleen in Italië.

De Panthers stonden voor met 14-7.

In de tweede quarter haperden beide offenses en werd het een punting game. Maschi schudde langzaam de spinnenwebben uit zijn hoofd en was weer in vorm. Sommige van zijn plays waren indrukwekkend, in elk geval vanuit de veiligheid van de diepe pocket, vanwaar Rick het allemaal goed kon volgen. Toch scheen Maschi niet geneigd te zijn opnieuw zijn heil in kamikazeblitzen te zoeken. Franco was altijd in de buurt, dicht bij zijn quarterback.

Een minuut voor rust, en de Panthers lagen een touchdown voor: nu was het tijd voor de cruciale play. Rick, die in vier wedstrijden geen bal had laten onderscheppen, overkwam dat nu wel. Het was een curl naar Fabrizio, die vrij stond, maar de bal ging te hoog. McGregor ving hem in het midfield en maakte een goede kans op de end zone. Rick stormde naar de zijlijn, en Giancarlo deed dat ook. Fabrizio kreeg genoeg vat op McGregor om hem te vertragen, maar de man bleef overeind en rende door. Giancarlo was de volgende, en toen McGregor hem met een schijnbeweging was gepasseerd, denderde hij opeens recht op de quarterback af.

Het is de droom van iedere quarterback om de safety uit te schakelen die zojuist zijn bal heeft gevangen, een droom die nooit uitkomt omdat de meeste quarterbacks zich verre houden van een safety die de bal heeft en echt wil scoren. Het is maar een droom.

Maar Rick had die dag tegen helmen gebeukt, en voor het eerst sinds de middelbare school streefde hij naar contact. Plotseling was hij een felle verdediger, een geduchte vechtersbaas. Met McGregor in zijn vizier sprong Rick naar voren, recht op zijn doel af, zonder enige consideratie voor zijn eigen veiligheid. Het werd een harde, gewelddadige dreun. McGregor viel achterover alsof hij in zijn hoofd was geschoten. Rick was een ogenblik verdoofd, maar sprong toen overeind alsof het zijn zoveelste persoonlijke aanval was. De menigte was stomverbaasd, maar ook met ontzag vervuld voor zoveel geweld.

Giancarlo liet zich op de bal vallen en Rick besloot de klok te laten lopen. Toen het rust was en ze het veld verlieten, wierp hij een blik op de Bergamo-bank en zag hij McGregor voorzichtig stappen zetten met een verzorger, als een bokser die was neergeslagen.

'Wilde je hem vermoorden?' vroeg Livvy na de wedstrijd, niet met walging maar zeker ook niet met bewondering.

'Ja,' antwoordde Rick.

McGregor kwam het veld niet meer op en de tweede helft werd algauw de 'Fabrizio Show'. De Professor nam het van McGregor over en kreeg meteen een harde dreun te pakken. Als Fabrizio het strak speelde, kon hij hem voorbij komen. Als hij het losjes speelde, wat hij het liefst deed, gooide Rick tienyarders die vlug effect sorteerden. In het derde quarter scoorden de Panthers twee keer. In het vierde werkten de Lions met een double-team-strategie. De helft van dat team was de Professor die inmiddels buiten adem en duidelijk overspeeld was; de andere helft was een Italiaan die niet alleen te klein maar ook te langzaam was. Toen Fabrizio hem voorbij rende en een lange, schitterende pass van Rick vanaf het midfield ving, werd de score 35-14 en kon het feest beginnen.

De Parma-supporters staken vuurwerk af, riepen het ene na het andere spreekkoor, zwaaiden met kolossale spandoeken, en iemand gooide de obligate rookbom. Aan de andere kant van het veld waren de Bergamo-supporters stil en verbijsterd. Als je zevenenzestig wedstrijden achter elkaar had gewonnen, was het niet de bedoeling dat je een nederlaag leed. Winnen wordt een automatisme.

Het zou al hartverscheurend zijn geweest als de Lions op het nippertje hadden verloren, maar dit was een ramp. De supporters rolden hun spandoeken op en pakten hun spullen in. Hun leuke kleine cheerleaders waren stil en heel verdrietig.

Veel spelers van Bergamo hadden nog nooit verloren, maar over het geheel genomen vatten ze de nederlaag sportief op. Maschi bleek verrassend genoeg een goedgehumeurde jongen te zijn die op het gras ging zitten, zijn schouderbescherming afdeed en tot lang na de wedstrijd met een aantal Panthers bleef praten. Hij had bewondering voor Franco's beestachtige hit, en toen hij over de 'Kill Maschi'-play hoorde, zag hij daar een compliment in. Hij gaf ook toe dat ze door al die overwinningen achtereen onder te grote druk hadden gestaan. De verwachtingen waren te hooggespannen geweest. In zekere zin was het wel een opluchting dat ze van die druk verlost werden. Ze zouden elkaar binnenkort terugzien, Parma en Bergamo, waarschijnlijk in de Super Bowl, en dan zouden de Lions weer helemaal in vorm zijn. Dat verzekerde hij.

Normaal gesproken kwamen de Amerikanen van beide teams na de wedstrijd even bij elkaar om een praatje te maken. Het was prettig om iets van thuis te horen en ervaringen uit te wisselen. Dit keer was het anders. Rick was kwaad omdat ze hem de Geit hadden genoemd en ging vlug het veld af. Hij douchte snel, kleedde zich aan, vierde de overwinning net lang genoeg en maakte toen dat hij met Livvy het stadion uit kwam.

In het vierde quarter was hij duizelig geweest, en onder in zijn schedel nestelde zich een venijnige hoofdpijn. Te veel klappen op zijn hoofd. Te veel football.

26

Ze sliepen tot twaalf uur in hun piepkleine kamer in een kleine albergo bij het strand, pakten toen hun handdoeken, zonnebrandcrème, waterflessen en pocketboekjes bij elkaar en strompelden versuft naar de rand van de Adriatische Zee, waar ze hun kamp opsloegen voor de middag. Het was begin juni en het was heet. Het toeristenseizoen zat eraan te komen, maar het was nog niet druk op het strand.

'Je hebt zon nodig,' zei Livvy, terwijl ze zichzelf insmeerde. Haar topje ging af, zodat er alleen een paar koordjes overbleven waar ze echt nodig waren.

'Nou, daarvoor zijn we hier op het strand,' zei hij. 'En ik heb in Parma nog niet één zonnebankstudio gezien.'

'Niet genoeg Amerikanen.'

Na de vrijdagse training en de vrijdagse pizza bij Polipo hadden ze Parma verlaten. De rit naar Ancona had vijf uur in beslag genomen, waarna ze nog een halfuur in zuidelijke richting langs de kust waren gereden naar het schiereiland Concero en ten slotte naar de kleine badplaats Sirolo. Het was drie uur 's nachts toen ze in hun hotel aankwamen. Livvy had de kamer geboekt, wist de weg en wist waar de restaurants waren. Ze was gek op de details van het reizen.

Een ober merkte hen eindelijk op en kwam voor een fooi naar hen toe gesjokt. Ze bestelden sandwiches en bier en wachtten ruim een uur op beide. Livvy zat met haar neus in een pocket terwijl Rick telkens even indommelde. Als hij wakker was, ging hij op zijn rechterzij liggen en bewonderde haar, zoals ze daar topless in de zon lag te bakken.

Onder in haar strandtas ging haar mobieltje. Ze pakte het, keek naar het schermpje en nam niet op. 'Mijn vader,' zei ze vol walging, en ze verdiepte zich weer in haar detective.

Haar vader had al vaker gebeld, evenals haar moeder en zus. Livvy had al tien dagen eerder van haar studiejaar in het buitenland moeten terugkeren en had al verschillende keren aan de strijdende partijen laten doorschemeren dat ze misschien niet naar huis ging. Waarom zou ze? In Italië was alles veel veiliger.

Hoewel ze nog steeds terughoudend was met het verstrekken van bepaalde details, kende Rick de elementaire feiten. Haar moeder kwam uit een aristocratische familie in Savannah, verschrikkelijke mensen als je op Livvy's beknopte beschrijving mocht afgaan, en die familie had haar vader nooit geaccepteerd, omdat hij uit New England kwam. Livvy's moeder had hem ontmoet op de universiteit van Georgia, waar haar hele familie had gestudeerd. De familie van Livvy's moeder had zich achter gesloten deuren fel tegen hun huwelijk verzet, en dat had haar alleen maar geïnspireerd om het door te zetten. Op veel fronten werd een verborgen strijd geleverd, en er hadden van meet af aan donkere wolken boven het huwelijk gehangen.

Het feit dat Livvy's vader een vooraanstaande hersenchirurg was die veel geld verdiende, had geen enkele betekenis voor zijn schoonfamilie, die over heel weinig geld beschikte maar voor altijd gezegend was met de status van 'oud geld'.

Haar vader maakte verschrikkelijk lange uren en werd helemaal in beslag genomen door zijn carrière. Hij at in zijn praktijk, sliep in zijn praktijk en amuseerde zich blijkbaar ook algauw met de zusters in zijn praktijk. Dat ging jaren zo door, en van de weeromstuit ging Livvy's moeder om met mannen die jonger waren. Veel jonger. Ze hadden twee kinderen, Livvy en haar zus die vanaf haar tiende in therapie was. 'Een volslagen disfunctioneel gezin,' zei Livvy.

Livvy zat te popelen om op haar veertiende naar kostschool te gaan. Ze koos er een uit in Vermont, zo ver mogelijk van haar ouderlijk huis verwijderd, en zag vier jaar tegen de vakanties op. 's Zomers was ze kampleidster in Montana.

Voor deze zomer, na haar terugkeer uit Florence, had haar vader een stage in een ziekenhuis in Atlanta voor haar geregeld, waar ze zou werken met mensen die door een ongeluk hersenletsel hadden opgelopen. Hij wilde dat ze uiteindelijk arts werd, natuurlijk net zo'n vooraanstaande als hijzelf. Voor zover ze zelf toekomstplannen had, lagen die ver verwijderd van de wegen die haar ouders voor haar hadden uitgestippeld.

De echtscheiding zou eind september plaatsvinden, en er stond veel geld op het spel. Haar moeder eiste dat Livvy namens haar een getuigenverklaring aflegde, met name over een incident van drie jaar geleden, toen Livvy haar vader in het ziekenhuis op het betasten van een jonge vrouwelijke arts had betrapt. Haar vader speelde de geldtroef uit. Er werd al bijna twee jaar over de scheiding onderhandeld en in Savannah werd reikhalzend uitgekeken naar het openbare duel tussen de beroemde arts en de vooraanstaande societyvrouw.

Livvy wilde daar absoluut niet bij zijn. Ze wilde niet dat het laatste jaar dat ze op college zat verwoest werd door een weerzinwekkende ruzie tussen haar ouders.

Rick kreeg dit alles beetje bij beetje te horen. Ze praatte er niet graag over en vertelde eigenlijk alleen iets als haar telefoon ging en ze noodgedwongen weer met haar familie te maken kreeg. Hij luisterde geduldig en ze was blij met hem als klankbord. Haar huisgenotes in Florence werden te veel in beslag genomen door hun eigen leven.

Hij was blij met zijn nogal saaie ouders, die hun eenvoudige leventje leidden in Davenport.

Haar telefoon ging. Ze pakte hem, kreunde en liep toen met de telefoon tegen haar oor over het strand. Rick bewonderde elke stap die ze zette. Andere mannen veranderden van houding in hun strandstoel om naar haar te kunnen kijken.

Hij nam aan dat het haar zus was, omdat ze opnam en vlug wegliep om hem de details te besparen. Natuurlijk kon het ook iemand anders zijn. Toen ze terugkwam, zei ze: 'Sorry.' Ze ging weer in de zon liggen en las verder.

Rick had het geluk dat de geallieerden Ancona aan het eind van de oorlog met de grond hadden gelijkgemaakt en er dus niet veel kastelen en palazzo's meer waren. Volgens Livvy's verzameling gidsen was alleen een oude kathedraal de moeite van het bekijken waard en daar hoefde ze niet zo nodig heen. Op zondag sliepen ze weer uit. Ze sloegen de bezienswaardigheden over en gingen ten slotte naar het footballveld.

De Panthers kwamen om halftwee met de bus aan. Rick zat in zijn eentje in de kleedkamer op hen te wachten. Livvy zat in haar eentje op de tribune een Italiaanse zondagskrant te lezen.

'Fijn dat je er bent,' gromde Sam zijn quarterback toe.

'Dus je bent weer het zonnetje in huis, coach.'

'Jazeker. Een busrit van vijf uur maakt me altijd blij.'

De spelers waren nog in de ban van de zege op Bergamo, en zoals gewoonlijk verwachtte Sam een ramp tegen Ancona Dolphins. Als ze hier verloren, liepen de Panthers de play-offs mis. Hij had de spelers op woensdag en vrijdag flink afgebeuld, maar ze genoten nog steeds van het schokkende einde dat ze aan de lange serie overwinningen van Bergamo hadden gemaakt. De *Gazzetta di Parma* had er een voorpaginaverhaal van gemaakt, compleet met een grote actiefoto van Fabrizio die over het veld rende. Op dinsdag was er weer een verhaal, nu over Franco, Nino, Pietro en Giancarlo. De Panthers waren het meest besproken team van de competitie en ze behaalden hun overwinningen met echte Italiaanse footballers. Alleen hun quarterback was een Amerikaan. Enzovoort.

Ancona daarentegen had nog maar één wedstrijd gewonnen en er zes verloren, meestal met grote achterstand. Zoals te verwachten was, hadden de Panthers niet veel fut meer, maar ze hadden ook Bergamo afgeslacht en dat was op zichzelf al heel intimiderend. In het eerste quarter brachten Rick en Fabrizio twee keer hun tactiek tot een goed eind, en in het tweede sprong en dook Giancarlo naar nog twee touchdowns. In het begin van de vierde maakte Sam de bank leeg en nam Alberto de offense over.

De gewone competitie kwam tot een eind met een bal op het midfield. Beide teams stonden eroverheen gebogen als in een rugbyscrum, en de klok tikte de laatste seconden weg. De spelers ontdeden zich van hun vuile shirts en schouderbeschermingen, schudden elkaar een halfuur de hand en deden beloften voor het volgende jaar. De tailback van Ancona kwam uit Council Bluffs, Iowa en had op een klein college in Minnesota gespeeld. Hij had Rick zeven jaar eerder in een grote wedstrijd van Iowa tegen Wisconsin zien spelen en ze vonden het prachtig om daar herinneringen aan op te halen. Het was een van Ricks betere collegewedstrijden geweest. Het deed hem goed met iemand te praten die hetzelfde accent had.

Ze praatten over spelers en coaches die ze hadden gekend. De tailback zou de volgende dag in het vliegtuig stappen en was blij dat hij naar huis ging. Rick zou natuurlijk in Italië blijven voor de play-offs, en voor daarna had hij geen plannen. Ze wensten elkaar veel succes en beloofden contact met elkaar op te nemen.

Bergamo, dat natuurlijk graag aan een nieuwe serie overwinningen wilde beginnen, versloeg Rome met zes touchdowns en sloot het seizoen af met zeven overwinningen en één nederlaag. Parma en Bologna hadden allebei zes overwinningen op hun naam staan en zouden in de halve finale tegen elkaar uitkomen. Het grote nieuws van de dag was de nederlaag van Bolzano. De Rhinos uit Milaan wonnen de laatste wedstrijd en kwamen nog net in de play-offs terecht.

Ze lagen nog een dag bruin te worden en kregen toen genoeg van Sirolo. Ze gingen naar het noorden en bleven een dag en een nacht in het middeleeuwse dorp Urbino. Livvy was nu in dertien van de eenentwintig regio's geweest en zinspeelde op een langere reis om ook de overige acht te kunnen bezoeken. Maar hoe ver kon ze met een verlopen visum komen?

Ze praatte er liever niet over. En het lukte haar ook heel goed om haar familie te negeren, zolang ze haar maar negeerden. Als ze over de kleine weggetjes van Umbrië en Toscane reden, keek ze op de kaarten en was ze er goed in om kleine dorpjes, wijn-makerijen en eeuwenoude palazzo's te vinden. Ze kende de ge-schiedenis van de regio's, de oorlogen en conflicten, de heersers en hun stadstaten, de invloed van Rome en het verval van die stad. Ze hoefde maar een blik op een dorpskerk te werpen en zei 'barok, eind veertiende eeuw' of 'romaans, begin twaalfde eeuw'. Voor de goede orde voegde ze er dan ook bijvoorbeeld aan toe: 'Maar de koepel is honderd jaar later door een klassieke bouwmeester toegevoegd.' Ze kende de grote kunstenaars. Die kennis beperkte zich niet tot hun werk, maar omvatte ook hun geboorteplaats, hun opleiding en persoonlijke eigenaardigheden en alle belangrijke details van hun carrière. Ze had verstand van Italiaanse wijn en wist iets van de eindeloze verscheidenheid van druiven uit verschillende regio's. Als ze grote dorst hadden, zocht ze naar een verborgen wijnmakerij. Ze volgden een snelle rondleiding en gingen dan gratis proeven.

Ten slotte kwamen ze woensdagmiddag laat in Parma terug, op tijd voor een erg lange training. Livvy bleef in het appartement ('thuis'), en Rick sleepte zich naar het Stadio Lanfranchi om zich daar opnieuw op een gevecht met de Bologna Warriors voor te bereiden.

27

De oudste Panther was Tomaso, of kortweg Tommy. Hij was tweeënveertig en speelde al twintig jaar. Hij was, zoals hij veel te vaak in de kleedkamer verkondigde, van plan om pas te stoppen als Parma zijn eerste Super Bowl had gewonnen. Sommige teamgenoten vonden dat hij de pensioenleeftijd allang voorbij was. Zijn besluit om te blijven was voor de Panthers dan ook een reden te meer om op te schieten en het kampioenschap te behalen.

Tommy speelde defensive en je kon hem ongeveer een derde van de wedstrijd goed gebruiken. Hij was lang en woog zo'n negentig kilo, maar hij kon de bal snel doorgooien en gaf dan redelijke passes. Als het daarentegen op hardlopen aankwam, was hij geen partij voor een aanstormende lineman of fullback, en Sam maakte dan ook gedoseerd gebruik van Tommy. Sommige Panthers, de ouderen, hadden maar een paar snaps per wedstrijd nodig.

Tommy had een of andere veilige ambtenarenbaan en een bijzonder hip appartement in de binnenstad. Alleen het gebouw zelf was oud. In het appartement had Tommy elke concessie aan ouderdom en geschiedenis zorgvuldig verwijderd. Het meubilair was van glas, chroom en leer, de vloeren waren van blank eikenhout, aan de muren hing verbijsterende moderne kunst, en verspreid door het hele appartement stond alle mogelijke high-tech-elektronica.

Zijn dame voor deze avond, zeker niet zijn echtgenote, paste voortreffelijk bij de inrichting. Ze heette Maddalena en ze was even lang als Tommy maar veertig kilo lichter en minstens vijftien jaar jonger. Rick zei haar simpelweg gedag, maar Tommy omhelsde en kuste Livvy en gedroeg zich alsof hij straks met haar naar de slaapkamer zou gaan.

Livvy had de aandacht van de Panthers getrokken, en waarom ook niet? Een mooi, jong Amerikaans meisje dat bij hen in Parma met hun quarterback samenwoonde. Als warmbloedige Italianen probeerden ze automatisch dicht bij haar in de buurt te komen. Er waren altijd al uitnodigingen geweest om te komen eten, maar sinds de komst van Livvy was Rick erg in trek.

Het lukte Rick haar bij Tommy vandaan te krijgen. Hij keek naar Tommy's verzameling trofeeën en footballsouvenirs. Er was een foto van Tommy met een jong footballteam. 'In Texas,' zei Tommy. 'Bij Waco. Ik ging er elk jaar in augustus heen om met het team te trainen.'

'Een schoolteam?'

'*Sì*. In mijn vakantie deed ik wat jullie twee-per-dag noemen. Nee?'

'O, ja. Twee-per-dag, altijd in augustus.' Rick was stomverbaasd. Hij had nog nooit iemand ontmoet die zich vrijwillig aan de gruwelen van het twee-per-dag in augustus onderwierp. Bovendien was in augustus het Italiaanse seizoen voorbij. Waar was die verschrikkelijke conditietraining dan voor nodig?

'Ik weet het, het is gek,' zei Tommy.

'Ja, dat is het. Ga je nog steeds?'

'O, nee. Drie jaar geleden ben ik ermee gestopt. Mijn vrouw, de tweede, vond het niet goed.' Om de een of andere reden wierp hij een behoedzame blik op Maddalena, en toen ging hij verder: 'En toen ze wegging, was ik te oud. Die jongens zijn nog maar zeventien, te jong voor een man van veertig, nietwaar?'

'Dat is inderdaad waar.'

Rick ging verder met kijken. Hij kon nog steeds niet bevatten dat Tommy, of wie dan ook, zijn vakantie in het hete Texas doorbracht om daar sprintjes te trekken en tegen blockingkussens op te rennen.

Er was een rekje met precies dezelfde leren plakboeken, elk ongeveer twee centimeter dik, met daarop een jaartal in gouden reliëfletters, een voor elk van Tommy's twintig seizoenen. 'Dit is de eerste,' zei Tommy. Op de eerste bladzijde was een glanzend wedstrijdschema van de Panthers geplakt. De scores waren met de hand ingevuld. Vier overwinningen, vier keer verloren. En dan wedstrijdprogramma's, krantenberichten en bladzijden met foto's. Tommy wees zichzelf op een groepsfoto aan en zei: 'Dat ben ik, toen ook al nummer 82, vijftien kilo zwaarder.' Hij zag er kolossaal uit en Rick zei bijna dat ze nu ook wel iets van die lichaamsmassa konden gebruiken. Maar Tommy was een modieuze man, elegant gekleed en altijd keurig verzorgd. Dat gewichtsverlies had ongetwijfeld veel met zijn liefdesleven te maken.

Ze bladerden een paar van die jaarboeken door, en de seizoenen gingen in elkaar over. 'Nooit een Super Bowl,' zei Tommy meer dan eens. Hij wees naar een lege plek in het midden van een boekenplank en zei: 'Dit is de speciale plaats, Riek. Hier zet ik een grote foto van mijn Panthers als we net de Super Bowl hebben gewonnen. Jij bent daar toch ook bij, Riek?'

'Absoluut.'

Hij legde zijn arm om Ricks schouder en leidde hem naar het eetgedeelte, waar de flessen al klaarstonden, twee vrienden, arm in arm. 'We maken ons zorgen, Riek,' zei hij, plotseling heel serieus.

Een korte stilte. 'Waarover?'

'Deze wedstrijd. We zitten er zo dichtbij.' Hij maakte zich van Rick los en schonk twee glazen witte wijn in. 'Je bent een geweldige footballspeler, Riek. De beste die we in Parma ooit hebben gehad, misschien wel de beste van heel Italië. Een echte NFL-quarterback. Kun jij ons vertellen, Riek, dat we de Super Bowl zullen winnen?'

De vrouwen waren op de patio en keken naar bloemen in een plantenbak.

'Dat weet niemand, Tommy. De sport is te onvoorspelbaar.'

'Maar jij, Riek, jij hebt zoveel gezien, zoveel fantastische spelers in schitterende stadions. Jij kent de sport zo goed, Riek. Jij zult toch wel weten of we kunnen winnen?'

'Ja, we kunnen winnen.'

'Maar beloof je het?' Tommy glimlachte en sloeg Rick op zijn borst. Kom op, jongen, even onder elkaar. Vertel me wat ik wil horen.

'Ik geloof erin dat we de volgende twee wedstrijden en de Super Bowl zullen winnen. Maar, Tommy, alleen een idioot zou dat kunnen beloven.'

'Joe Namath garandeerde het. Was dat bij Super Bowl drie of vier?'

'Super Bowl drie. En ik ben Joe Namath niet.'

Tommy was zo wars van tradities dat hij niet eens kaas en ham op tafel had terwijl ze op het eten wachtten. Zijn wijn kwam uit Spanje. Maddalena serveerde salade van spinazie en tomaat en vervolgens kleine porties van een gebakken kabeljauwgerecht dat in geen enkel kookboek uit Emilia-Romagna te vinden zou zijn. Geen spoor van pasta. Het dessert bestond uit droge broze biscuits, donker als chocolade maar praktisch smaakloos.

Voor het eerst in Parma ging Rick hongerig van tafel. Na slappe koffie en een langdurig afscheid gingen ze lopend op weg naar huis. Onderweg kochten ze een grote portie ijs. 'Het is een griezel,' zei Livvy. 'Hij betastte me overal.'

'Dat kun je hem niet kwalijk nemen.'

'Hou je kop.'

'En trouwens, ik betastte Maddalena.'

'Dat deed je niet. Ik heb goed opgelet.'

'Jaloers?'

'Extreem.' Ze schoof een lepel pistacchio tussen zijn lippen en zei zonder een glimlach: 'Luister goed, Riek. Ik ben waanzinnig jaloers.'

'Ja, mevrouw.'

En zo hadden ze weer een mijlpaal bereikt, opnieuw samen een stap gezet. Van flirten waren ze op oppervlakkige seks overgegaan, en op intensere seks. Van korte e-mails op veel langere telefoongesprekken. Van een romance op afstand op samenwonen. Van een onzekere nabije toekomst op een die ze misschien met elkaar zouden delen. En nu hadden ze een exclusiviteitsovereenkomst gesloten. Monogamie. Bezegeld met een mondvol gelato al pistacchio.

Al dat gepraat over de Super Bowl hing coach Russo de keel uit. Op vrijdagavond schreeuwde hij tegen zijn team dat als ze zich niet serieus op de wedstrijd tegen Bologna voorbereidden, een team waarvan ze dit seizoen al eens hadden verloren, ze helemaal niet om de Super Bowl zouden spelen. Eén wedstrijd tegelijk, idioten.

En hij schreeuwde opnieuw op zaterdag, toen ze een lichte training afwerkten omdat Nino en Franco daar om hadden verzocht. Alle spelers kwamen, de meesten een uur te vroeg.

De volgende morgen om tien uur vertrokken ze met de bus naar Bologna. Ze namen een lichte lunch van sandwiches in een cafetaria aan de rand van de stad, en om halftwee stapten de Panthers uit de bus en liepen ze over het beste footballveld van Italië.

Bologna heeft een half miljoen inwoners en veel liefhebbers van American football. De Warriors hebben een lange traditie van goede teams, actieve jeugdcompetities, degelijke eigenaren, en hun veld (ook een oud rugbyveld) voldoet aan football-criteria en wordt zorgvuldig onderhouden. Voor de opkomst van Bergamo beheerste Bologna de competitie.

Twee gecharterde bussen met Parmasupporters arriveerden na het team en de supporters kwamen luidruchtig het stadion in. Algauw schreeuwden de twee kanten elkaar van alles naar het hoofd. Spandoeken gingen omhoog. Rick zag er aan de Bolognakant een met 'Kook de Geit'.

Volgens Livvy stond Bologna bekend om zijn voedsel en beweerde het, zoals te verwachten was, de beste keuken van heel Italië te hebben. Misschien was geit een plaatselijke specialiteit.

In hun eerste wedstrijd had Trey Colby drie touchdowns in het eerste quarter gescoord. In de rust had hij er vier op zijn naam staan, waarna er in het derde quarter een vroegtijdig eind aan zijn carrière was gekomen. Ray Montrose, een tailback die op Rutgers had gespeeld en met 228 yard per wedstrijd moeiteloos de rushingtitel van het seizoen had gewonnen, had zijn gang kunnen gaan en vier touchdowns en 200 yard kunnen scoren. Bologna had met 35-34 gewonnen.

Sindsdien hadden de Panthers steeds met royale cijfers gewonnen. En Rick verwachtte nu weer te winnen. Bologna was een team dat om één man draaide: Montrose. De quarterback was typisch een speler van een klein college: hard, maar net iets te langzaam en te grillig. De derde Amerikaan was een safety uit Dartmouth die erbarmelijk slecht in staat was geweest Trey te dekken. En Trey was lang niet zo snel geweest als Fabrizio.

Het zou een opwindende wedstrijd met een hoge score worden, en Rick wilde als eerste de bal hebben, maar de Warriors wonnen de toss, en toen de teams klaarstonden om te beginnen, daverde het van de tribunes. De returnman was een kleine Italiaan. Rick had op video gezien dat hij de bal vaak laag hield, een eindje bij zijn lichaam vandaan, een slechte gewoonte die hem in Amerika voortdurend op de bank zou houden. 'Grijp de bal!' had Sam in die week wel duizend keer geschreeuwd. 'Als nummer acht de kick doet, grijp dan die verrekte bal!'

Maar eerst moesten ze hem vangen. Toen nummer 8 over het midfield rende, rook hij de doellijn. Hij nam de bal in zijn rechterhand en haalde hem bij zijn buik vandaan. Silvio, de stevig gebouwde linebacker met grote snelheid, kreeg hem van opzij te pakken, rukte zijn rechterarm zowat uit de kom, en de bal rolde over de grond. Een Panther pakte hem op. Montrose zou nog even moeten wachten.

In de eerste play maakte Rick, bij een five and out, een schijnbeweging naar achtereenvolgens Franco en Fabrizio. De corner, die een vroegtijdige en dramatische onderschepping rook, trapte erin, en toen Fabrizio het veld op rende, was hij een lange seconde helemaal vrij. Rick gooide de bal veel te hard, maar Fabrizio wist wat er zou komen. Hij ving hem met zijn vingers op, absorbeerde hem met zijn bovenlichaam en drukte hem tegen zich aan, terwijl de safety op hem af stormde om gehakt van hem te maken. Maar de safety kreeg hem niet te pakken. Fabrizio draaide zich weer om, zette er de sokken in en rende algauw over de doellijn. 7-0.

Om nog wat langer te voorkomen dat Montrose in actie kwam

vroeg Sam om een onside kick. Die hadden ze de afgelopen week tientallen keren geoefend. Filippo, hun kicker met grote voeten, raakte de bal perfect op de bovenkant, en hij stuiterde over het midfield. Franco en Pietro denderden erachteraan, niet om hem aan te raken maar om de dichtstbijzijnde twee Warriors in de kreukels te leggen. Ze liepen twee verwarde jongens tegen de grond, die terug waren gekomen voor de wedge maar toen op een andere versnelling waren overgegaan en schuchter op de bal af gingen. Giancarlo sprong over de pile heen en landde op de bal. Drie plays later was Fabrizio weer in de end zone.

Montrose kreeg eindelijk de bal te pakken bij een eerste poging, met nog tien yard te gaan naar de eenendertigyardlijn. De pitch naar de tailback was zo voorspelbaar als de opkomende zon, en voor alle zekerheid stuurde Sam er iedereen behalve de free safety op af. Het werd een massale tackle, maar het lukte Montrose toch nog om drie yard te veroveren. Toen vijf, en weer vier en drie. Zijn runs waren kort en hij moest zijn yards bevechten op een massale defense. Bij een derde poging, met één yard te gaan, deed Bologna eindelijk iets creatiefs. Sam riep weer om een blitz, en toen de quarterback de bal van Montroses buik rukte en naar een receiver uitkeek, zag hij er een helemaal in zijn eentje staan, bij de verre zijlijn, waar hij met zijn armen zwaaide en schreeuwde omdat er geen enkele Panther binnen twintig meter afstand stond. Het werd een lange, hoge pass, en toen de receiver hem op de tienyardlijn te pakken kreeg, kwamen de thuissupporters juichend overeind. Beide handen grepen de bal, en toen lieten beide handen hem glippen, langzaam, pijnlijk, alsof het in slow motion was. De receiver deed een uitval naar de goudschat, maar die bleef net buiten bereik, en toen smakte hij voorover op de vijfyardlijn.

Je kon hem bijna horen huilen.

De punter scoorde gemiddeld achtentwintig yard per kick en verlaagde dat gemiddelde door een bal op zijn eigen supporters af te vuren. Rick liet de offense het veld op sprinten. Zonder huddle gaf hij drie plays achtereen aan Fabrizio: een slant over het midden voor twaalf yard, een curl voor elf yard, een post voor vierendertig yard en de derde touchdown in de eerste vier minuten van de wedstrijd.

Bologna raakte niet in paniek en gaf zijn tactiek op. Montrose kreeg de bal in elke play, en in elke play stuurde Sam minstens negen defenders op hem af. Het resultaat was een slagveld waar-in de offense de bal systematisch het veld over werkte. Toen Montrose vanaf drie yard out wist te scoren, was het eerste quar-ter voorbij.

Het tweede quarter was meer van hetzelfde. Rick en zijn of-fense scoorden gemakkelijk, terwijl Montrose en de zijnen zwoegden en ploeterden. In de rust stonden de Panthers met 38-13 voor en kon Sam bijna niets vinden om over te klagen. Montrose had de bal eenentwintig keer gehad en dat had hem twee touchdowns en bijna tweehonderd yard opgeleverd, maar wat gaf het?

Sam kwam met de gebruikelijke waarschuwingen voor inzin-kingen in de tweede helft, maar hij had zich de moeite kunnen besparen. Sam had nog nooit, op geen enkel niveau, een team gezien dat na zo'n beroerde start van het seizoen zo'n prachtige, vanzelfsprekende samenhang had opgebouwd. Nu was zijn quarterback een lot uit de loterij en was Fabrizio niet alleen goed maar zelfs geweldig goed, elke cent van zijn achthonderd euro per maand waard, maar de Panthers als geheel waren ook op een hoger plan gekomen. Franco en Giancarlo renden met lef en gezag. Nino, Paolo en Giorgio vuurden de bal af en misten bijna nooit een block. Rick werd bijna nooit tegen de grond gelopen, kwam zelfs niet onder grote druk te staan. En de verdediging, met Pietro die het midden dicht hield en Silvio die nietsontziend blitzte, was een woeste massa tackelers geworden. Bij elke play zwermden ze als een troep honden om de bal heen.

Of het nu door hun quarterback kwam of door iets anders, de Panthers hadden het soort arrogante zelfvertrouwen verworven waar coaches van dromen. Ze liepen nu met de borst vooruit. Dit was hun seizoen en ze zouden niet meer verliezen.

In de eerste drive van de tweede helft scoorden ze zonder een pass te gooien. Giancarlo ging ver naar links en ver naar rechts en Franco denderde door de pit. De drive nam zes minuten in beslag, en bij de score 45-13 draafden Montrose en de zijnen met een verslagen gezicht het veld op. Montrose gaf het niet op, maar kon na dertig carry's niet meer zo hard lopen. Na de vijfendertigste scoorde hij zijn vierde touchdown, maar de machtige Warriors lagen te ver achter. De eindstand was 51-27.

28

In de vroege uren van maandagmorgen sprong Livvy uit bed, deed een lamp aan en zei: 'We gaan naar Venetië.'

'Nee,' zei Rick onder het kussen vandaan.

'Ja. Je bent er nooit geweest. Venetië is mijn favoriete stad.'

'Dat waren Rome, Florence en Siena ook.'

'Opstaan, rokkenjager. Ik ga je Venetië laten zien.'

'Nee. Ik heb te veel pijn.'

'Wat een watje. Ik ga naar Venetië en zoek daar een echte man, een voetballer.'

'Zullen we weer gaan slapen?'

'Nee. Ik ga. Dan neem ik maar de trein.'

'Stuur me een kaartje.'

Ze gaf hem een klap op zijn rug en liep naar de douche. Een uur later had ze hun tassen in de Fiat geladen en kwam Rick met koffie en croissants van zijn buurtcafé terug. Coach Russo had alle trainingen tot vrijdag afgezegd. Net als in Amerika kreeg je twee weken de tijd om je op de Super Bowl voor te bereiden.

Tot niemands verbazing zou Bergamo de tegenstander zijn.

Buiten de stad, toen ze de ochtendspits achter zich hadden gelaten, begon Livvy met de geschiedenis van Venetië. Gelukkig behandelde ze alleen de hoogtepunten van de eerste tweeduizend jaar. Rick luisterde met zijn hand op haar knieën. Ze vertelde hoe en waarom de stad op modderbanken was gebouwd, met voortdurend getijdenwerking en overstromingen.

Af en toe las ze uit haar gids voor, maar het meeste kwam uit haar geheugen. Ze was het afgelopen jaar twee keer een lang weekend in Venetië geweest. De eerste keer was ze met een groep studenten naar de stad gegaan, en dat bezoek had haar ertoe gebracht om een maand later nog eens in haar eentje te gaan.

'En de straten zijn rivieren?' vroeg Rick, die zich afvroeg waar hij de Fiat kon parkeren.

'Ze worden kanalen genoemd. Er zijn geen auto's, alleen boten.'

'Hoe worden die bootjes genoemd?'

'Gondels.'

'Gondels. Ik heb een keer een film gezien waarin een stel een tochtje met een gondel maakte, en toen bleef die kleine kapitein...'

'Gondelier.'

'Die ja, hij bleef heel hard zingen en ze konden hem niet laten ophouden. Heel grappig. Het was een komedie.'

'Dat doen ze voor de toeristen.'

'Ik ben benieuwd.'

'Geen enkele stad op de wereld is zo uniek als Venetië, Rick. Ik wil dat je ervan gaat houden.'

'O, dat zal ik vast wel. Zouden ze daar een footballteam hebben?'

'Daarover staat niets in de gidsen.' Haar telefoon stond uit en blijkbaar maakte ze zich niet druk om wat er thuis gebeurde. Rick wist dat haar ouders woedend waren en haar met dreigementen bestookten, maar er moest nog veel meer achter zitten dan ze hem tot nu toe had verteld. Livvy kon als het ware een knop omdraaien om het uit te zetten, en als ze zich op de geschiedenis, de kunst en de cultuur van Italië stortte, was ze weer helemaal de enthousiaste studente, gefascineerd door haar onderwerp. Ze raakte er niet over uitgepraat.

Ze gingen ergens buiten de stad Padua lunchen. Een uur later kwamen ze bij een commercieel parkeerterrein voor toeristen, en daar lieten ze de Fiat achter voor twintig euro per dag. In Mestre namen ze een veerboot en begon hun avontuur op het water. De afgeladen veerboot voer schommelend over de Venetiaanse lagune. Livvy klampte zich bij de reling aan hem vast en keek vol verwachting naar het dichterbij komende Venetië. Algauw kwamen ze in het Canal Grande. Overal waren boten: particuliere watertaxi's, kleine schuiten met landbouwproducten en andere goederen, een boot van de carabinieri met politie-insignes, een *vaporetto* vol toeristen, vissersboten, andere veerboten en tientallen gondels. Het troebele water kabbelde tegen de stoepen van elegante palazzo's, die dicht tegen elkaar aan stonden. De Campanile op het San Marcoplein doemde hoog op in de verte.

Onwillekeurig zag Rick de koepels van tientallen oude kerken. Moedeloos besefte hij dat hij vele daarvan vanbinnen zou zien.

Ze stapten uit op een veerboothalte bij het Grittipaleis. Op de loopplank zei ze: 'Dit is het enige onprettige aspect van Venetië. We moeten onze bagage zelf naar het hotel brengen.' En daar gingen ze dan, door de drukke straten, over de smalle voetbruggen, door steegjes waar de zon nooit kwam. Ze had hem gewaarschuwd dat hij weinig bagage moest meenemen, al was haar tas altijd nog twee keer zo groot als de zijne.

Het hotel was een karakteristiek pensionnetje waar niet veel toeristen kwamen. De eigenares, signora Stella, was een kwieke vrouw van in de zeventig. Ze stond zelf achter de balie en deed alsof ze zich Livvy van vier maanden geleden herinnerde. Ze gaf hun een hoekkamer, die niet groot was maar wel een mooi uitzicht over de skyline van de stad had – de ene kathedraal na de andere – en ook een bad, hetgeen, zoals Livvy uitlegde, niet altijd het geval was in die kleine hotelletjes in Italië. Het bed kraakte toen Rick erop ging liggen, en daar maakte hij zich even zorgen over. Ze was niet in de stemming, niet nu Venetië aan hun voeten lag en er zoveel te zien was. Er viel niet eens te onderhandelen over een dutje.

Toch lukte het hem om tot een wapenstilstand te komen. Zijn limiet was twee kathedralen/paleizen per dag; daarna was ze op zichzelf aangewezen. Ze wandelden over het San Marcoplein, waar alle bezoekers het eerst naartoe gaan, en keken een uur lang vanaf een terras naar de grote golven studenten en toeristen die over het schitterende plein uitzwermden. De gebouwen rondom het plein waren vierhonderd jaar geleden gebouwd, toen Venetië een rijke en machtige stadstaat was, zei ze. Het paleis van de doge nam een hele hoek in beslag, een kolossaal fort dat Venetië al minstens zevenhonderd jaar beschermde. De kerk, of basiliek, was immens groot en trok de grootste menigten.

Ze ging weg om kaartjes te kopen, en Rick belde Sam. De coach keek naar de videobeelden van de wedstrijd die de vorige dag door Bergamo en Milaan was gespeeld, het gebruikelijke maandagmiddagwerk voor een coach die zich op de Super Bowl voorbereidde.

'Waar ben je?' wilde Sam weten.

'In Venetië.'

'Met dat jonge meisje?'

'Ze is eenentwintig, coach. En ja, ze is hier bij me.'

'Bergamo was indrukwekkend, geen ballen laten vallen, niet

278

meer dan twee penalty's. Ze wonnen met drie touchdowns. Het lijkt wel of ze beter zijn geworden nu ze niet meer onder de druk van al die overwinningen achtereen staan.'

'En Maschi?'

'Briljant. Hij schakelde hun quarterback in het derde quarter uit.'

'Ik ben wel vaker uitgeschakeld. Ik denk dat ze de twee Amerikanen op Fabrizio zetten en flink op hem in laten beuken. Dat kan nog een lange dag worden voor die jongen. Daar gaat dan de passing game. Maschi kan de run dichtgooien.'

'Goddank is er nog de punting game,' zei Sam spottend. 'Heb jij een plan?'

'Ik heb een plan.'

'Wil je me dat vertellen? Dan kan ik vannacht misschien slapen.'

'Nee, het is nog niet af. Nog een paar dagen in Venetië en ik heb de foutjes eruit.'

'Zullen we er donderdagmiddag over praten?'

'Goed, coach.'

Schouder aan schouder met een stel Nederlandse toeristen sjokten Rick en Livvy door de basiliek van San Marco, met een gids die uitleg kon verschaffen in elke taal die men maar wenste. Na een uur ging Rick ervandoor. In de niet meer zo felle zon dronk hij een biertje op een terras en wachtte geduldig op Livvy.

Ze slenterden door het centrum van Venetië en staken de Rialtobrug over zonder iets te kopen. Voor de dochter van een rijke arts gedroeg ze zich spaarzaam. Kleine hotelletjes, goedkope restaurants, treinen en veerboten. Blijkbaar lette ze erop wat dingen kostten. Ze stond erop dat ze de helft van alles betaalde, deed in elk geval dat aanbod. Rick zei meer dan eens tegen haar dat hij beslist niet rijk was en ook geen hoog salaris had, maar dat hij het vertikte zich druk te maken om geld. En meestal wilde hij ook niet dat ze meebetaalde.

Hun metalen ledikant schommelde tijdens een late avondsessie halverwege door de kamer. Ze maakten zoveel lawaai dat signora Stella de volgende morgen Livvy onder het ontbijt discreet iets toefluisterde.

'Wat zei ze?' vroeg Rick toen Stella weer weg was.

Livvy kreeg meteen een kleur. Ze boog zich naar hem toe en fluisterde: 'We maakten gisteravond te veel lawaai. Er hebben mensen geklaagd.'

'Wat zei je tegen haar?'

'Jammer. We kunnen niet ophouden.'

'Zo mag ik het horen.'

'Ze vindt ook niet dat we moeten ophouden, maar misschien geeft ze ons een andere kamer met een zwaarder bed.'

'Ik hou wel van een uitdaging.'

Lange boulevards bestaan niet in Venetië. De straten zijn smal en maken bochten met de kanalen mee, waar ze ook nog eens met allerlei verschillende bruggen overheen gaan. Iemand had eens vierhonderd bruggen in de stad geteld, en op woensdagavond was Rick ervan overtuigd dat hij ze allemaal was gepasseerd.

Hij zat onder een parasol op een terras, nam lome trekken van een Cubaanse sigaar en dronk campari met ijs. Intussen was Livvy de zoveelste kathedraal aan het bekijken, ditmaal de kerk van San Fantin. Hij had niet genoeg van haar; integendeel. Haar energie en nieuwsgierigheid inspireerden hem om zijn hersenen te gebruiken. Ze was fantastisch gezelschap, gemakkelijk tevreden te stellen en graag bereid dingen te doen die leuk leken. Hij had nog steeds geen glimp opgevangen van de verwende rijkeluisdochter, de egocentrische corpsstudente. Misschien bestond die niet.

Hij had ook niet genoeg van Venetië. Hij was in de ban van de stad met de eindeloze straatjes en steegjes en verborgen piazza's. De visgerechten waren ongelooflijk goed, weer eens iets anders dan pasta. Hij hoefde voorlopig geen kathedralen, palazzo's en musea meer te zien, maar toch had hij waardering gekregen voor de kunst en de geschiedenis van de stad.

Evengoed was Rick footballer, en er stond nog één wedstrijd op het programma. Die wedstrijd moest hij winnen om zijn aanwezigheid, zijn bestaan en zijn salaris, hoe laag ook, te rechtvaardigen. Afgezien van het geld was hij ooit een NFL-quarterback geweest, en als hij hier in Italië geen offense voor nog één overwinning op poten kon zetten, werd het tijd om zijn footballschoenen aan de wilgen te hangen.

Hij had al laten doorschemeren dat hij donderdagmorgen moest vertrekken. Blijkbaar deed ze alsof ze het niet hoorde. Onder het diner bij Fiore zei hij: 'Ik moet morgen naar Parma. Coach Russo wil me 's middags spreken.'

'Ik denk dat ik hier blijf,' zei ze zonder enige aarzeling. Ze had het al helemaal uitgedacht.

'Hoe lang?'

'Nog een paar dagen. Ik red me wel.'

En daar twijfelde hij niet aan. Hoewel ze graag bij elkaar waren, hadden ze ook behoefte aan eigen leefruimte. Livvy kon in haar eentje de wereld bereizen, veel gemakkelijker dan hij. Ze liet zich nooit intimideren of uit het veld slaan. Als een ervaren reiziger paste ze zich aan alles aan, en ze had er ook geen moeite mee om haar glimlach en schoonheid te gebruiken als ze iets gedaan wilde krijgen.

'Kom je terug voor de Super Bowl?' vroeg hij.

'Ik zou het niet durven om weg te blijven.'

'Slimme meid.'

Ze aten paling, harder en inktvis, en toen ze vol zaten, liepen ze naar Harry's Bar aan het Canal Grande voor een afzakkertje. Ze zaten in een hoekje, keken naar een stel luidruchtige Amerikanen en misten hun eigen land niet.

'Wat ga je doen als het seizoen is afgelopen?' vroeg ze. Hij had zijn rechterarm om haar heen geslagen en zijn hand masseerde haar knieën. Ze dronken langzaam, alsof ze daar de hele avond bleven zitten.

'Weet ik nog niet. En jij?' vroeg hij.

'Ik moet naar huis, maar ik wil niet.'

'Ik hoef niet en ik wil niet. Maar ik weet ook nog niet wat ik hier moet doen.'

'Wil je blijven?' vroeg ze. Op de een of andere manier zag ze kans nog dichterbij te komen.

'Met jou?'

'Had je iemand anders in gedachten?'

'Dat bedoelde ik niet. Blijf jij hier?'

'Ik ben misschien over te halen.'

Het zwaardere bed in de grotere kamer loste het probleem van de klachten op. Ze sliepen donderdag uit en namen toen afscheid zonder het te willen. Rick zwaaide naar haar toen de veerboot van wal stak en door het Canal Grande gleed.

29

Het geluid kwam hem vaag bekend voor. Hij had het eerder gehoord, maar vanuit de diepten van zijn comateuze slaap wist hij niet meer waar of wanneer. Hij ging rechtop in bed zitten, zag dat het vier minuten over drie in de nacht was en begreep eindelijk wat er aan de hand was. Er stond iemand voor zijn deur.

'Ik kom!' gromde hij, en zijn indringer nam zijn/haar duim van de witte knop op de gang weg. Rick trok een sportbroekje en een T-shirt aan. Hij deed het licht aan en dacht plotseling weer aan rechercheur Romo en de niet-arrestatie van zo'n twee of drie maanden geleden. Hij dacht aan Franco, zijn privérechter, en geloofde dat hij niets te vrezen had.

'Wie is daar?' zei hij tegen de deur, zijn mond dicht bij de klink.

'Ik wil met u praten.' Een diepe, scherpe stem, een Amerikaan. Een beetje nasaal.

'Oké, we praten.'

'Ik ben op zoek naar Rick Dockery.'

'Dat ben ik. Wat nu?'

'Alstublieft. Ik moet Livvy Galloway spreken.'

'Bent u politieman of zoiets?' Rick dacht plotseling aan zijn buren, aan het lawaai dat hij, schreeuwend door een dichte deur, zou wekken.

'Nee.'

Rick maakte de deur open en stond oog in oog met een zwaargebouwde man in een goedkoop zwart pak. Groot hoofd, dikke snor, grote wallen onder de ogen. Waarschijnlijk een langdurige relatie met de fles. Hij stak zijn hand uit en zei: 'Ik ben Lee Bryson, privédetective uit Atlanta.'

'Aangenaam,' zei Rick zonder hem een hand te geven. 'Wie is dat?'

Achter Bryson stond een Italiaan met een sinister gezicht. Hij droeg een donker pak dat wel wat meer kostte dan dat van Bryson. 'Lorenzo. Hij komt uit Milaan.'

'Dat verklaart alles. Is hij van de politie?'

'Nee.'

'Dus er is hier geen politie?'

'Nee, we zijn privédetectives. Alstublieft, als u tien minuten de tijd voor ons hebt...'

Rick liet hen binnenkomen en deed de deur op slot. Hij leidde hen naar de huiskamer, waar ze onhandig knie aan knie op de bank gingen zitten. Zelf plofte hij in een stoel tegenover hen neer. 'Ik hoop dat dit belangrijk is,' zei hij.

'Ik werk voor een advocatenkantoor in Atlanta, meneer Dockery. Mag ik u Rick noemen?'

'Nee.'

'Oké. Die advocaten zijn betrokken bij de scheiding van de heer en mevrouw Galloway, en ze hebben me hierheen gestuurd om met Livvy te praten.'

'Ze is er niet.'

Bryson keek in de kamer om zich heen. Zijn blik bleef rusten op een paar rode schoenen met hoge hakken die bij de televisie op de vloer stonden. Hij zag ook een bruine handtas op een bijzettafeltje staan. Het enige wat er nog aan ontbrak, was een beha die aan de lamp hing. Eentje met luipaardopdruk. Lorenzo keek

Rick alleen maar aan, alsof het zijn taak was hem te vermoorden als dat nodig was.

'Volgens mij wel,' zei Bryson.

'Het kan me niet schelen wat u denkt. Ze is hier geweest, maar ze is hier nu niet meer.'

'Mag ik wat rondkijken?'

'Natuurlijk. Als u me een huiszoekingsbevel laat zien, mag u het wasgoed inspecteren.'

Bryson draaide zijn kolossale hoofd weer om.

'Het is een kleine woning,' zei Rick. 'Drie kamers. Vanaf de plaats waar u zit, kunt u er twee zien. Ik verzeker u dat Livvy niet in de slaapkamer is.'

'Waar is ze dan?'

'Waarom wilt u dat weten?'

'Ik ben hier om haar op te sporen. Dat is mijn werk. Haar ouders maken zich grote zorgen om haar.'

'Misschien wil ze niet naar huis. Misschien wil ze haar ouders juist uit de weg gaan.'

'Waar is ze?'

'Ze maakt het goed. Ze houdt van reizen. Het zal u moeite kosten haar te vinden.'

Bryson plukte aan zijn snor en trok een gezicht alsof hij glimlachte. 'Misschien zal het haar moeite kosten om te reizen,' zei hij. 'Haar visum is al drie dagen verlopen.'

Rick verwerkte die informatie, maar gaf niet toe. 'Dat is geen ernstig misdrijf.'

'Nee, maar het kan wel tot problemen leiden. Ze moet naar huis.'

'Misschien wel. U kunt haar dat allemaal uitleggen, en als u dat doet, doet ze ongetwijfeld wat ze zelf wil. Ze is een grote meid, meneer Bryson, heel goed in staat om haar eigen leven te leiden. Ze heeft u, mij en de mensen thuis niet nodig.'

Brysons nachtelijke inval was mislukt en hij trok zich terug. Hij haalde wat papieren uit de zak van zijn jasje, gooide ze op de salontafel en zei met een poging tot dramatiek: 'We doen het als volgt. Dat is een ticket van Rome naar Atlanta, aanstaande zondag, enkele reis. Als ze komt, stelt niemand vragen over het visum. Dan is dat probleempje uit de wereld. Als ze niet komt, is ze hier illegaal zonder de juiste papieren.'

'O, dat is fantastisch, maar u hebt het tegen de verkeerde. Zoals ik al zei, neemt mevrouw Galloway zelf haar beslissingen. Ik bied haar alleen maar tijdelijke woonruimte aan.'

'Maar u zult met haar praten.'

'Misschien wel, maar het staat niet vast dat ik haar eerder dan zondag te zien krijg, of zelfs in de komende maand. Ze mag graag afdwalen.'

Bryson kon niets meer doen. Hij werd betaald om het meisje op te sporen, enkele dreigementen uit te spreken, haar zo bang te maken dat ze naar huis ging en haar het ticket te geven. Verder had hij geen enkele bevoegdheid. Op Italiaanse bodem niet, en ergens anders ook niet.

Hij kwam overeind, direct gevolgd door Lorenzo. Rick bleef in zijn stoel zitten. Bij de deur bleef Bryson staan en zei: 'Ik ben supporter van de Falcons. Hebt u een paar jaar geleden niet in Atlanta gespeeld?'

'Ja,' zei Rick vlug en kortaf.

Bryson keek weer in het appartement om zich heen. Tweede verdieping, geen lift. Oud gebouw in een smal straatje in een oude stad. Ver van het neonlicht van de NFL.

Rick hield zijn adem in en wachtte op de venijnige opmerking. Iets in de trant van: 'Blijkbaar heb je eindelijk je draai gevonden.' Of: 'Mooie carrièrezet.'

In plaats daarvan vulde hij de stilte op met: 'Hoe hebt u mij gevonden?'

Terwijl Bryson de deur opendeed, zei hij: 'Een van haar huisgenotes wist uw naam nog.'

Het was al bijna twaalf uur 's middags toen ze haar telefoon opnam. Ze zat op een terras aan het San Marcoplein te lunchen en de duiven te voeren. Rick vertelde haar over Bryson.

Eerst was ze woedend: hoe durfden haar ouders haar op te sporen en zich zo aan haar op te dringen? Ze was kwaad op de advocaten die de schurken inhuurden die midden in de nacht bij Rick kwamen binnenstormen. Ze was kwaad op de huisgenote die haar had verlinkt. Toen ze tot bedaren kwam, was ze vooral nieuwsgierig. Ze vroeg zich af wie van haar ouders erachter zat. Het was onmogelijk dat ze samenwerkten. Toen herinnerde ze zich dat haar vaders advocaten in Atlanta kantoor hadden, terwijl die van haar moeder in Savannah zaten.

Toen ze hem eindelijk naar zijn mening vroeg, zei Rick, die urenlang aan weinig anders had gedacht, dat ze het ticket moest aannemen en naar huis moest gaan. Als ze daar eenmaal was, kon ze het visumprobleem oplossen en hopelijk zo gauw mogelijk terugkomen.

'Je begrijpt het niet,' zei ze meer dan eens, en hij begreep het echt niet. Tot zijn verbijstering zei ze dat ze dat ticket van haar vader nooit kon gebruiken omdat hij haar eenentwintig jaar lang had gemanipuleerd en ze daar nu genoeg van had. Als ze naar de Verenigde Staten terugkeerde, deed ze dat op haar eigen voorwaarden. 'Ik zou dat ticket nooit gebruiken, en dat weet hij,' zei ze. Rick fronste zijn wenkbrauwen, krabde over zijn hoofd en was weer blij dat hij eenvoudige en saaie ouders had.

En niet voor het eerst vroeg hij zich af: hoe erg beschadigd is dit meisje?

En dat verlopen visum? Nou, zoals te verwachten was, had ze een plan. Italië was nu eenmaal Italië en daar hadden ze mazen in de immigratiewetten. Een daarvan werd de *permesso di soggiorno* genoemd, een verblijfsvergunning. Die werd soms verstrekt aan legale buitenlanders wier visum was verstreken. Meestal was zo'n vergunning goed voor nog eens negentig dagen.

Ze vroeg zich af of rechter Franco misschien iemand bij de immigratiedienst kende. Of misschien signor Bruncardo? Of Tommy, de ambtenaar, de defensive end die niet kon koken? Er was vast wel iemand bij de Panthers die iets kon regelen.

Een geweldig idee, dacht Rick. Vooral wanneer ze de Super Bowl wonnen.

30

Door problemen die zich op het laatste moment met de kabel-maatschappij voordeden, werd het begin van de wedstrijd ver-schoven naar zaterdagavond acht uur. Het was belangrijk voor de competitie en de sport dat de wedstrijd live werd uitgezon-den, al was het op een minder belangrijke zender, en als de Su-per Bowl in de schijnwerpers stond, betekende dat een groter publiek en luidruchtiger toeschouwers. Tegen het eind van de middag stonden de parkeerterreinen bij het stadion vol. Foot-ballfans vierden daar alvast feest. Er kwamen bussen met sup-porters uit Parma en Bergamo. Er hingen spandoeken langs de kant van het veld, net als bij voetbal. Boven het veld hing een kleine heteluchtballon. Zoals altijd was het de grootste dag van het jaar voor *football Americano*, en de kleine maar trouwe groep fans was voor de laatste wedstrijd naar Milaan gekomen.

Ze zouden spelen in het Stadio Nord, een prachtig onderhou-den kleine arena die door twee lager geplaatste voetbalelftallen uit Milaan werd gebruikt. Voor deze gelegenheid waren de net-ten weggehaald en was het veld zorgvuldig van strepen voor-zien, tot en met de hakstrepen op de zijlijnen. Een van de end zones was zwart-wit geverfd, met het woord 'Parma' in het mid-den. Precies honderd yard daarvandaan was de end zone van Bergamo zwart en goudkleurig.

Voor de wedstrijd werden toespraken gehouden door compe-titieofficials en werden vroegere sterren aan het publiek voorgesteld. Er volgden een ceremoniële toss, die door de Lions werd gewonnen, en een langdurige bekendmaking van de startopstellingen. Toen de teams eindelijk aan de eerste aftrap toe waren, trilden beide zijlijnen van de zenuwen en was het publiek door het dolle heen.

Zelfs Rick, de kalme, onverstoorbare quarterback, liep opgewonden langs de zijlijn. Hij sloeg op schoudervullingen en schreeuwde om bloed. Dit was football zoals het moest zijn.

Bergamo liep drie plays en puntte. De Panthers hadden geen nieuw 'Kill Maschi'-play paraat. Zo dom was Maschi niet. Trouwens, hoe meer beelden Rick van hem zag, des te meer bewondering en ontzag kreeg hij voor de middle linebacker. Hij kon een offense verwoesten, net als de grote 'L.T.'. Bij de first down werd Fabrizio gedekt door twee Amerikanen, McGregor en de Professor, precies zoals Rick en Sam hadden verwacht. Dat was een verstandige zet van Bergamo, en ook het begin van een moeilijke dag voor Rick en de offense. Hij riep een zijlijnroute. Fabrizio ving de bal en werd onderuitgehaald door de Professor, waarna McGregor op zijn rug neerdreunde. Er werd niet gevlagd. Rick ging op een official af terwijl Nino en Karl de Deen het op McGregor voorzien hadden. Sam stormde het veld op. Hij schreeuwde en vloekte in het Italiaans en kreeg daar prompt een persoonlijke fout voor toegekend. De scheidsrechters slaagden erin een vechtpartij te voorkomen, maar het tumult ging nog minuten door. Fabrizio mankeerde niets en strompelde naar de huddle terug. Bij een tweede poging, met twintig yard te gaan, gooide Rick een verre bal naar Giancarlo en drukte Maschi zijn enkels tegen elkaar op de lijn. Tussen de plays door bleef Rick bij de scheidsrechter klagen en schold Sam op de back judge.

Bij de derde poging besloot Rick de bal aan Franco te geven.

Hopelijk liet die de bal niet vallen, zoals zijn gewoonte was in het eerste quarter. Franco en Maschi botsten hard tegen elkaar op, zoals ook hun gewoonte was, en de play leverde een paar yards op, zonder balverlies.

De vierendertig punten die ze een maand eerder tegen Bergamo hadden gescoord, leken plotseling een wonder.

De teams ruilden van punts, terwijl de defenses domineerden. Fabrizio werd gesmoord en met zijn tachtig kilo bij elke play heen en weer geduwd. Claudio liet twee korte passes vallen die veel te hard gegooid waren.

Het eerste quarter eindigde zonder score, en het publiek verwachtte een vrij saaie wedstrijd. Misschien saai om naar te kijken, maar langs de scrimmagelijn werd verwoed gehit. Elk play was de laatste van het seizoen, en niemand gaf ook maar een centimeter prijs. Na een verknoeide snap rende Rick naar de rechterkant in de hoop out of bounds te komen, toen Maschi opeens opdook en tegen hem op vloog, helm tegen helm. Rick sprong overeind, niets bijzonders, maar op de zijlijn wreef hij over zijn slapen en probeerde hij het stof van zich af te schudden.

'Gaat het?' gromde Sam toen hij voorbijliep.

'Geweldig.'

'Doe dan iets.'

'Ja.'

Maar niets werkte. Zoals ze hadden gevreesd, werd Fabrizio geneutraliseerd en kwam er dus niets van de passing game terecht. En Maschi was niet in de hand te houden. Hij was te sterk in het midden en te snel op de flanken. Op het veld deed hij het veel beter dan op de video. Elke offense leverde een paar eerste downs op, maar ze kwamen nooit in de buurt van de rode zone. De puntingteams werden moe.

Dertig seconden voor de rust schopte de Bergamo-kicker tweeënveertig yard. De Lions gingen met een voorsprong van 3-0 naar de kleedkamer.

Charley Cray – tien kilo lichter, met nog metaal in beide kaken, mager met vlees dat los van zijn kin en wangen hing – verstopte zich in de menigte en typte in de rust wat aantekeningen op zijn laptop:

- Geen slechte omstandigheden voor een wedstrijd; mooi stadion, goed ingericht, enthousiaste menigte van zo'n 5000 mensen.
- Dockery speelt zelfs hier in Italië misschien op een te hoog niveau; in de eerste helft was hij 3 voor 8, 22 yard, en geen score.
- Ik moet wel zeggen dat dit echt football is. Er wordt keihard gehit, gretig geduwd en gestoten; niemand verslapt; deze jongens spelen niet voor geld, alleen voor hun trots, en dat is een krachtige stimulans.
- Dockery is de enige Amerikaan in het Parma-team, en je vraagt je af of ze zonder hem beter af zouden zijn. We zullen zien.

In de kleedkamer werd niet geschreeuwd. Sam prees de defense voor de geweldige inspanning die ze leverden. Ga zo door. We komen nog wel tot scoren.

De coaches gingen weg en de spelers namen het woord. Zoals altijd was Nino de eerste. Hij stak de loftrompet over de heldhaftige inspanningen van de defense en spoorde de offense aan om wat punten te scoren. Dit is onze dag, zei hij. Sommigen van ons komen hier misschien nooit terug. Geef alles wat je hebt. Toen hij klaar was, droogde hij zijn tranen.

Tommy stond op en verklaarde zijn liefde aan iedereen in de kleedkamer. Dit was zijn laatste wedstrijd, zei hij, en hij wilde verschrikkelijk graag als kampioen stoppen.

Pietro liep naar het midden. Dit was niet zijn laatste wedstrijd, maar hij verdomde het om zijn carrière door die jongens uit Bergamo te laten bepalen. Hij pochte luidkeels dat ze in de tweede helft niet zouden scoren.

Toen Franco op het punt stond de serie toespraken te besluiten, ging Rick naast hem staan en stak hij zijn hand op. Met Franco als tolk zei hij: 'Of we nu winnen of verliezen, ik dank jullie allen omdat jullie me dit seizoen in jullie team lieten meespelen.' Halt. Vertaling. Het was stil in de kleedkamer. Zijn teamgenoten hingen aan zijn lippen.

'Of we nu winnen of verliezen, ik ben er trots op dat ik een Panther ben, een van jullie. Ik dank jullie ervoor dat jullie me hebben geaccepteerd.'

Vertaling.

'Of we nu winnen of verliezen, ik beschouw jullie allemaal niet alleen als mijn vrienden, maar als mijn broeders.'

Vertaling. Sommigen stonden op het punt om te huilen.

'Ik heb hier meer plezier gehad dan in de andere NFL. En we gaan deze wedstrijd niet verliezen.' Toen hij klaar was, omhelsde Franco hem en juichte het team uit alle macht. Ze klapten in hun handen en sloegen hem op de rug.

Franco, welsprekend als altijd, sprak over geschiedenis. Geen enkel Parma-team had ooit de Super Bowl gewonnen, en het volgende uur werd het beste uur uit hun geschiedenis. Vier weken geleden hadden ze Bergamo ingemaakt, hadden ze Bergamo's serie overwinningen doorbroken, hadden ze hen met schande beladen naar huis gestuurd, en nu konden ze hen vast en zeker opnieuw verslaan.

Voor coach Russo en zijn quarterback was de eerste helft ideaal verlopen. Elementair football – heel anders dan de complexiteit van de grote wedstrijden in college- of profverband – kan vaak als een antieke veldslag worden gepland. Een gestage aanval op een bepaald front kan ten grondslag liggen aan een verrassings-aanval op een ander front. Steeds weer dezelfde monotone bewegingen kunnen de tegenstander in slaap sussen. In een vroeg stadium hadden ze de passing game al opgegeven. Ze waren niet creatief geweest met de run. Bergamo had alles tegengehouden en dacht dat er niets meer over was.

In de tweede play van de tweede helft deed Rick alsof hij een dive naar Franco gaf, vervolgens alsof hij een pitch aan Giancarlo gaf, en sprintte toen naar rechts voor een zuivere bootleg. Maschi, altijd snel bij de bal, was ver naar links, hopeloos op de verkeerde plaats. Rick rende tweeëntwintig yard en stapte out of bounds om McGregor te ontwijken.

Sam kwam hem tegen toen hij naar de huddle terugdraafde. 'Dat werkt. Doe het straks maar.'

Drie plays later puntten de Panthers opnieuw. Pietro en Silvio sprintten het veld op, op zoek naar iemand die ze konden mishandelen. Ze stopten de run drie keer. Nog meer punts vlogen door de lucht toen het derde quarter voorbij tikte en beide teams het op het midfield uitvochten, ongeveer als twee zwaargewichten midden in de ring. Ze vlogen op elkaar af, gooiden de bal en deinsden nooit terug.

In het begin van het vierde quarter kregen de Lions de bal helemaal tot op de negentienyardlijn, hun diepste penetratie, en bij een vierde poging, met vijf yard te gaan, scoorde hun kicker een gemakkelijke field goal.

Het was tien minuten voor het eind en de Panthers stonden zes punten achter. Hun zijlijn kwam in paniek overeind. De fans volgden, en de atmosfeer was elektrisch geladen.

'Nu komt het,' zei Rick tegen Sam terwijl ze naar de aftrap keken.

'Ja. Zorg dat je niet gewond raakt.'

'Meen je dat nou? Ik ben buiten westen geslagen door betere kerels.'

Bij de eerste down gooide Rick de bal naar Giancarlo, die vijf meter links van hem stond. Bij de tweede maakte hij een schijnbeweging voor dezelfde worp, maar hield hij de bal en rende hij een heel eind naar de rechterkant. Hij liep daar helemaal vrij en kon twintig yard afleggen totdat McGregor laag en hard op hem af stormde. Rick liet zijn hoofd zakken en ging de misselijk makende botsing aan. Beide spelers krabbelden overeind; er was geen tijd voor duizeligheid of knikkende knieën.

Giancarlo ging naar rechts en werd gedekt door Maschi. Rick bootlegde naar links en veroverde vijftien yards voordat McGregor tegen zijn knieën dreunde. De enige strategie tegen snelheid is misleiding, en de offense zag er plotseling anders uit. Backs in beweging, drie receivers aan de ene kant, twee tight ends, nieuwe plays en nieuwe formaties. Onder center, in de wishbone, maakte Rick een schijnbeweging naar Franco en gooide toen de bal naar Giancarlo, op hetzelfde moment dat Maschi laag tegen hem aan dreunde. Een perfecte optie, en Giancarlo sprintte elf yard. Vanuit de shotgun kwam er weer een zuivere bootleg en Rick rende bij de achttienyardlijn out of bounds.

Maschi reageerde nu niet alleen, hij raadde ook. Hij had nog meer aan zijn hoofd. McGregor en de professor hadden Fabrizio een stap of twee teruggedrongen en stonden plotseling onder druk om de rennende quarterback tegen te houden. In zeven harde plays kwam de bal naar de drieyardlijn, en bij de vierde poging trapte Filippo een gemakkelijke field goal. Bergamo stond nu nog voor met 6-3. Nog zes minuten.

Voor de aftrap ging Alex Oliveto met de defense in de huddle. Hij vloekte en sloeg tegen helmen en spoorde de troepen naar hartenlust aan. Misschien een beetje te veel. In de tweede down torpedeerde Pietro de quarterback door keihard zijn arm te laten uitschieten. Dat was een persoonlijke fout en kostte de Panthers vijftien kostbare yards. De drive bleef op het midfield steken, en een geweldige punt bleef liggen bij de vijf.

Nog vijfennegentig yard in drie minuten. Toen Rick het veld op draafde, ging hij Sam uit de weg. Hij zag angst in de huddle, en hij zei tegen hen dat ze moesten ontspannen. Ze moesten de bal niet laten vallen, geen penalty's oplopen, gewoon er hard tegenaan gaan en dan zaten ze zo in de end zone. Er was geen vertaling nodig.

Maschi bespotte hem toen ze bij de lijn kwamen. 'Je kunt het, Geit. Gooi een pass naar mij.' In plaats daarvan gooide hij naar Giancarlo, die de bal stevig vasthield en vijf yards aflegde. Bij de tweede down ging hij naar rechts, keek naar Fabrizio in het midden, zag te veel goudkleurige tenues en stopte de bal onder zijn arm. Franco, God zegene hem, maakte zich uit de pile los en dreunde gemeen tegen Maschi aan. Rick veroverde veertien yard en ging toen out of bounds. Bij de eerste down ging hij weer naar rechts, stopte de bal onder zijn arm en sprintte het veld op. Fabrizio verknoeide een curl, hij was de hele wedstrijd al hopeloos geweest, en Rick ging ervandoor en sprintte in volle vaart weg, op grote afstand gevolgd door McGregor en de Professor. Vlak voor de lijn bleef Rick staan. Maschi kwam aanstormen om hem af te maken.

Het was dat moment in elke wedstrijd waarop de quarterback, onbeschermd en kwetsbaar, een receiver vrij ziet staan en een fractie van een seconde de tijd heeft om een beslissing te nemen. Als hij de pass gooide, riskeerde hij een verschrikkelijke tackle. Hij kon de bal ook onder zijn arm nemen en het op een lopen zetten.

Rick plantte zijn voeten op de grond en gooide de bal zo ver als hij kon. Na de worp belandde Maschi's helm onder zijn kin en brak bijna zijn kaak. De pass was een strakke spiraalworp, zo hoog en zo ver dat er een zucht van ongeloof door het publiek ging. De bal bleef zo lang in de lucht als na een perfecte punt, en enkele lange seconden verstijfde iedereen.

Iedereen behalve Fabrizio, die naar voren vloog om de bal te pakken te krijgen. Eerst was onmogelijk in te schatten waar hij zou neerkomen, maar ze hadden dit wel honderd keer geoefend. 'Ga gewoon naar de end zone,' zei Rick altijd. 'Daar komt de bal aan.' Zodra de bal aan zijn afdaling begon, besefte Fabrizio dat er meer snelheid nodig was. Hij rende nog harder; zijn voeten raakten het gras nauwelijks. Bij de vijfyardlijn kwam hij als een olympische verspringer van de grond en vloog hij door de lucht, zijn armen helemaal uitgestoken, zijn vingers graaiend naar de bal. Hij kreeg hem op de doellijn te pakken, smakte tegen de grond, stuiterde als een acrobaat omhoog en liet de bal aan de hele wereld zien.

En iedereen zag hem, behalve Rick, die op handen en knieën zat, heen en weer schommelde en zich probeerde te herinneren wie hij was. Terwijl het publiek in gejuich uitbarstte, tilde Franco hem op om hem naar de zijlijn te dragen, waar zijn teamgenoten hem omstuwden. Rick slaagde erin overeind te blijven, maar niet zonder hulp.

Sam dacht dat hij dood was, maar hij was zozeer verbijsterd door de vangst dat hij niet op zijn quarterback reageerde.

Er werd gevlagd en juichende supporters stroomden het veld op. De officials herstelden de orde, zetten vijftien yard af, en toen scoorde Filippo een extra punt. Het zou ook gelukt zijn als hij vanaf het midfield had moeten schieten.

Charles Cray zou schrijven:

De bal vloog 76 yard door de lucht zonder zijn strakke boog ook maar even te onderbreken, maar hoe goed de pass ook was, hij verbleekte naast de vangst. Ik heb geweldige touchdowns meegemaakt, maar eerlijk gezegd, sportfans, was dit de nummer één. Een magere Italiaan, Fabrizio Bonozzi, behoedde Dockery voor de zoveelste vernederende afgang.

Filippo zette zijn keiharde voet achter de aftrap en de bal vloog over de end zone. Bij de derde poging omzeilde de oude Tommy de linker tackle en sackte hij de quarterback. Zijn laatste play als Panther was zijn beste.

Bij de vierde poging verknoeide de quarterback van Bergamo een slechte shotgunsnap en viel hij ten slotte bij de vijfyardlijn op de bal. De zijlijn van de Panthers kwam weer tot een uitbarsting, en hun fans bleken nog harder te kunnen schreeuwen.

Met nog vijftig seconden op de klok, en terwijl Rick ammonia snoof op de bank, nam Alberto de offense over en liet hij zich gewoon twee keer op de bal vallen. De tijd was om, en de Parma Panthers hadden hun eerste Super Bowl gewonnen.

31

Ze gingen in triomf naar Mario, een oude pizzeria in het noorden van de Milanese binnenstad, twintig minuten bij het stadion vandaan. Signor Bruncardo had het hele restaurant afgehuurd voor het feest, een kostbare zaak waarvan hij misschien spijt zou hebben gehad als ze hadden verloren. Maar ze hadden niet verloren, en ze kwamen aan in bussen en taxi's. Juichend liepen ze het restaurant in om op het bier aan te vallen. De spelers kregen drie lange tafels in het midden van het restaurant en werden algauw omringd door hun bewonderaars: echtgenotes, vriendinnen, fans uit Parma.

Er werd een videoband in een apparaat gestopt en op gigantische schermen werd de wedstrijd nog eens vertoond, terwijl de obers tientallen pizza's en vele liters bier aansleepten.

Iedereen had een camera en er werden zo'n duizend foto's genomen. Rick was een favoriet onderwerp, en hij werd omhelsd en betast tot zijn schouders er pijn van deden. Fabrizio was ook het middelpunt van de aandacht, vooral bij de tienermeisjes. De Vangst was al een legende.

Ricks hals, kin, kaken en voorhoofd deden nog pijn en zijn oren suisden nog. Omdat Mateo, de verzorger, hem pijnstillers gaf die niet met alcohol gecombineerd mochten worden, dronk hij geen bier. En hij had ook geen eetlust.

De videofilm sloeg de huddles, time-outs en pauzes over, en toen het einde van de wedstrijd naderde, werd het veel stiller in het restaurant. Degene die de videorecorder bediende, schakelde op slow motion over, en toen Rick uit de pocket kwam en deed alsof hij ging rennen, werd het doodstil in de pizzeria. De dreun van Maschi was goed voor sensationele beelden, en in de Verenigde Staten zouden de commentatoren er honderduit over hebben gepraat. De ontbijtprogramma's van die maandag zouden gesproken hebben van de 'Hit van de Dag'. Ze zouden de beelden elke tien minuten hebben vertoond. Maar bij Mario werd alleen een moment van stilte voor de doden in acht genomen: hun quarterback hield stand, offerde zichzelf op en lanceerde zijn bom. Hier en daar werd zacht gekreund toen Maschi hem bewusteloos sloeg; allemaal heel zuiver en geoorloofd en schokkend beestachtig.

Maar aan het eind was er grote vreugde.

De Vangst was prachtig en voorgoed op film vastgelegd, en toen ze hem voor de tweede keer zagen, en voor de derde keer, was hij bijna even opwindend als in het echt. Fabrizio gedroeg zich, heel onkarakteristiek voor hem, alsof het niets voorstelde, alsof het gewoon dagelijks werk was. Er zouden nog veel meer van die acties komen.

Toen de pizza op was en de wedstrijd op video was afgelopen, was het tijd voor enige formaliteiten. Na een lange toespraak van signor Bruncardo en een korte van Sam poseerden de twee mannen met de Super Bowltrofee: het grootste moment uit de geschiedenis van de Panthers. Toen de drinkliederen begonnen, wist Rick dat het tijd was om op te stappen. Een lange avond stond op het punt nog veel langer te worden. Hij glipte de pizzeria uit, nam een taxi en ging naar het hotel terug.

Twee dagen later zaten hij en Sam te lunchen in Sorelle Picchi aan de Strada Farini in zijn buurt. Ze hadden zaken te bespreken, maar namen eerst de wedstrijd nog eens door. Omdat Sam niet werkte, dronken ze samen een fles Lambrusco bij hun gevulde pasta.

'Wanneer ga je naar huis?' vroeg Sam.

'Ik heb geen plannen. Ik heb geen haast.'

'Dat is ongewoon. Meestal stappen de Amerikanen op de dag na de laatste wedstrijd in het vliegtuig. Heb je geen heimwee?'

'Ik moet weer eens naar mijn ouders toe, maar ''thuis'' is tegenwoordig een vaag begrip.'

Sam kauwde langzaam op een lepel pasta. 'Heb je nagedacht over volgend jaar?'

'Eigenlijk niet.'

'Kunnen we erover praten?'

'We kunnen over alles praten. Jij betaalt voor de lunch.'

'Signor Bruncardo betaalt, en hij is tegenwoordig in een heel goed humeur. Hij mag graag winnen: de publiciteit, de foto's, de trofeeën. En hij wil het volgend jaar nog eens overdoen.'

'Vast wel.'

Sam schonk beide glazen weer vol. 'Hoe heet je agent?'

'Arnie.'

'Arnie. Is hij nog in beeld?'

'Nee.'

'Goed, dus we kunnen over zaken praten?'

'Ja.'

'Bruncardo biedt vijfentwintighonderd euro per maand, voor twaalf maanden, plus het appartement en de auto voor een jaar.'

Rick nam een grote slok wijn en keek naar het geruite tafellaken.

Sam ging verder: 'Hij geeft jou liever het geld dan dat hij het aan een paar andere Amerikanen uitgeeft. Hij vroeg me of we volgend jaar met hetzelfde team kunnen winnen. Ik zei ja. Ben je het daarmee eens?'

Rick grijnsde en knikte instemmend.

'En dus doet hij je een heel goed aanbod.'

'Dat is geen slecht contract,' zei Rick. Hij dacht niet zozeer aan het salaris als wel aan het appartement, waar nu blijkbaar twee mensen moesten wonen. Hij dacht ook aan Silvio, die op de boerderij van zijn familie werkte, en Filippo, die op een betonwagen reed. Ze zouden een moord plegen voor zo'n contract, en ze trainden en speelden net zo intensief als Rick.

Maar ja, ze waren geen quarterbacks, hè?

Nog een slokje wijn, en hij dacht aan de vierhonderdduizend dollar die Buffalo hem betaalde toen hij zes jaar geleden tekende, en hij dacht aan Randall Farmer, een teamgenoot in Seattle die vijfentachtig miljoen dollar kreeg om nog zeven jaar passes te gooien. Alles is relatief.

'Hoor eens, Sam, zes maanden geleden droegen ze me in Cleveland van het veld. Vierentwintig uur later werd ik wakker in een ziekenhuis. Mijn derde hersenschudding. De dokter raadde me aan met football te stoppen. Mijn moeder smeekte me daarom. Afgelopen zondag werd ik wakker in de kleedkamer. Ik bleef overeind, liep het veld af, ik zal wel met iedereen hebben meegejuicht. Maar ik kan het me niet herinneren, Sam, want ik was weer buiten westen. Voor de vierde keer. Ik weet niet hoeveel hersenschuddingen ik nog kan overleven.'

'Dat begrijp ik.'

'Ik heb dit seizoen een paar harde dreunen gehad. Het is nog steeds football, en Maschi trof me net zo hard als ieder ander in de NFL.'

'Wil je stoppen?'

'Dat weet ik niet. Geef me de tijd om na te denken, om helderheid in mijn hoofd te krijgen. Ik ga een paar weken naar een strand.'

'Welk strand?'

'Mijn reisadviseur heeft gekozen voor Apulië, de hak van de Italiaanse laars. Ben je daar ooit geweest?'

'Nee. Bedoel je Livvy?'

'Ja.'

'En dat visum?'

'Ze maakt zich geen zorgen.'

'Kidnap je haar?'

'Het is een gezamenlijke kidnapping.'

Ze zaten in de derde wagon tegenover elkaar. Ze waren vroeg ingestapt en zaten in de hitte terwijl de andere passagiers vlug aan boord kwamen. Livvy zat tegenover hem, haar schoenen al uit, haar voeten op zijn schoot. Oranje nagellak. Korte rok. Kilometers benen.

Ze vouwde een dienstregeling van de spoorwegen in het zuiden van Italië open. Ze had om zijn inspraak, zijn ideeën, zijn wensen gevraagd, en toen hij weinig te bieden had, was ze blij geweest. Ze zouden een week in Apulië doorbrengen en dan met de boot naar Sicilië gaan. Tien dagen later zouden ze de boot naar het eiland Sardinië nemen. Als het tegen augustus liep, zouden ze naar het noorden gaan, weg van de toeristen en de hitte, en de bergen van Veneto en Friuli verkennen. Ze wilde de steden Verona, Vicenza en Padua zien. Ze wilde het allemaal zien.

Ze zouden in pensions en goedkope hotels verblijven en alleen zijn paspoort gebruiken, totdat haar kleine visumprobleem was opgelost. Franco werkte daar al hard aan.

Ze zouden met treinen en veerboten reizen en alleen taxi's nemen als het echt nodig was. Ze had plannen, alternatieve plannen, en nog meer plannen. De enige voorwaarde die Rick had gesteld, was dat hij niet meer dan twee kathedralen per dag hoefde te bekijken. Ze had daarover onderhandeld, maar ten slotte toegegeven.

Ze hadden geen plannen voor na augustus. Omdat ze in een depressie raakte zodra ze aan haar familie dacht, deed ze haar best om niet aan de puinhoop thuis te denken. Ze praatte steeds minder over haar ouders en steeds meer over uitstel van haar laatste studiejaar.

Dat vond Rick prima. Terwijl hij haar voeten masseerde, zei hij tegen zichzelf dat hij die benen overal zou volgen. De trein was halfvol. Mannen die door het gangpad liepen, keken onwillekeurig in haar richting. Livvy was op weg naar het zuiden van Italië en verkeerde in heerlijke onwetendheid van de aandacht die haar blote voeten en gebruinde benen trokken.

Toen de Eurostar het station verliet, keek Rick afwachtend door het raam. Ze kwamen algauw langs het Stadio Lanfranchi, dat ze op nog geen zestig meter afstand van de noordelijke end zone passeerden, of hoe ze dat in de rugbysport ook maar noemden.

Hij permitteerde zich een voldane glimlach.

Nawoord

Enkele jaren geleden, toen ik bezig was met onderzoek voor een ander boek, liep ik in Italië tegen American football aan. Ze hebben daar een echte NLF, met echte teams en spelers en zelfs een Super Bowl. De achtergronden in dit boek zijn dus redelijk accuraat, wat niet wegneemt dat ik me, zoals gebruikelijk, enkele vrijheden heb veroorloofd bij de uiteindelijke research.

De Parma Panthers bestaan echt. Ik heb ze in de regen zien spelen tegen de Ancona Dolphins in het Stadio Lanfrachi. De hulp van hun coach, Andrew Papoccia (Illinois State), is van onschatbare waarde geweest. Ook quarterback Mike Souza (Illinois State), wide receiver Craig McIntyre (Eastern Washington) en defensive coordinator Dan Milsten (University of Washington) waren ongelooflijk hulpvaardig. Al mijn vragen over football hebben ze voor me beantwoord. Wanneer het over eten en wijn ging, werden ze ronduit enthousiast.

De eigenaar van de Panthers is Ivano Tira, een warme persoonlijkheid die ervoor heeft gezorgd dat mijn korte verblijf in Parma aangenaam was. David Montaresi heeft me rondgeleid in die prachtige stad. Paolo Borchini en Ugo Bonvicini zijn voormalige spelers die meehelpen de organisatie te runnen. De Panthers zijn een club van taaie Italianen die spelen voor de liefde van het spel en de pizza na afloop. Ze namen me een keer mee naar Polipo's na de training, en ik heb gelachen tot de tranen in mijn ogen stonden.

De personages op deze pagina's zijn echter allemaal fictief. Ik heb mijn best gedaan om zoveel mogelijk op afstand te blijven van bestaande mensen. Elke overeenkomst is toevallig. Ik wil ook Bea Zambelloni, Luca Patouelli, Ed Pricolo, Llana Young Smith en Bryce Miller bedanken. Bijzondere dank gaat uit naar burgemeester Elvio Ubaldi, die de operakaartjes heeft verzorgd. Ik was eervol te gast in zijn loge in het Teatro Regio, waar ik daadwerkelijk heb genoten van *Otello*.

John Grisham, juni 2007

Het was onvermijdelijk dat de politie bij Ron Williamson zou uitkomen. Het was zelfs vreemd dat het drie maanden duurde voor ze hem ondervroegen. De meesten van hen herinnerden zich Ron uit de tijd dat hij honkbalde in het team van de middelbare school. [...] Inmiddels was zijn honkbaltijd voorbij, en kende de politie hem als een werkloze gitarist die bij zijn moeder woonde, te veel dronk en zich vreemd gedroeg.

ISBN 978 90 229 9172 5 (paperback)
ISBN 978 90 229 9173 2 (gebonden)

John Grisham

De gevangene

Het aangrijpende verhaal van een justitiële blunder

Op 7 december 1982 wordt de 21-jarige serveerster Debbie Carter in haar appartement vermoord. De politie, die vrijwel geen aanwijzingen heeft, staat onder grote druk om snel de dader of daders te vinden.

Ron Williamson, een aan lagerwal geraakte lokale sportheld, is een van de laatsten die Debbie levend hebben gezien. Tenminste, dat beweert een getuige. Williamson wordt gearresteerd, berecht en veroordeeld. Het vonnis: de doodstraf.
Williamson komt terecht in een van de meest mensonterende gevangenissen van de Verenigde Staten: de dodencel van de McAlester-gevangenis. In een kleine cel vecht Williamson jarenlang een juridische strijd tegen zijn onterechte veroordeling, die het gevolg is van corrupte justitie en de politie. Maar de dag van zijn executie komt steeds dichterbij...

'Grishams kracht ligt in de manier waarop hij de betrokken personen op overtuigende wijze, als personages in een roman, tot leven weet te brengen.'
– Algemeen Dagblad

'U wilt dat ik Joel Backman gratie verleen,
want dan kunt u ervoor zorgen dat hij
wordt vermoord?' vroeg de president.
'Ja,' zei Teddy zonder omhaal. 'Al zullen we
daar niet rechtstreeks voor zorgen.'
'Maar het gaat gebeuren.'
'Ja.'
'En zijn dood zal in het belang van onze
nationale veiligheid zijn?'
'Daar ben ik volkomen van overtuigd.'

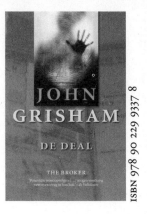

ISBN 978 90 229 9337 8

John Grisham
De deal

Op het hoogtepunt van zijn roem en rijkdom wordt Joel Backman, topadvocaat voor goede en kwade zaken, gearresteerd wegens het bezit van staatsgeheimen. Hij bekent ogenblikkelijk schuld, zonder verdere openheid van zaken te geven, en wordt tot twintig jaar celstraf veroordeeld.

President Arthur Morgan van de Verenigde Staten heeft bij de verkiezingen een verpletterende nederlaag geleden. Voordat hij het veld ruimt voor zijn opvolger, stelt hij een daad die vriend en vijand versteld doet staan: hij verleent amnestie aan Joel Backman, op voorwaarde dar hij het land verlaat en elders onder een andere identiteit de rest van zijn leven slijt.

Omringd door een onzichtbaar netwerk van informanten, observanten en hightech camera- en afluisterapparatuur wordt Backman ondergebracht in een klein appartement in Bologna. Hij kan niet vermoeden dat overal ter wereld onzichtbare ogen hem gadeslaan…

'Een thriller die absoluut soepel wegleest.'
– de Volkskrant

Biff had een grote bloem in haar haar en een wasachtige gebronsde huid. Ze zag eruit alsof ze altijd op het strand lag en tussendoor even een paar uurtjes bij het reisbureau werkte. Haar innemende glimlach bracht Luther van zijn stuk en haar eerste woorden overdonderden hem. 'U heeft een cruise nodig,' zei ze.

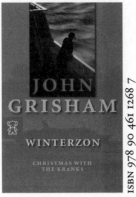

ISBN 978 90 461 1268 7

John Grisham
Winterzon

De feestdagen staan voor de deur, maar Luther Krank wil eigenlijk geen Kerstmis vieren. Hij heeft daarom een plan bedacht dat waarschijnlijk niemand in zijn omgeving zal accepteren: stiekem heeft hij voor hem en zijn vrouw een cruise geboekt door het Caribisch gebied. Dit jaar eens geen versierde boom met te dure cadeaus, geen stapels handgeschreven kerstkaarten, geen gestress over het uit de hand gelopen kerstdiner, maar lekker luieren in de zon.
Aan sommige dingen in het leven valt echter niet te tornen, en Kerstmis is er daar een van. En dus bedenken de buren ook een plan: Luther en Nora Krank zullen kerst vieren, of ze dat nou leuk vinden of niet…

Met *Winterzon* heeft John Grisham een verrassende roman geschreven over wat er gebeurt als iemand besluit om voor één keer alle conventies aan zijn laars te lappen en niet te doen wat er van hem verwacht wordt.